JN221744

あの夏のクライフ同盟

THE JOHAN CRUIJFF CLUB
IN THAT SUMMER
MINORU MASUYAMA

増山 実

幻冬舎

あの夏のクライフ同盟

目次

装幀　西村弘美
装画　kigimura

1　神は文房具店にいた

旅の話をしたい。

たった一日だけの、旅の話だ。

だが断言できる。おれたちにとってあの一日が、これまで生きてきたどの一日よりも輝いていた。

誰の人生にもそんな一日があるはずだ。

それがおれたちにとっては、一九七四年の、あの夏の日だった。

あれからちょうど五十年も経ったなんて、ちょっと信じられない。特に窓から見える町の景色が妙に眩しい今日のような朝には。

その話をする前に、おれたち四人の話を少しさせてほしい。どれもバカな話だ。

バカがバカのまま突き進んでも許される季節。それがあの頃だった。


世界は謎に満ちていた。

謎に満ちた世界を知る「入り口」は、いつもサトルの文房具店だった。

おれたちは中学のサッカー部の仲間、つまりサトルとツヨシとゴローとおれの四人で、部活終わりにいったん家に帰った後、サトルの店で待ち合わせして、夜七時からの塾へ行くのがいつものことだった。

「ごめんねえ。もうすぐサトル、降りてくるけえ、漫画でもなんでも読んどって」

サトルの母さんの明るい声は、九月の空のように心地いい。サトルの家は文房具店なのに、店先で売っている雑誌の品揃えは、おれたちの町に古くからある「佐久本書店」に負けていなかった。戦後にできたという公設市場の中にあって間口はそれほど広くなかったが、魚屋に魚が並んでるみたいに店先の平台に雑誌が置いてあるのだ。

サトルの両親はとても優しくて、おれたちがいくら店先で立ち読みしていても文句を言わなかった。

「座り込んで読むのは良うないっちゃ。他のお客さんが、店ん中、歩きにくうなるけねえ」と一度サトルの父さんに注意されたことがあるだけだ。

「サトルの母さん、ちかっぱ、べっぴんさんやなあ」

横で「少年マガジン」の「あしたのジョー」を立ち読みしていたツヨシが小声でささやいた。

「なんで、サトルの父さんと結婚したっちゃろう」

世界は謎に満ちていたが、おれたちにとって最も身近で大きな謎がそれだった。

おれは店の棚に並べてあった「平凡」の桜田淳子(さくらだじゅんこ)の記事を読むふりをして、勘定台に座るサトルの母さんの顔を盗み見した。鼻先がツンと尖って、当時青春ドラマの国語の先生役でヒロインを演じていた女優の酒井和歌子(さかいわかこ)にちょっと似ている。

サトルの父さんはまだ若いはずなのに頭はもうハゲていて、痩せっぽちで前歯も一本抜けて風貌は冴えない。美人のサトルの母さんが、なんでこの人を結婚相手に選んだのか。

おれも一度サトル本人に訊いたことがある。

「そげな話は、親に訊いたことなかけん」

サトルはいつものようにクールに答えるだけで、なぜ二人が愛し合ってこの世にサトルが生を享けることになったのかは、本人も知らないのだった。

「それが男と女、ちゅうもんよ」

ツヨシの横で「スクリーン」のきわどい洋画グラビアを眺めながら、ゴローが大人みたいな口をきいた。

黒縁メガネの奥の目が光ったように見えたが、むろん十四歳のゴローがその答えを知っているとは思えなかった。

サトルが二階から降りてくる間、おれたちはありとあらゆる雑誌を読んだが、もちろん立ち読みばかりではサトルの家に申し訳ない。バカなおれたちもそれぐらいの常識は持ち合わせていた。塾に通いだしたのは中二の春からで、おれは、親に頼んで「中二コース」を毎月定期購読することにした。まあ、学習雑誌だから親にも買ってくれと頼みやすかった。

「おれは『中二時代』にするっちゃ」

中二の春にしてはまだあどけない瞳でそう言ったのはツヨシだった。

当時おれたちの間では「時代派」と「コース派」に分かれていた。「中二時代」の方が人気があるし、おれも「中二時代」にしようと思っていたが、「中二コース」の四月号の表紙が桜田淳子だったのだ。ちなみに「中二時代」の表紙は天地真理（あまちまり）だった。「時代派」と「コース派」の違いは、「真理派」と「淳子派」の争いでもあった。ツヨシは「真理派」の急先鋒だった。

「桜田淳子みたいな、あげなヘンな帽子かぶっちょるやつのどこがいいんや？」

「おお。おれも同感や。桜田淳子より天地真理の方が百倍、いいっちゃ」

「真理派」のツヨシとサトルがタッグを組んで「淳子派」のおれを攻撃する。

おれは反論する。

「天地真理はもう二十歳、越えちょんぞ。もうきっと処女やなかろう。それでアイドルって、おかしいやろう」

「天地真理が処女やないって、なんでわかるん？」

「そしたらなんで処女ってわかるん？」

するとサトルが言い放った。

「永遠のアイドルは、処女に決まっとるっちゃ」

この「淳子派」と「真理派」の不毛な争いは、ほどなく終止符を打った。

文房具店の前にたむろするおれたちの前に別の女神たちが現れたのだ。

「週刊プレイボーイ」や「平凡パンチ」のセクシーなグラビアに載っているタレントたちだ。

たまには少ない小遣いをはたいて雑誌を買うこともあった。立ち読みでなく、ゆっくり読みたい本。いや、眺めたい本。それが「週刊プレイボーイ」や「平凡パンチ」だった。中学生が買うにはいささか勇気のいる雑誌だ。夜中にこっそり深夜放送を聞くよりハードルが高い。それでもおれたちは順番を決めて、時々仲間の誰かがそのどちらかの雑誌を買った。店番がサトルの母さんの時じゃなく、父さんの時を見計らって買った。サトルの父さんは、おれたちがそんな雑誌をおそるおそるレジに持っていった時も、ちょっと目尻の下がった優しい目をして何も言わなかったから。

そうして買った雑誌をおれたちは町の北のはずれにある、昔は偉い武将の城があったという小高い山の頂上まで持って行き、回し読みした。

城跡には、ごちゃごちゃとした住宅街の道の脇から十五分ほど、ちょっと駆け足で登れば着く。標高は百二十メートルほどだろう。その小山は半島のような形で海に突き出ていて、頂上からの眺めは最高だ。関門海峡を行き来する船もすぐ眼前に見えた。戦国時代からこの山をめぐっては戦が絶えなかったらしい。今ではツワモノどもが夢の跡だ。観光名所になっているふうでもなく、頂上まで訪れる人はほとんどない。

そこは、おれたちの「草むらの学校」だった。

誰もいない秘密の場所でサトルの文房具店で手に入れた「週刊プレイボーイ」や「平凡パンチ」のページを開き、関根恵子や夏木マリやひし美ゆり子のヌードグラビアを見て、まだ「経験」したことのない「世界」を夢想した。

ツヨシは相変わらず天地真理派を貫いていたが、サトルの女神はほどなく由美かおるに変わった。当時「同棲時代」という映画が大ヒットし、彼女のヌードが雑誌に氾濫したのだ。彼女が処女であるかどうかはもうサトルの中でどうでもいいようだった。

「由美かおるのヌードは、ばり、たまらんなあ」

サトルがそう言うと、ゴローは鼻で笑って言うのだ。

「そげなこと言うちょるうちは、子供っちゃ」

「おまえかって子供やろうが」

「やったら、おまえは、誰がええんや？」

おれたちが口を尖らせると、ゴローはまるで若大将シリーズの加山雄三みたいにきらめく海を眺めながら、目を細めて言った。

「やっぱし、シンディ・ウッドが、一番ちゃ」

「シンディ・ウッド？　誰なん、それ？」

「アメリカのヌードモデルっちゃ」

ゴローによると、彼女はアメリカの成人向けの雑誌「プレイボーイ」のプレイメイトになったヌードモデルだそうだ。のちに「月刊プレイボーイ」という名前で日本版が発行されるようになったが、当時はアメリカ版しかなく、読むなら輸入して読むしかなかった。

もちろんサトルの文房具店にアメリカの「プレイボーイ」が置いてあるはずがない。ゴローは彼女のヌードが載っている「プレイボーイ」の輸入ものを、地元駅から電車で三十分以上かかる小倉駅の路地裏にある古書店でたまたま見つけたのだという。ゴローの「世界」の入り口は、おれたちより少しばかり広かったのかもしれない。ゴローは今まで見たことのないほど圧倒的な、彼女の裸の虜になった。そして日曜日になるたびにその古書店に通ってこっそり立ち読みを続けているうちに、とうとう古書店のオヤジに見つかってしまったそうだ。

「その本、欲しいんか」

顔を赤くして黙ってうつむくゴローに、古書店のオヤジは、こう言ったという。

「わしゃ、その本を、あんたがいつ万引きしよるか、ずっと見よったけんどな、どうもその気はないみたいやな。そうかちゅうて、このまま立ち読みしちょるのを、ずっと見て見らんふりすることもできんけな。買うてくれ、っち言いたいところやが、残念ながら、その本は成人雑誌やけ、売るわけにもいけん。やけな」

　オヤジは顔を上げたゴローの目を見つめて、こう続けたという。

「今日だけ、大目に見ちゃるけ、目に、焼き付けちょけ。目の奥の印画紙に、この裸ば、しっかりと焼き付けて、いつでも好きな時に取り出せるようにしちょけ。それが、頭の使い方、ちゅうもんっちゃ。金を払うたり、万引きしたりして手に入れるだけが、手に入れる、ちゅうことやない。大人になったらな、そげな本はなんぼでん、買える。けんどな、その時、お金を払うた時に、失うもんもある。今は、なんのことかようわからんっちゃろうけど、そのことを、よう覚えちょったら、ええ」

　ゴローはオヤジの最後の言葉は、やはり何を言っているかわからなかったらしい。けど、その前に言われたことはしっかりと守った。そう、シンディ・ウッドの裸を、目の奥に焼き付けたのだ。

「あの日からな、おれのナンバーワンは、シンディ・ウッドっちゃ。他の女の裸を見ても、いっちょん、興奮もせん」

「麻生不二絵（あそうふじえ）を見ても？」

「ああ、麻生は、まあ、ちぃと」

　麻生不二絵はおれたちと同じ学年の女の子で、他のクラスメイトの女の子より図抜けて色っぽかった。その色っぽさはクラスの垣根を越えておれたちの学年の男子には知れ渡っていた。母子家庭で、母親は町の西側にある町唯一の繁華街でスナックをやっていた。彼女も時々店に手伝いに出ている、という噂もあれば、隣町の高校生や店の客と付き合っているという噂もあった。近くの神社の境内の裏で男といちゃついているところを見たというやつもいた。しかしどれも噂で本当のところはわからない。

おれは麻生不二絵と同じクラスだった。

ほとんど話はしたことがないが、一度彼女と隣同士の席になったことがある。

なんでもいいから話しかけようと思って、消しゴム貸して、と授業中に声をかけた。彼女はこちらを見ずに前を向いたまま、消しゴムをおれの机に置いた。

イチゴの匂いのする消しゴムだったが、おれの鼻を刺激したのは、その時、一瞬彼女から漂った香水の匂いの方だった。

「けんど、麻生不二絵とシンディ・ウッドと、どっちか選べ、言われたら、やっぱりシンディ・ウッドちゃ」ゴローが答える。おれは訊き返す。

「シンディ・ウッドは、頭の中にしかおらんやろうもん。麻生不二絵は、この世の中におるんやぞ。もしかしたら、エッチなこともさせてくれるかもしれん。それでも、シンディ・ウッドか」

「何を言いよるんや。シンディ・ウッドも、この世の中におるやろうが」

そう言って、ゴローはおれたちに胸を張るのだった。


ゴローのナンバーワンの話が長くなってしまった。

ここでおれのナンバーワンの話をしたい。

いや、正確に言うと、おれたち四人のナンバーワンだ。

ヨハン・クライフ。

ヌードモデルの名前じゃない。オランダの、サッカー選手だ。

そう。ヨハン・クライフ。その名を舌に乗せて口の中で転がすだけで、今もおれの心のどこか奥の方から、吐息の原料のような不思議な気体がせり上がってくる。

彼の名前を初めて知ったのは、やはりサトルの文房具店の店先だった。

クライフとの出会いを語る前に、おれとサッカーの関わりについて少し話しておきたい。

そもそもおれが中学に入学してサッカー部に入ったのは、小学生からの友達のサトルに誘われたからだった。

「ぺぺ、一緒にサッカー部に入らんか」

ぺぺというのはおれのあだ名だ。ちょうど中学校に入学するころ、「飛び出せ！　青春」という学園ドラマがテレビで放送されていて、その中の生徒役に保積（ほづみ）ぺぺという芸名の役者がいた。おれはその役者と風貌はまったく似ていないのだが、なんというか、性格が似ているらしい。それでおれはみんなからぺぺと呼ばれるようになった。

サトルは運動神経抜群で、きっとどの運動部に入っても頭角を現しただろう。現に中学二年になった春からは三年の先輩たちを抜いてレギュラーになっている。そんなサトルに、一緒にサッカー部に入らんか、と言われたとき、おれなんか絶対無理やろうと怖気付いた。と同時に、サトルに誘われたことが嬉しかった。「飛び出せ！　青春」のドラマの中で生徒たちが入っていたクラブがサッカー部で、保積ぺぺ扮する生徒もサッカー部員だったことも、もしかしたら影響したかもしれない。

やってみるとサッカーは面白かった。

大きな球を相手のゴールに入れる。ただそれだけのことだ。その単純さがよかった。野球と違って、待てだとか打てだとか走れだとか、試合中に監督にサインであれこれ指示されないのもいい。そんなことぐらい自分で決めさせてほしい。他の球技みたいに点がバカスカ入らないのもいい。一試合に、せいぜい一点か二点。三点も入ったら大量得点だ。

　卓球だとかバレーボールだとかバスケットボールだとか、十五点とか二十点も入るんじゃ、点が入った時の感動も薄いってもんだ。しかもそれを何セットも繰り返すのだ。ちなみにおれは運動会の玉入れ競争も好きじゃなかった。投げた玉がカゴに入ったからっていちいち嬉しくないし、ただただカゴに向かって落ちてる玉を投げ続けるだけだ。それは機械的作業だ。単純労働だ。入った時のカタルシスというものがまるでない。勝ったとして、その勝利に自分がどれだけ貢献したかの実感もない。生産性だけを重視する、人を人と思わない非人間的な人間が考え出した競技だ。

　おれがサッカーで一番気に入ってるところは、手を使うと反則、というぶっ飛んだルールだ。手を使ってはいけないというルールがあるのはサッカーとパン食い競争ぐらいだ。

　手を自由に使えるようになって、人類は進化を遂げたという。そんな進化の過程に真っ向から逆らって、「蹴る」という、通常はただ何かを文字どおり蹴落としたり破壊するためだけに使う原始的な能力だけで戦うスポーツ。それがサッカーだ。

　今でこそサッカーは日本人にも絶大な人気のあるスポーツだが、当時はまだまだマイナーなスポーツだったと思う。おれたちが小学校三年生の時にあったメキシコシティ・オリンピックで日本が銅メダルを獲ったのでその時はまあまあ盛り上がったようだが、その大会で活躍した日本代表の釜(かま)本(もと)や杉山(すぎやま)がどこのクラブに属しているか、普通の日本人はほとんど誰も知らなかった。王や長嶋や江夏がどこのチームに所属しているか知らない日本人は少ないだろう。当時、新聞のスポーツ欄でサッカーが取り上げられることはほとんどなかったし、テレビでサッカー中継をすることもほとんどなかった。正月に天皇杯の決勝と全国高校サッカー選手権の決勝を放映するぐらいだ。

当時サッカー部は女の子にモテたか、というとこれは断言できるがまったくそんなことはなく、やはりモテたのは野球部で、運動神経の抜群にいい奴やモテたい奴はやはり野球になびいていたと思う。

もっともこれはおれたちのような「田舎」の町の話だ。

東京では日曜日の深夜に「三菱ダイヤモンドサッカー」という番組を放送していて、イングランド・リーグの試合なんかを録画で放送していたという。この情報もサトルの店の前で立ち読みした「サッカーマガジン」で知って、ずいぶん悔しい思いをした。その番組は放送している局が「東京12チャンネル」という名前のとおり、基本的には東京地区でしか放送していないのだ。大阪や静岡ではローカルの民放局がその番組を買って放送していたようだが、福岡で観ることはできなかった。だからおれたちがサッカーのことを知る情報源は、ほぼサトルの店の前で立ち読みする「サッカーマガジン」に限られていた。

中学二年の二学期が終わろうとする十二月の半ば過ぎのことだった。

サトルが二階から降りてくるのを待つ間、おれは何気なく「サッカーマガジン」の一月号を手に取った。「サッカーマガジン」の発売日は毎月十四日だったが、発売日を楽しみにしていたというほどの熱心な読者でもなかったので、その日は十四日を少し過ぎていたと思う。

とにかく、その日、おれは「サッカーマガジン」の一月号をたまたま手に取った。表紙は西ドイツのスター選手、ベッケンバウアーだった。七〇年ワールドカップでも活躍した、「皇帝」というニックネームを持つ世界のトップ選手だ。

表紙の彼の写真の横には「'74世界スター・カレンダー」という文字が躍っていて、それに惹かれてページを繰った。巻頭グラビアもベッケンバウアーか、ブラジルやイタリアのスター選手が並んでいるに違いない。そうでなければイングランドの超人気スターで最近引退を撤回して現役復帰したばかりのマンチェスター・ユナイテッドのジョージ・ベストなんかだろうと思いながら。

だが、そうではなかった。

巻頭グラビアの見出しは、オランダ代表が三十六年ぶりにヨーロッパ予選を勝ち抜いて今年西ドイツで開催されるワールドカップ出場を決めた、と伝えていた。

「オランダ?」

正直、そう思った。

日本のワールドカップ出場なんて夢のまた夢だったが、「サッカーマガジン」では前回大会の一九七〇年メキシコ・ワールドカップを振り返る記事やその大会で活躍した選手たちの近況をしょっちゅう特集していたから、優勝したブラジル、準優勝したイタリア、ベスト4に入った西ドイツとウルグアイ、そのほかイングランドやスペインやポルトガル、メキシコやアルゼンチンなんかがサッカーの強豪国だということは知っていた。

しかし、オランダなんて、聞いたこともなかった。

三十六年ぶりにワールドカップ出場を決めた、と伝えているが、裏を返せば三十六年間、オランダはワールドカップには縁がなかった、ということだ。いわばサッカー後進国のワールドカップ出場の記事が、なぜ、巻頭のグラビアに? 不思議に思ってページを繰った。

一枚のカラー写真が、ページを繰るおれの手を止めた。

脳天に、電流が走った。

写真のキャプションに書かれた名前を素早く目で追った。


ヨハン・クライフ。


そこへ塾への支度を終えたサトルが二階から降りてきた。

「ごめんなあ、遅うなって！　急がんと遅刻っちゃ！」

一緒に立ち読みしていたツヨシが「わあ、せっかくええとこやったのに」とぼやきながら「少年サンデー」を棚に戻した。連載中の「漂流教室」の続きが気になるようだった。ゴローが読んでいた「深夜放送ファン」を棚に置いて言った。

「おい、行くぞ、ぺぺ」

「ちょっと待って。これ、買うけえ」

おれは慌てて「サッカーマガジン」を勘定台に持っていった。

「おお、ぺぺくん、珍しいなあ」

「平凡パンチ」でも「プレイボーイ」でもない雑誌を勘定台に持ってきたおれを見てサトルの父さんが歯の抜けた口を開けて笑った。

塾が終わってみんなと別れたその夜、おれは部屋で「サッカーマガジン」をそっと開いた。サトルの文房具店ではゆっくりと読めなかったグラビア記事に目を通した。

オランダがなぜ三十六年ぶりにワールドカップ出場を決めたのか、そしてなぜ「サッカーマガジン」がそれを巻頭グラビアで取り上げたのか。答えはすぐにわかった。記事はオランダ代表を紹介するのではなく、オランダをワールドカップに導いた一人の選手だけに誌面を割いていた。そこにはカラー写真が十枚ほど掲載されていたが、すべて彼を写したものだった。

ヨハン・クライフ。

おれはあらためて見る彼の風貌に一層惹きつけられた。長髪で、鼻筋が通ったハンサムだ。すらりと伸びた背は、他の選手より頭半分ほど抜けている。そして鮮やかなオレンジのユニフォームから伸びる長い手足。写真は彼のプレイの瞬間を切り取ったものだ。なのに、しなやかでダイナミックな躍動が、静止する写真からでも十分に伝わった。

すべての写真が美しい。

それは彼のプレイのすべての瞬間が美しいからに違いなかった。

何人ものバックに囲まれながら絶妙なボディバランスでボールをキープ。そこからスピードアップして相手をかわす。アウトフロントの鮮やかなキック。ひねりを利かせた素晴らしいヘディングフォーム。

長身なのでスリムに見えるのだが、オレンジのユニフォームの下に隠された鍛え抜かれた強靭な肉体がそのしなやかな動きを支えているのは容易に想像できた。

彼はハンサムなだけでなく、その目には知性と野性が宿っていた。

そして、何よりもおれを惹きつけた、一枚の写真があった。サトルの文房具店で見つけて脳天に電流が走った写真だ。他のサッカー選手とは明らかに違うものを、おれはそこから感じとった。フィールドの上で、左手をまっすぐ前に伸ばして、仲間に何かを指示している写真だ。

その写真が、とびきりかっこいい。

彼がコントロールしているのはボールだけではなかった。彼がこのフィールドを統率している。彼が「世界」を「統率」している。

その日から、おれのシンディ・ウッド、つまり神が決まった。

翌日、さっそく「草むらの学校」でゴローとサトルとツヨシにクライフの写真を見せた。

おれは少し不安だった。おれがサトルの文房具店で嗅ぎ取った、クライフが放つ特別な「匂い」を、彼らは理解してくれるだろうか。あのとき脳天に走った電流は、おれの独りよがりではなかったか。それはまったくの杞憂だった。

まっ先に食いついたのはサトルだった。

「うわあ、この写真、ばり、かっこええっちゃ」

そう言ってため息をついた。

おれたちの中学のサッカー部は弱小チームだが、その中で一人、気を吐いていたのがサトルだった。二年生の一学期から、センターフォワードでチームの中心選手だ。普段はおとなしいくせに、試合では人が変わったように先輩の三年生の選手であろうと積極的にチームメイトに指示を出すサトルは、オランダ代表の主将として仲間に指示しているあのクライフの姿に一目惚れしたのだった。

「この、ぴんと伸ばした人差し指が、たまらんなあ」

サトルがクライフの真似をして、左手をまっすぐ伸ばして周防灘を指差した。

ツヨシは別の観点からクライフにぞっこんになった。

「クライフって、オランダのエースやろう」

「そうや。エースでキャプテンや。ここに書いてあるっちゃ」

おれは記事を読み上げた。

「オランダは予選の六試合で二十四得点を挙げた。平均四点。驚異的な得点力だ。その原動力がクライフである」

「そんなスターが、なして、14なんや？」

クライフの背番号は、14。

ツヨシの背番号も、14だった。

サッカーで、スターといえば、つける背番号は10と決まっていた。ブラジルのペレがそうだったし、あるいはフォワードがつける11や、7や8や9が花形の番号だ。サッカーで、14といえば補欠の背番号なのだ。

ツヨシのポジションはサイドバックだったが試合には出たり出なかったりで、三年生たちが引退した中二の二学期になってからも、レギュラーにはなれなかった。

だからツヨシの背番号は補欠の14番だ。

しかしクライフはその補欠の背番号14を背負って、オランダ代表の主将として三十六年ぶりに母国をワールドカップに導いた。

背番号14のスター選手なんて今まで聞いたことがない。クライフの登場によって、14が特別な番号になったのだ。

　ツヨシがクライフに肩入れするのは当然だった。

「オランダか！」

　そう叫んだのは、ゴローだった。

「オランダはな、フリーセックスの国やけえな」

　そこに反応？　というかそんなこと知らなかった。

　オランダで、それまでおれが知ってることといえば、風車と、チューリップと……。あとは何も出てこない。

　ゴローは言うのだ。

「おれな、三年前、小学校五年の時に、親と一緒に大阪の万博、観に行ったたっちゃん。大阪に親戚がおったけえ。どのパビリオンも、どうでんよかようなつまらんもんやったけんど、一番いいなっち思うたんが、オランダ館やった。映画みたいなん、やっちょったんやけど、裸の男女が抱き合ってキスしててな、ばり、興奮した。オランダは、フリーセックスの国、ちゅうふうに解説してた。ええ国やなあ、っち思うた。やけえ、おれ、オランダ、好きっちゃ」

　主にそのような、ゴローらしい観点で、彼は六月に西ドイツで行われるワールドカップでは、俄然オランダを応援すると宣言した。ちなみにゴローのサッカー部でのポジションは左ウイングだ。プレイは荒削りだが、めっぽう足が速い。

　ツヨシはおれに訊いた。

「クライフのポジションって、どこなん？」

おれはまた「サッカーマガジン」で得た受け売りの知識で答えた。

「クライフにポジションは、ないっちゃ」

「ポジション、ないって、なしてなん？」

「クライフはフィールドを自由に動き回るっちゃ。右にも、左にも、前にも後ろにも。縦横無尽にな。やけえ、ポジションは、ないっちゃ」

ツヨシに説明しているおれ自身も、いったいクライフとオランダがどんなサッカーをしているのかわからなかった。「トータル・フットボール」という言葉が記事にあったが、その意味もわからない。

何しろおれたちは動いているクライフの映像を一度も見たことがないのだった。

ゴローが動いているシンディ・ウッドを見たことがないのと同じだった。

おれたちの好奇心はますます掻き立てられた。

「動いてるクライフ、見てえなあ」

サトルの言葉におれとゴローとツヨシはうなずいた。

おれたちが「地図」を手に入れた瞬間だった。

旅が始まろうとしていた。

おれたちは、クライフの背番号と同じ十四歳だった。

2　そこには豚と殺人犯がいた

おれたちの町の話をしておこう。

九州の玄関口に北九州市と呼ばれる巨大な街があるのは知っているだろう。そう、教科書に必ず出てくる、あの日本の「四大工業地帯」の中心の街だ。人口は百万を超えている。

おれたちがいたのはその北九州市の南に隣接する、人口三万人ほどのちっぽけな町だ。海沿いに大きな国道と鉄道が走っている。町の北の端から南の端までは、およそ七キロ。ミュンヘン・オリンピックで金メダルを獲ったアメリカのマラソン選手、フランク・ショーターなら、途中で野糞したって二十分ほどで駆け抜けてしまうだろう。

そこは「白」と「青」の町だ。

町の西に広がる山の「白」と、町の東に広がる周防灘の「青」。

町から見える山が白いのは山肌を削って石灰石を採掘しているからだ。

古くはひなびた漁師町だったらしいが、大正時代に目端の利いた政治家がこの山で石灰石が採れることに気づき、採掘が始まって海辺には大きなセメント工場がいくつもできた。そうして魚のにおいのする町はセメントの町へと発展した。日本の名だたるセメント会社の工場が全部集まっている。おれたちの町を一度でも訪れたことのある人なら、山から延びたまるで恐竜の背骨のような灰色の人工物が町の中心部を貫通しているのを見たことがあるだろう。遠くから眺めればハイウエイにも見える。あれは山で採れた石灰石を海辺のセメント工場まで運んでいるベルトコンベアだ。国道も鉄道もまたいで十二キロも続いている。ベルトコンベアの下はちょっとした遊歩道みたいになっていて、春になるとそこに満開の桜並木が延々と続く。なかなか壮観だ。灰色とピンクの帯のコントラストがなんだかエロチックだとゴローは言った。

そうして町で採れた石灰石が工場に運ばれてセメントになる。学校の社会科の先生が鼻の穴を広げながら授業で言ってたことが本当だとすると、人口三万人ばかりのおれたちの町で採れた石灰石が、日本のセメント原料のおよそ一割を占めるというのだ。つまり日本全国の道路や建物、ダムやトンネルの一割はおれたちの町が作っていることになる。

セメントを輸送するために港も発展した。大規模な海の埋め立て工事が盛んに行われ、おれたちが中学二年の時には日産自動車が埋め立て用地を買収して九州一の巨大な工場ができることも決まった。ここでも地元の政治家が活躍した。日産自動車の本社は横浜なのだが、会社のルーツは明治の末に北九州の戸畑（とばた）で作った鋳物会社だ。地元の政治家はそこに目をつけて、故郷に近い北九州に工場を作りませんか、と日産に持ちかけたらしい。それで日産は全国にあった候補地の中からこの町を選んだ、というのだから、「郷土愛」とは大したものだ。

ちなみにおれたちにも郷土愛はある。

日産の工場が横浜から進出してくることが決まった時、妙な噂が流れた。

もしおれたちの町に日産の大工場が完成したら、その工場に横浜から大量の労働者がやってきて移住する。何千人という単位だ。そうなると、おれたちの町の言葉は、北九州弁から横浜弁になってしまう、というのだ。

今にして考えればそれは他愛のない噂に過ぎないとわかるのだが、当時のおれたちは真に受けた。

「おい、横浜の奴らがやってきて、なんとかじゃん、とか言い出しても、おれら、絶対に染まったらいけんけなあ。北九州弁を忘れたら、いけんぞ」

「当たり前ちゃ。学校で横浜弁を使うやつ見つけたら、くらし（殴り）あげちゃろう」

喧嘩なんかからきし弱いくせに、おれたちはそうやって息巻いていたのだった。

もうひとつ、ちなみに言うと、おれたちの中学にもめちゃくちゃ喧嘩の強い奴らがいた。

学校自体は特別荒れていたというわけではない。校内暴力が全国的に問題になるのはもう少しあとだ。教室には窓ガラスがちゃんとあった。それでもあの頃やんちゃな奴らはどこの中学にもいた。うちの中学には甲本（こうもと）という不良グループのリーダーがいて、めっぽう喧嘩が強かった。休みの日に電車の中で隣町の不良高校生数人に喧嘩を売って、ボコボコにしたという伝説を持つ男だ。しかし甲本たちは学校の中で暴れるようなことはしなかった。他の中学に朝鮮人たちの滅法強い不良グループがあり、そんな奴らと小倉の繁華街あたりでやりあっているようだった。今のいじめのように、弱い者をいじめるのではなくいつも自分たちより強いやつに突っかかっていた。甲本は教師たちにも手を出さなかった。教師なんか弱い存在だ、と思っていたに違いない。

そうだ。横浜から大量に人がやってきて町が横浜弁に征服されてしまうんじゃないか、という話だった。実際にそんなことにはならなかったのだが、そんな噂が立つぐらい、日産が買収した海の埋め立て用地は広大だった。

そこはおれたちが子供の頃、貝採りをして遊んだ海だった。潮が引けば干潟になり、沖の方まで歩いていける。春先から夏頃までアサリやハマグリ、マテ貝やタイラギなんかがいっぱい採れた。

それがあっという間にコンクリートで埋め立てられた。

海の青が、コンクリートの白に塗り替わっていく。

そんな時代だった。

大人たちは、おれたちの町を「流れ者の町」と言う。

どこからか人がやってきて、またどこかに去る。そうしてまたどこからかやってくる。

それがおれたちの町の「歴史」だ、と、いつか父親に教えられた。

町にセメント工場ができる前から、おれたちの町は「流れ者の町」だったそうだ。

江戸時代、この地を治めていた小倉藩が藩の財政を安定させるために、遠浅の海を利用して塩田を始めた。明治の世になって、この塩田の仕事を求めて朝鮮や沖縄、南九州から多くの労働者がこの町にやってきた。その後も港湾の埋め立て工事のために朝鮮人たちがこの町にはたくさん移住してきた。鉄道の線路の向こう、それはおれたちが通っていた塾の近くだが、そこにはハングルで書かれた看板のかかった朝鮮人たちの寺があったりする。それから、さらに大きなセメント工場がいくつもできて、また多くの人間がどこかからこの町にやってきたのだ。

ツヨシの父親もまたそんな「流れ者」の一人だった。

一度ツヨシの家に遊びに行ったことがある。おれたちがいつも集まる、あの城跡の近くにある木造の平屋のアパートだ。夏休みで平日の昼間だったが、ツヨシの父親は家にいた。

アパートの扉を開けるとすぐに台所で、そこにちゃぶ台のある部屋と奥にもう一部屋の二間だった。「よう遊びぎゃ、来てくれたなあ」というツヨシの父の言葉には熊本の訛りがあった。ちょうど昼間で、手慣れた様子でそうめんを作ってくれた。ツヨシに母親がいないことは知っていた。熊本の製紙工場でトラックの運転手をしていた頃、同じ製紙工場の食堂で働いていた母と結婚してツヨシが生まれたが、二人は離婚して、ツヨシは小学校三年の時にこの町に来たのだ、と、いつだったか教えてくれた。この町に来てから父親はセメント工場の下請けでトラックの運転手をしているという。

ツヨシの家に行って驚いたことが二つある。

ひとつはちゃぶ台の置かれた四畳半の部屋の壁に八代亜紀（やしろあき）のポスターや写真が所狭しと貼られていたことだ。

「うちの父ちゃん、八代亜紀が好きでなあ。熊本におった頃、まだ無名時代の八代亜紀が地元のキャバレーで歌うてて、その店に通い詰めてたらしいっちゃ。『おれは亜紀ちゃんがデビューする前から、絶対売れるて思うとったばい』ちゅうのが、いつも家で酒に酔うた時の口癖っちゃ」

ツヨシはあとでこっそりそう教えてくれた。そのキャバレーには、ずいぶん金をつぎ込んだらしい。

今のツヨシの家の暮らしぶりがあまり良くないのは、部屋に入るとすぐにわかった。八代亜紀の写真が貼ってある横の柱に、「請求書」や「催促状」と書かれた書類のようなものが押しピンで留めてあったからだ。

「ゆたっと、していってや」と言い残して父親が部屋を出ていった後に、ツヨシがボソッと言った。

「うちの父ちゃん、今の会社、クビになるかもしれんちゃ」

最近は港に大型船の乗り入れが可能となってセメント輸送は車から船に変わりつつあり、ツヨシの父親は今、仕事がほとんどないのだという。

家に入ってもうひとつ驚いたことは、奥の六畳の部屋に机があって、その周りに何十冊と積まれた本の山がいくつもあったことだ。その多くは小説のようだった。

「あれ、ツヨシの本か」

驚いて訊いたおれにツヨシは首を横に振った。

「いや。あれは兄貴の本っちゃ。兄貴な、小説家になりとうてな、雑誌の懸賞小説なんかによう応募しとるっちゃ。もちろん賞に引っかかったことなんか一回もないっちゃけどな」

ツヨシの家の家計は、高校を卒業してから石灰石の採掘場で働いている兄が支えているのだという。


セメント工場にはツヨシの父のように仕事を求めて全国から労働者が集まってきていたが、おれたちが生まれた頃――それはつまり昭和三十四年ごろだが、山ひとつ隔てた筑豊(ちくほう)地帯の炭鉱が相次いで閉山となった。そこから職を失くした炭鉱労働者の多くは北九州市などに出ていったが、この町にも流れてきた。

おれの父親も若い頃は筑豊の寿司屋で働いていた。五木寛之(いつきひろゆき)が「青春の門」で書いたあの町だ。母ともそこで知り合った。その炭鉱が閉山となって、この町にやってきて店を開いた。

父の寿司屋は役場の近くにあり、職員たちもやってくるから、父は彼らが話すこの町の裏事情もよく耳にしていた。日産自動車の工場誘致の裏話をおれが知っているのも、父が役場の客から聞いた話の受け売りだ。

市場の中で文房具店をやっているサトルの母親は山口県の防府(ほうふ)からやってきた。父親は小倉の出身だという。サトルの母親は前にも言ったように当時人気の清純派女優に似た美人だったが、サトルの父親は頭もハゲて前歯の抜けた冴えない感じの人だった。なんであの二人が結婚したのかが、おれたちの大きな「謎」だったが、どうやら二人はどこかよその街で知り合ってこの町にやってきたらしい。しかし詳しい事情はサトルも知らない。

親が地元のゴローを除いて、おれたちの親はみな、どこかからこの町に流れ着いてきたというわけだ。学校でおれたちはもちろん北九州の言葉で話すのだが、ツヨシやサトルが話す言葉には、ときどき父親の郷里の言葉の訛りやイントネーションが混じることがあった。家の中で親たちが郷里の言葉で話すのを聞いているからだろう。おれの親も店では出さないが、家の中では筑豊の言葉が出る。筑豊とおれたちの町は山ひとつ隔てているだけで地理的には近いが、言葉は明らかに違う。そしておれたちの町の人間は、概して筑豊の言葉を嫌う。より正確に言うと、筑豊の言葉を話す人間を嫌う。おれは学校でみんなといる時に、筑豊の言葉が出ないように細心の注意を払った。隠したのだ。親が筑豊の出身であることも。

とにかくおれたちは、そうしてこの町で生まれ、同じ中学に通い、同じサッカー部に入って、同じ塾に通っていた。

あの頃のことを思い出そうとすると、必ず頭に浮かぶことがある。

豚と殺人事件だ。

おれたちが通っていた塾は、海沿いの国道や駅前通りがある町の中心部とは駅を挟んで反対側の、鉄道の線路の向こうにあった。雑木林とキャベツ畑とダイコン畑が広がる寂しい場所だ。おれたちがその塾に通っていた十年前、近くのダイコン畑で殺人事件があった。被害者は隣町で働く専売公社の集金業務を担当する職員で、集金した金を奪われて殺された。殺人犯は被害者の元同僚の運転手で、犯行後逃走し、その後日本全国で計五人を殺して捕まり、死刑になった。ちょうどおれが四歳の時だが、町じゅうがえらい騒ぎになっていたのをかすかに覚えている。父に連れられて、警察官たちやパトカーが集まる駅裏の現場を見に行ったのだ。パトカーの点滅する赤いランプがダイコン畑の茶色い土を照らしていた。

おれの人生の最初の記憶だ。

この殺人事件に、おれは小学六年の時、異常な関心を抱いていた。わざわざ町立図書館まで行って当時の新聞記事を丸々ノートに写し、七十八日に及んだというその逃亡生活のルートと五人の殺人現場も地図付きでノートに克明に記していた。ノートの表紙には黒のマジックで「専売公社職員殺人事件ノート」と記していた。

そのことを知ったサトルが、

「そげなこと調べて、どげんするんや。夏休みの自由研究にでもするんかちゃ」

と茶化すと、おれは真面目に答えた。

「おれも、なんでこげん興味あるんか、自分でもようわからんっちゃ。ただ、夢の中で、この殺人事件のことがしょっちゅう出てくるっちゃ」

「どげな夢なん?」

サトルの問いにおれは答えた。

「あのダイコン畑でその殺人者が人を殺してるところを、おれは目撃してるんや。その時一瞬、殺人犯と目が合う。慌てて逃げるんやけんど、逃げてる途中で足が重とうなって動けんようになる。そしたらおれの背中に殺人犯がおぶさってくる。わあっ！　と、叫んだら、背中の男が言うんや。わしや。父ちゃんや。あっと顔見たら、たしかにおれの父ちゃんなんや。あの殺人犯、おれの父ちゃんやったんか！　父ちゃんはおれに言う。父ちゃんは、逃げるけえ。この町から出て行くけえ。おまえ、わしと一緒に逃げるか。どうする？　この町に残るんか。ついてくるんか。おれは怖なって泣きそうになる。そして逃げるしかない、と心に決める。父ちゃんはおれの返事を聞く前に走り去る。おれは必死で泣きながらその背中を追いかける。そこでいつも目が覚める。そんな夢や」

サトルは二、三度、目をパチクリしてから、ふうん、と小さく唸っただけだった。

おれたちが中二になった時に、その殺人事件が起こったダイコン畑と竹藪が広がる駅裏の、かつての貨物線跡の脇に、ポツンとプレハブ小屋ができた。そのプレハブ小屋が塾なのだった。なんでそんな寂しい場所にできたのか不思議だったが、おれたちは通うことにした。

塾は毎週、たしか火曜日と金曜日の夜七時からあった。教科は数学と英語で、それぞれ別の先生が五十分から一時間ぐらいの授業をした。個人経営の小さな塾で生徒はおれたち四人以外に男子が七人ほど、女子が三人ほどだった。

塾に行こう、と言い出したのは、サトルだったと思う。学校の成績を上げるためとか高校受験のために通っていたというよりは、バラバラのクラスだったおれとサトルとゴローとツヨシが、塾なら一緒の教室で授業を受けられる、という魅力に抗えなかったのだ。二人いた先生の授業はどちらも面白かったたし、授業の合間にしょっちゅう脱線する雑談が楽しかった。

ただ一つ、難点があった。その塾へ行くには、あの殺人事件が起こった、延々と畑ばかりが広がる駅裏の暗い道を突っ切らねばならない。その道はずっと昔には石灰石を駅まで運ぶ貨物線が走っていた廃線跡で、畑より一段高い土手になっていた。土手の道は草がぼうぼうに生えていて自転車では走れない。殺人事件が起こるぐらいだからあたりに街灯はなく、秋ともなると塾へ行く時間にはすっかり日が落ちて真っ暗になった。それでおれたちは、必ずサトルの店で待ち合わせして、人しか通れない狭い踏切を越え、四人揃って土手の上を歩いて塾へ行くことにした。いつも夢で見る、父がおれを置き去りにして走り去るのが、この土手だった。線路の向こうの海のある方角に、巨大なセメント工場の無数の灯りだけがやけに煌々と暗闇の中に浮かんでいた。

土手の途中の脇には養豚場があった。その前を通る時、いつも闇の中から奇妙な声が聞こえてきた。豚が鳴いているのだ。姿は見えず、餌の残飯と排泄物が混じった異臭が鼻についた。おれたち四人はいつもそこを通るときだけ、息を止め、早足で駆け抜けた。

仲間で一番の怖がりはツヨシだった。ツヨシはいつも遅れて慌てて後ろからおれたちを追いかける。

ツヨシはデブとまではいかないが、ずんぐりムックリした体で首が短い。小学生の頃、どちらかというと陰気なツヨシの周りには誰も寄り付かなかった。運動神経もそんなにいいとは思えないツヨシを中学に入った時にサッカー部に誘ったのは、やはりサトルだった。

それからおれとサトルとゴローが通うことになった塾にも彼はついてきた。

どうしてサトルがツヨシを誘ったのか、ツヨシがどうしておれたちの塾についてくるようになったのか、その理由は思い出せない。とにかくそうしておれたちはいつも行動を共にするようになった。

あるとき、豚小屋の前を駆け抜けてホッとしたおれたちに、ようやく追いついたツヨシがボソッと言った。

「よう、知っちょるか」

知っちょるか、と言うのはツヨシのいつもの口癖だった。

「豚、ちゅうのはなあ、悪魔が取り憑いとるっちゃ。やけえ、あげな狂気じみた声で鳴きよるんや」

「それ、ほんとの話か」

「キリストが、悪魔に取り憑かれた人を救うために、その悪魔を豚に移したんや。それで取り憑かれた人は助かったけんど、豚は呪われた」

そういうことが、ちゃんと聖書に書いてある、とツヨシは言った。

ツヨシは、怖がりのくせにオカルト好きだった。

おれたちが中二だった、七〇年代半ばのあの頃、オカルトが大変なブームになった。

ラジオの深夜放送では「ツチノコ」や「UFO」の目撃騒動がずいぶん話題になったし、テレビではユリ・ゲラーなる人物が来日してお茶の間の止まった時計を念力で動かしたりして大きな話題になった。日本が沈没してしまう、というSF小説が大ベストセラーになったのもこの頃だ。映画も公開されておれたちは隣町の映画館まで自転車に乗って観に行った。そんな情報に誰よりも詳しいのがツヨシだった。

それからすぐに『ノストラダムスの大予言』という、一九九九年七の月に空から「恐怖の大王」が降ってきて人類が滅亡する、という本が出て、クラスじゅうの誰もが読んでいた。あの頃おれたちは十四歳。滅亡の年まであと二十六年で、その年、おれたちは四十歳。いや、七月なら誕生日はまだ来てないから、三十九歳だ。

三十九歳で人生が終わるなんて。本当なのか。誰か嘘だと言ってくれ。おれたちはそんな気分だった。

『ノストラダムスの大予言』という本は、平たく言えば、かなり昔に作られたなんだかよくわからない詩がたくさん並んでいて、その詩を五島勉という著者が外国で古くから言われている通説に自分なりの解釈を足して解説した本だ。

クラスの中にはノストラダムスの大予言を信じる生徒がかなりの数、いた。

五島勉の解釈には一定の説得力があって、だからこそあれほどベストセラーになったのだが、人類は遠からず、地球環境汚染か核ミサイルによって、滅亡する、と言うのだ。

クラスでは「信じる派」の方が優勢だった。それは「天地真理派」と「桜田淳子派」の数の差よりも大きかったと思う。

クラスで一番成績のいい入江という男が「信じる派」だったことが大きかった。入江は授業の休憩中や昼休みにノストラダムスの大予言がいかに未来を予見しているかを滔々と力説していた。入江の話を聞こうと彼の机の周りには大きな輪ができた。

十四歳のおれたちにとって、「未来」という言葉はなんともつかみどころのないあやふやな言葉で、だからこそ「未来はない」とはっきりと言い切るその本にみんなはある種の蠱惑的な魅力を感じて吸引されていたのだと思う。

「心配せんでもええけえ。あの本に書いてあることは、全部インチキやけえ」

入江が話している輪に入って、みんなの前でそう言ったのは、ツヨシだった。

誰よりもオカルト好きのツヨシがあの予言を「嘘」だと言うのは意外だった。当時は大多数だったおれたちのようなミーハーなオカルト好きではなく、ツヨシは、なんというか、一本、筋の通ったオカルト好きだった。

当然、三十九歳で死にたくない連中はツヨシの話に聞き耳を立てた。

「インチキって、どういうことや」

自分の話の腰をへし折られた入江が銀縁の眼鏡を光らせて口を尖らせた。

クラスの誰もが固唾(かたず)を呑んだ。

ツヨシは冷静に言った。

「空から降ってくる大王？　そんな、どうでん解釈できるようなことに真実なんかないっちゃ。安もんの占い師が言ってることと大して変わらん。『真実』っちゅうのはどこかの誰かが言うとる、あやふやなことやのうて、自分自身の心が、そうやと強く信じられることだけが『真実』なんや」

おれたちは、俄然ツヨシの言葉に惹きつけられた。

ツヨシは一瞬でクラスのみんなから注目される存在になった。そして続けた。

「もし本当に世界が滅亡するんなら、おれたちはもう学校へも通う必要もないやないか。なんでみんな、地球が滅亡するのがわかっちょるのに学校なんかへ通っちょるん？」

白けた空気が流れた。「信じる派」たちにツヨシのその言葉は響かなかった。

一瞬クラスの注目を集めたツヨシだったが、そんなことを言うものだから、またみんなはツヨシにそっぽを向いて入江の話に吸い寄せられた。

クラスメイトが自分から離れていくのをツヨシは特段気にしている様子でもなかった。

おれはといえば、最初、実は「ノストラダムスの大予言を信じる派」だった。どうやらゴローもサトルもそのようだった。しかし、ツヨシの意見を聞いてから、おれたちは「信じない派」に「宗旨替え」した。「天地真理派」と「桜田淳子派」の壁も乗り越えた。なぜなら、おれたちは「仲間」だったから。一方でツヨシには「霊的」なものの存在を強く信じているところがあった。

「霊っちゅうと、なんか怪しいもんに聞こえるけど、要は、自分の内面に棲みついて、人間を支配するもんや。空から降ってくる恐怖の大王なんかより、ずっと現実的なもんや」

そんなことをツヨシは真顔で言うのだった。

それと関連しているのかもしれないが、ツヨシにはまじないのようなものを強く信じるようなところもあった。昔から言い伝えられていて誰もが知っていたり、誰かに教えられたものというよりも、自分だけが決めたまじない、自分だけのルールのようなものだった。

たとえば、当時、パタパタ時計とか、パタパタクロックとかいって、時刻が変わるたびに、パタパタと数字の表示が変わる時計があったのだが、ツヨシはその時計がパタパタと変わって、11時11分とか、2時22分とか、3時33分とか、同じ数字が並んだのを見た瞬間、

「ちいと待ってくれ!」

と、それまでやってたことを全部やめて、目をつぶって、ブツブツと何かを呟くのだ。

何してるんや、と訊いたら、その時に何か願い事を唱えれば、叶う、という。

それから塾の行き帰りに、踏切の向こうの線路の上で日豊(にっぽう)本線の上り電車と下り電車がすれ違う時がある。そんな時、ツヨシは必ず立ち止まる。そして二本の電車が離れて通り過ぎるまで、やは

り口の中でブツブツと呟くのだ。

中二の三学期から、ツヨシのまじないがひとつ増えた。

学校の階段を登っている時、十四段目で必ず立ち止まる。そして、何かを呟く。

14。それは言うまでもなく、ヨハン・クライフの背番号だった。

ツヨシの「内なる神」が、そこにいるのだった。

3　官能という言葉に興奮した

おれの愛すべき友人のひとり、ゴローのことももう少し話しておこう。

おれもサトルもツヨシも、親たちはみんなどこかからこの町に流れてきたが、ゴローの両親だけは地元の生まれで、父親は漁師だ。

いや、漁師だったというべきだろうか。牡蠣（かき）の養殖をしていたが、漁場としていた海の埋め立てによる多額の補償金を手に入れてからは、昼間から酒に溺れるようになった。せっかく手に入れた補償金もパチンコと競馬や競艇なんかのギャンブルであらかたスってしまったという。母親は何か新興宗教にはまっていてそこにもお金をつぎ込んだという噂もあるが、これも詳しいことは誰も知らない。

ゴローはおれたちのエロ番長だった。

「エロい」という言葉が世の中で使われだしたのはおれの記憶が正しければおそらくもう成人になってからだ。少なくともおれたちが中学生の頃はそんな言い方はなかった。何かエロチックなことを表現するのに使っていたのは、「やらしい」とか、単に「エロ」だった。「エッチ」という言葉もあったが、それはどっちかというと小学生が使うような幼い表現で、中学生になったおれたちはもうあまり使わなかった。

おれたちが「エロ」を語り合うのは、いつも松山城址の「草むらの学校」だった。あの頃、おれたちの十四歳の脳の性欲中枢ときたら、もう何にでも反応した。校庭で交尾している犬を見たりして興奮したりするのはまあそのままの発想だが、城址から見える周防灘に立つ白波が海岸にリズミカルに打ち寄せるのを見てさえ性的興奮を覚えたのには我ながら驚いた。

あの頃の話をする時、どうも性的な方向に行きがちになるのは許してほしい。十四歳の男子の頭の中はたいがいそんなもんではないかと思う。少なくともおれたち四人はそうだった。

最初にスイッチを押すのは決まってゴローだった。

「おまえら、いつも夜、誰を想像してやっちょんの？」

御多分にもれず、おれがあの快感を覚えたのは、小学校の校庭にあった登り棒だ。

登っているうちに股間が棒に擦れて、今までにない快感が脳を突き抜けたのだ。

それから、家で夜中に布団の中で女の人の裸を想像し、射精を覚えた。聞いてみると、最初の経験はゴローもツヨシもサトルもまったく同じだったというではないか。あの小学校の校庭の登り棒は、もしかしたらおれたちに物理的な性的興奮をそれとなく教えるという教育的見地から全国の学校に設置されているのではないかとさえ思った。

「まあ、由美かおるとか。夏木マリとかひし美ゆり子とか」

そう答えたのは、サトルだ。みんな当時の「週刊プレイボーイ」や「平凡パンチ」で水着やヌードのグラビアを載せていたタレントたちだ。

「相変わらず、子供やのう」

いつものように「おまえら子供」発言でマウントを取るゴローに、サトルはうんざりした顔で答えた。

「わかった、わかった。そういうおまえは、シンディ・ウッドやろう？　もう何べんも聞いたっちゃ」

「おお、そうじゃ。シンディ・ウッドは、全身エロの化身ちゃ。全部さらけ出しとんちゃ。中途半端なグラビアの水着やヌードでやっとる幼稚なおまえらと一緒にすんな」

　ゴローの「幼稚」という言葉に、サトルはさすがにカチンときたようだ。

「おまえのほうがよっぽど、幼稚や。全部見えとるっちゅうんじゃ、想像力っちゅうもんが働かんちゃろう」

「ほう。サトル、おまえにそんな想像力、あるんか」

「あるっちゃ。おれはな、道を歩いとる女の人の、服の下の裸やとか、いっつも想像しながら歩いとるっちゃ。道を歩いとる女の人だけやないっちゃ。知っとう女の人でも」

「知っとう女の人？　クラスメイトとか？　麻生不二絵とか？」

　サトルは左手の人差し指を立て、顔の前でワイパーのように横に振った。

「そしたら、誰なん？」

「言わんとこうと思っとったけど、言うちゃろう」

　サトルは挑戦的な目でゴローを睨んだ。

「音楽の安井（やすい）先生っちゃ」

「えっ、安井先生か」

　おれとゴローとツヨシが同時に声をあげた。

まあ、たしかに、安井先生には、中学生のおれたちから見てもちょっとエロチックな大人の魅力があった。年齢はまだ若く二十代の半ばか後半ぐらいだったと思う。髪が長くて、身長がすらりと高く、彫りが深くて綺麗な二重の目をしていた。アメリカのフォークシンガーのジョーン・バエズにちょっと似ていた。

おれたちは目の前に餌を投げられた犬のように食いついた。

サトルは三人の反応に調子づいた。

「学校が休みの日にな、おれ、バスに乗っとったんちゃ。そしたらおれが座った反対側の席に、ミニスカートを穿いた女の人が座っとったんや。ピチピチのセーターを着てな。横から見たら、太ももが丸見えちゃ。おれは、ぼーっと、その白い太ももをじっと見つめてたんや。そしたらな、中条(なかじょう)くん、こんにちは、って、声が聞こえた。顔見たら、その太ももの人、安井先生やったんちゃ。絶対、おれが太もも、じっと見てたん、知ってる。おれは、はずかしゅうなって、次のバス停で降りた。けど、あの時に見た安井先生の太ももは、それから頭の中から離れんようになって……」

サトルの報告は衝撃だった。

「安井先生、そんなミニスカートを穿いて、どこに行こうとしとったんや」

「そんなこと知るか」

ぶっきらぼうに答えるサトルに、ゴローはニヤリとする。

「そういうとこに、想像力働かせろよ。安井先生、独身やろう？　休みの日にミニスカート穿いてバスに乗るっちゃもん。恋人とデートに決まっちょろうが」

「どこで？」

「恋人の部屋やろうが」

おれたちの想像はとめどなく広がり、しばらく沈黙が流れた。二匹のトンボが追いかけ合って空を翔（かけ）た。目で追うと蒼天に真昼の月が浮かんでいた。

「ぺぺ、おまえは？」

沈黙を破るようにゴローがおれに訊いた。

おれの脳裏にはすぐに何人かのグラビアタレントが浮かんだが、サトルの「安井先生」の答えがすでにかなりハードルを上げていて、ありきたりなグラビアアイドルの名前を出すのは憚（はばか）られた。おれは言おうかどうかかなり迷ったが、言うことにした。別に嘘をつくわけじゃない。本当のことだ。

「おれは……、サトルの母さん」

ええっ！　と三人のさっきよりも大きな声が城址の草むらに響いた。

サトルは腹話術の人形のように大げさに両眉をあげ、ぽかんと口を開いた。

「たしかに、サトルの母さん、綺麗、やけんど……」

ゴローの言葉に、話題の主の息子がかぶせる。

「おまえ、おれの母ちゃんの裸、想像して、なんちゅうことしよんかちゃ」

「想像やないっちゃ」

「想像やない？　どういうことや？」

「おれな、サトルの母さんの裸、見たことあるっちゃ」

「えええっ！」

「上半身だけやけど」

「どこで？」

「竹の湯で」

「いつ？」

「今年の春」

竹の湯とはおれたちの町の駅前通りにある銭湯だ。あの頃、内風呂も普及しつつあったが、まだない家も多く、サトルの家もおれの家も銭湯を使っていた。

「竹の湯って、もしかしたら、あの、アワビの貝殻か？」

ゴローが言った。

竹の湯のアワビの貝殻。これには説明が必要だろう。

竹の湯の男の脱衣場と女の脱衣場は当然仕切られているのだが、仕切りは上部が空いており、間に神棚が祀られていた。その神棚にアワビの貝殻が置いてあるのだ。神様の食器だということで漁師町の神棚にはよくあるらしい。貝殻の表面はつるつるで光沢があり、それが鏡の役割を果たして、仕切りの向こうの女性脱衣場の様子がそこにうっすらと映るのだ。最初にそれに気づいたのはゴローだった。あの頃のおれたちの「女性の裸を見たい」という願望は「月の裏側を見たい」というNASAの宇宙計画にも負けぬぐらい強く、その飽くなき探求心がゴローをしてアワビの貝殻の発見に至らしめたのだった。

しかし映る、といってもかなりおぼろげで、そこにはたしかに何かがゆらめいているのだが、想像力をフルパワーで逞しくすれば女の裸体がゆらめいているように見える、といった程度のものだ。

月の表面にうさぎの姿を見るのに近い。人類は四年前に月面に到達したが、十四歳のおれたちの月面着陸はまだずっと先だった。

しかし、おれがサトルの母親の裸を見たのはそれではない。

「アワビの貝殻と違う」

「やったら、どげんして？」

「水の浴槽。あそこから」

「ああ」

ゴローがうなずいた。

竹の湯には、浴場の男湯と女湯の間にも当然壁があるが、浴場に入ってすぐの男女の壁に水の浴槽があり、その浴槽は男湯と女湯共通のもので繋がっているのだった。ただ、水面いっぱいまで水が張ってあるので、そこから浴槽の向こうの女湯は見えない。

しかし、ある日、奇跡が起こったのだ。

おれが一人で竹の湯に行った時、どういうわけか、あの浴槽の中の水が、いつもの半分ぐらいしか入っていなかった。おれは、突然眼前の海が真っ二つに割れたのを見たモーゼのような気分になった。それでとっさに水の浴槽に首を突っ込んで女湯の方を覗いた。その時、サトルの母さんが浴場に入ってきた。おれの目にサトルの母さんの上半身の裸体が飛び込んできた。

おれは正直にそう話した。

「うわあ、おまえ、それ、覗きやないか。つまらんぞ。犯罪やないか」

「そうや。おれもこれはつまらんことやと怖なってすぐに頭を引っ込めた。けど、引っ込める前に、一瞬、見えたんや」

「それが、サトルの母さんの裸……」

ゴローのつぶやきにおれはうなずいた。

サトルが拳でおれの腹にパンチした。

「おまえ、何してくれちょるんや」

「サトル、ごめん」

おれはサトルの目の前で両手を合わせた。

「おまえ、ヘンタイやなあ」

サトルが言った。

「おれの母ちゃんで、て。ヘンタイやで」

「いや、おまえ、安井先生やろ。学校の先生は、ええんか？」

「学校の先生は、ええやろ。普通やろ」

「なんで学校の先生は普通なん。ヘンタイの基準は、なんや？」

そこでみんな黙った。

ヘンタイの基準って、なんだろう？　どこまでが普通で、どこからがヘンタイなんだ。

「とにかくおれは、セックスっちゅうのは、人類愛やと思うちょる」

ゴローがいきなり話題のギアを「セックス」に上げたので、おれたちは緊張した。

そう、おれたちにとってそれは、あの竹の湯のアワビの貝殻を通して見る壁の向こうの世界みたいなものだった。

しかも、人類愛って、なんのことだ?

ゴローが言う。

「セックスするから、人類が繁栄する。つまりセックスは、人類愛ちゃ」

「それって、誰も彼もとセックスするっちゅうことか」

サトルが反論する。

「けど、そんなんが人類愛やとしたら、夫婦はどうなる? 家庭はどうなる? 家庭は壊れるやろ」

「ふん。結婚なんて、つまらんっちゃ。家族愛より人類愛っちゃ。人類愛が広がったら、戦争もなくなるっちゃや。やけえ、おれは、フリーセックス派や」

そんな派があるのか。

天地真理派と桜田淳子派とか、ノストラダムスの大予言を信じる派と信じない派より、ずっと危険な大人の匂いがする。

「もちろん、誰も彼もとセックスするわけやない。そんなもんは犬や猫と一緒やろう」

犬や猫が誰も彼もと交尾しているとは言い切れないとは思ったが、まあ、ゴローの言いたいことはわかる。ゴローは続ける。

「当然、そこにはお互いの合意が必要ちゃ。こっちの好みもあるし、相手にもあるしな。一方通行じゃつまらんちゃ。当然それはわかった上で、おれは、なるべくたくさんの女の人と、セックスしたい」

ゴローがそんな野望を抱いていることを、おれたちは初めて知った。

「なるべくたくさんって、何人ぐらいや？」

おれの問いに、ゴローは答えた。

「おれの夢はな、死ぬまでに、イニシャルAからZまでの女、全員とセックスすること」

「えっ」

ゴローの言葉に、おれたちはのけぞった。

「イニシャルAからZまでって……」

ツヨシが数えだした。

「A、B、C、D、E、F、G、H、I……」

「二十六人」

ツヨシが全部数え終わらないうちにゴローが答えた。

その人数にも驚くが、おれたちが一番驚いたのはそこではなかった。

イニシャルなんて、顔とか体型とか性格とか、およそ男が女に抱きそうなセクシャルな好みの要素と、何も関係ない。ただの記号じゃないか。

「なんで、イニシャルなんや？」

サトルが当然の疑問の矢を放つ。

「イニシャルって、エロチックやないか」

エロチック？　イニシャルが？　ゴローのエロの思考回路がよくわからない。

「おれな、小学生の時、『イニシャル』っちゅう英語を初めてどこかで聞いて、どげな意味やろうっち思うて、辞書で調べたことあるっちゃ。そげんしたら、ローマ字で書いた物や名前の、最初の文字、って書いとった」

そんなことはおれたちも知っている。

「つまり、うちのクラスの女子で、出席番号一番の麻生不二絵やったら、Ａ・Ｆや」

「うん。それがどげんした？」

「ばり、やらしくないか？」

「何が？」

「麻生不二絵って言うより、Ａ・Ｆって言うた方が、ばり、やらしいやないか」

おれは反論した。

「麻生不二絵って言う方が、やらしいやろ。イニシャルより、名前の方が」

今から思い出しても恥ずかしいが、おれは小学生の時、好きな女の子の名前を、見開きのノート一面に呪文のように書いたことがある。それから、自転車で鉄橋の下に行って、電車が鉄橋の上を走っている時に大声で好きな子の名前を叫んだことも。好きな女の子の名前。これ以上にときめくものはないではないか。しかし、ゴローは、名前よりもイニシャルの方がときめく、と言うのだ。

おれが人生で人間の性的嗜好の多様さに初めて触れた瞬間だった。

「Ａ・Ｆ。ああ、やらしい。なんっち、いうか、そこには、めくるめく、秘密めいた匂いがあるげな」

秘密めいた匂い。

そういえばクラスの女の子たちが、「Ｋ・Ｓさん」なんて感じで好きな先輩男子のことをイニシャルで言い合ったりしているのを聞いたことがある。

　ゴローが言いたいのはそういうことだろうか。しかしやはりまだ釈然としない。普通は、好きな女の子ができて、それからその名前とか、イニシャルにときめくものだろう。順番が逆じゃないか。倒錯している。

　しかしゴローはおれたちの困惑に御構いなしだ。

「A、B、C、D、E、F、G、H、I、全部、やらしいやないか。それぞれのイニシャルに、それぞれのやらしさがある」

　AがBよりいやらしくて、FがGよりいやらしい、ということではないようだ。そこは平等なのだ。人類愛、というやつか。ゴローの性的嗜好はますます謎めいていく。

　おれたちは、ゴローの考えをいったん呑み込むことにした。

「イニシャル二十六文字、全部の名前、あるかな？」

「あるやろう」

「Aは？」

「愛子（あいこ）、敦子（あつこ）、亜美（あみ）、明美（あけみ）、亜由美（あゆみ）、麻美（あさみ）」

「おお！　小林（こばやし）麻美！」

「たまらん！」

「Bは？」

「バーバラ」

「えっ、外人？」

「愛は国境を越えるんちゃ。外人で何が悪い？　Cはキャロライン、Dはドロシー。Eは日本人でも山ほどおんしゃんな。恵美子（えみこ）、江理子（えりこ）、英子（えいこ）、悦子（えつこ）、詠美（えいみ）」

「Fは？」

「麻生不二絵で決まり」

そこは外せないみたいだった。

「Gは難しいじゃろ」

「グレタ。グロリア。ガーネット」

「やっぱり外人か。そんなに外人と、できるかのう」

「できるよ。おれはな、大人になったら、船乗りになる」

「船乗り？」

「おお。海が好きやけな。親も漁師やし。それで、いろんな国の港、港を渡り歩く」

「それで、世界中の女とやる？　アメリカ人、イタリア人、フランス人、ブラジル人、オーストラリア人、中国人、インド人、アフリカ人」

ゴローは首を横に振った。

「人種とか、国の違いに興味ないっちゃ。そんなんに何の意味がある？　そんなんにこだわるのはつまらんことっちゃ」

ゴローはまるでジョン・レノンみたいなことを言った。

なんだかよくわからないが、いつの間にかゴローの夢を応援したい気分になった。

サトルが立て続けに訊く。

「Hは」

「博子(ひろこ)」

「Ｉは」

「郁恵(いくえ)」

「Ｊは」

「順子(じゅんこ)」

サトルはまどろっこしくなったのか、いきなりアルファベットをいくつか飛ばして言った。

「Ｑはおらんちゃろ」

「おるよ。クアトロ」

「おお！　スージー・クアトロ！」

おれたちは叫んだ。

スージー・クアトロ。全身を黒のピッチピチのレザー・スーツに身を包んで、自らベース・ギターを弾いてハード・ロックを歌う、めっちゃくちゃかっこいい女性ロッカーだ。むさ苦しい男たちをバックバンドに従えて、まさに彼女はロックの女王様だった。当時は女性でハード・ロックを歌う人なんていなかった。出す曲出す曲ヒットして、深夜放送で毎日のように彼女の曲がかかっていた。おれが生まれて最初に買ったＬＰレコードはスージー・クアトロだ。ちなみにアルバムのタイトルは「サディスティック・ロックの女王」だ。

「『キャン・ザ・キャン』！」

おれが彼女のヒット曲のタイトルを叫ぶ。そしてサビの部分を歌う。

「『48クラッシュ』！」

サトルが続ける。これも彼女のヒット曲だ。やっぱりサビの部分をみんなで歌う。

「『デイトナ・デモン』！」

ツヨシが一層でかい声で叫ぶ。もちろん彼女のヒット曲だ。

サビの部分をみんなで歌う。おれたちの当時の英語力では彼女が歌う英語の歌詞はうまく聞き取れず、どの曲もサビしか歌えない。しかし彼女の歌はどれも曲のタイトルがそのままサビの部分の歌詞なので、そこだけはみんなちゃんと歌えるのだった。


「デイトナ・デモン！　デイトナ・デモン！　デイトナ・デモン！」


おれたちは呪文のように大声で口ずさんだ。

「これ、絶対、エッチな歌やって。悪魔が、欲望で人間をたぶらかす歌っちゃ」

オカルト好きのツヨシが力説する。

たしかにこの曲はめちゃくちゃ色っぽい。歌い出しが彼女の、セックスを連想させるような吐息から始まるのだ。ツヨシが妄想を膨らませるのも無理はなかった。

「たしかに、スージー・クアトロは、なんか、やらしいやなあ」

おれたちのボルテージが一気に上がった。

Qが見つかったことで、俄然勢いづいた。

「Rは」

「律子(りつこ)」

「Sは」

「山ほどおりんしゃる」

「Tも、Uもな」

「Vは」

「おお、Vか。ヴィクトリアに、ヴィヴィアン」

「おお、なんか、美女っぽい名前や」

「Wは」

「シンディ・ウッド！」

ゴローが叫んだ。どうやらFの麻生不二絵とWのシンディ・ウッドだけはゴローの中で確定しているようだった。

「Xは？」

「X……」

そこで、みんな黙った。

「Xは……、うーん、Xか……」

ゴローの夢はここで潰えるのか。

しかしゴローは諦めない。

「今、おれらが思い浮かばんだけちゃ。世界の人口は四十億人おるんちゃ。女が半分としても、二十億人。その中に、一人ぐらい、Xが頭文字の女性も、おるやろう」

「Zも難しいぞ」

「うーん。たしかに」

任天堂から「ゼルダの伝説」が発売されたのはそれから十年ばかり後なので、ＺＥＬＤＡという女性の名前が存在することを当時のおれたちはまだ知らない。

しばらくうつむいていたゴローがさっと顔を上げた。

「けど、ザンビアって国、あるやろう。あのザンビアって、たしかＺで始まる国やったぞ」

「ザンビア？」

「ああ。アフリカにある国っちゃ。おれも知らんやったけど、小学生の時に大阪の万博行った時、ザンビア館っていうのがあったっちゃ。どこのパビリオンもばり混んでたけんど、そこは行列もなかったから、入ったっちゃ。太鼓とか木彫りの仮面とか、鶏小屋とかが置いてあった。あと、大統領の肖像画。その建物の表に、ＺＡＭＢＩＡって書いてあったっちゃ。おれ、万博のパビリオンで覚えてるのは、オランダ館と、ザンビア館だけ」

国名にＺがつく国がアフリカにはあるし、だったらイニシャルがＺの女もアフリカにはいるんじゃないか、というのが、おれたちの差し当たっての結論だった。

だが、ゴローの「イニシャル二十六人全制覇」の野望の前には、依然としてＸが大きく立ちはだかっていた。

そして仮に世界に二十六のイニシャルを持つ女性がいるとして、ゴローが彼女たち二十六人もの女性とめでたく行為に及ぶことができるのか、ということは、まったく勘案されていないのだった。

そんなおれたちのエロのバロメーターをさらに飛躍的にあげた出来事が、中二の秋に起こった。

塾へ行くまでの時間、いつものサトルの店で雑誌を立ち読みしていたら、ゴローが突然叫んだのだ。

「うわあ！　なんや、こりゃあ！」

ゴローが立ち読みしていたのは「週刊ポスト」という、大人が読む週刊誌だった。表紙はよく覚えていないが、水沢アキだったか由美かおるだったか、とにかくちょっとエッチっぽい女優だった。

「これ、ちかっぱ、いやらしいっちゃ！」

いったいだれのヌード写真か水着のグラビアが載ってるのか、と思っておれとツヨシは覗き込んだ。しかしゴローが見ていたページにグラビアはなく、文字しか並んでいなかった。

「何、見とんの？」

「小説っちゃ」

「小説？」

そこに「初夜の海」というタイトル文字が見えた。タイトルからしていやらしい。さすが大人の雑誌だ。

「これ、凄いっちゃ……」

エロ番長のゴローが絶句するって、どんな小説だ？　おれはゴローの手から雑誌を奪って、その「小説」の一行目から文字を追った。

驚いた。

十四歳のおれたちが、その詳細な描写をどこまで頭の中で再現できたかは大いに疑問だったが、とにかくそこに並んでいる比喩を尽くした文字の群れがかなり淫靡(いんび)であることは、中学生でも理解できた。

「うわあ！　ばり、エロエロやん。これ、誰が書いとるの？」

ゴローがタイトル横の作者名を指して答える。

「富島健夫、って書いてある」

「えっ！　富島健夫!?　ほんとかちゃ？」

今度はツヨシが叫んだ。

「知っちょるん？」

「知っちょるよ！　この人、いま、『中三時代』に小説、連載しとる人や」

「『中三時代』に？」

ツヨシはサトルの店の棚に置いてある「中三時代」を持ってきて、ページを開いた。

中学生らしい、爽やかな男女のイラストが載っている。

「若葉の頃」というタイトルが見えた。

「おまえ、なんで中二やのに、『中三時代』読んどるの？」

「おれ、小説、好きやけん。兄貴の影響でな。立ち読みでたまに『中三時代』の小説も読んどるんや。『中二時代』の小説より『中三時代』の小説の方が、ちょっと、大人やけんな」

中二と中三じゃそう変わらんだろうと思うかもしれないが、この一年の差は大きかった。

そうして背伸びして上の学年の雑誌を読んでみたい気持ちはおれにもなんとなくわかる。

「けんどな。この、『若葉の頃』はな、青春小説やぞ。もう話はだいぶ進んどるけど、主人公の中学生は好きな女の子と手もつながんし、キスもせん」

そりゃあそうだろう。いくら「中二」よりは大人とはいえ、学習雑誌の「中三時代」に載ってるんだから。タイトルが「若葉の頃」なんだから。

「どんな話なん？」

「主人公のクラスに好きな女の子がおってな。その好きな子から、親友が片思いしてるクラスメイトの男子生徒に、彼女の気持ちを伝えてほしい、と頼まれるんや。で、その男子生徒に彼女の気持ちを伝えたら、男子生徒は、別に好きな子がおるから、と断る。で、その好きな子っていうのが、主人公の好きな子と同じや、ということがわかって、さあ、どうなる？　みたいな話」

「うわあ、ばり、青春や！」

「若葉の頃や！」

当時は中学生や高校生向けの学習雑誌にこの手の物語がたくさん載っていて、世間ではそんな小説のことを「ジュニア小説」と呼んでいた。

そんな「青春をどう生きるか？　友情とは？　恋愛とは？」みたいなことを中学生に問いかけるような小説を書いている作家が、全く同じ月に、エロ全開の小説を大人向けの週刊誌に書いているのだ。

そげんこと、ありなんか？　おれは心の中で叫んだ。

それは言ってみれば、昼間、教室で真面目な顔をして生徒たちに授業している中学校の先生が、夜、大人向けの、大股びらきのエロ漫画をせっせと描いているようなものではないか。しかもこの作者は、その所業を隠すことなく、同じ名前で、しかも同じ時期に発表し、こうしてサトルの文房具店の雑誌売り場の棚に仲良く並べて売っているのだ。

おれたちの中学校にも「中三時代」の「若葉の頃」を読んで胸をときめかしている女子生徒たちがたくさんいるだろう。彼女たちは、その小説を書いているのと同じ人が、大人の週刊誌にこんないやらしい小説を書いていることを知っているだろうか。きっと知らないだろう。なんなんだ、この人は。

おれたちの頭の中に「富島健夫」という名前が深く刻まれた。

ゴローは興奮のあまり、その「週刊ポスト」をこづかいで購入して塾へ持って行った。

さらにわざわざ電車に乗って小倉で一番大きな書店まで行き、富島健夫が出している、エロ全開の方の小説を何冊も買い込んで読み出した。

塾の授業中もそれを読んでるものだから、さすがに先生に怒られた。

ここでおれたちが通っていた塾の先生のことについても話しておいた方がいいだろう。

塾で習う科目は英語と数学で、それぞれ別の先生がいた。

英語の先生はヒッピー崩れのような長髪でジーパン、色のついた眼鏡をかけていた。およそ先生らしからぬ先生だ。一見ちゃらけているが、どうやら塾の経営者はそのヒッピー先生の方だという。

もう一人の数学の柿沼（かきぬま）先生は、ヒッピー先生に雇われて教えに来ているようだった。彼はヒッピー先生と対照的で、堅物の印象だった。角刈りでいつもパリッと背広を着ていた。ずんぐりとした体型で塾の先生というよりは柔道の道場の師範のような感じだ。しかし数学の授業はわかりやすかった。そんなたたき上げの刑事みたいな柿沼先生が、時折目尻を下げて柔和な表情で笑うのをおれは見逃さなかった。端的に言って、おれは柿沼先生が好きだった。

ある日のことだった。

柿沼先生は、授業の途中で、「ちょっと休憩」と言って教室の中にあるトイレに入った。トイレから出てくると、手洗いの蛇口をひねって石鹸で丁寧に手をこすりながら、机に座っているおれたちに奇妙なことを言った。

「君ら、火炎瓶の作り方を知っちょるか」

知ってるわけがなかった。

首を振るおれたちに、柿沼先生は、卒業までに教えてやるっちゃ、と謎の言葉を残して、授業に戻った。

おかしなあの塾の先生は二人とも、実は過激派で、訳あってこの町まで流れてきて塾をしているのだ、という噂話を耳にしたことがある。あいつらは指名手配犯だ、という大人もいた。当時連続企業爆破事件などが世間を騒がせていて、過激派のメンバーが全国指名手配されていた。まさか指名手配犯がいくら流れ者の町とはいえ顔を晒して塾の先生をしているわけはないだろう。当時は全国チェーンの塾なんかなかったし、塾も今みたいにどこにでもあるようなものではなかった。個人で塾をやってるとなれば、何か訳ありだ、と世間では見られていたのかもしれない。

「おい、ゴロー。おまえ、先生が授業しよる時に、何、読んどうと？」

そう言って授業中に小説を読んでいたのを怒ったのは柿沼先生だった。

ゴローは正直に答えた。

「富島健夫、いう人の小説です」

「おう、富島健夫か」

柿沼先生は、そう言ってうなずき、

「ええ小説、読んどるの」

意外な返事が返ってきた。

「富島健夫の、どんな小説や？」

「エッチな方の小説です」

「そうか。そりゃあ、ええのう」

「先生は、富島健夫が、青春小説を書いとるのも、知っとりますか」

「もちろん、知っとるよ。ぼくは、愛読者じゃ」

そのあとの、柿沼先生の一言は、衝撃だった。

「富島健夫は、この町の出身やけなあ」

「えっ！」おれたち四人は同時に叫んだ。

「ほんとですか？」

「嘘ついてもしょんなかろう。家は先祖代々、周防灘の漁師やったそうや。漁業がうまいこといかんようになって、両親が戦前に朝鮮に渡ってから生まれたんやけど、戦後はまた戻ってきて、中学と高校時代は、この町に住んどった、ちゅうことや」

「えっ、どこ中ですか？」

「通うとったのは豊津（とよつ）中学ちゃ」

「豊津中学ですか！」

もちろん知っている。もしかしたら富島健夫も、おれたちがいつも集まるあの松山城址に登って、周防灘から海岸に打ち寄せる白波を眺めながら、興奮したことがあったかもしれない。

「この町に住んどった頃は、苦労したみたいやな。母を早うに亡くして、家の畑仕事を手伝うたりしながら、病気の父親の面倒をみとったそうや。大学は早稲田に行って、それから作家になった。富島健夫の本は、図書館にも置いてあるけえな」

「図書館に？」

あんないやらしいことを書く人の本が、図書館に？　おれたちはますます富島健夫を尊敬した。

「すごい人なんやねえ」

「ああ。ジュニア小説で一番人気があって、しかも官能小説でも、トップやけえな」

「カンノウ小説？」

おう、と答えて、柿沼先生は、数学の図形問題の横に書いた。

官能、と。

おれたちは、白いボードに赤いマーカーで書かれたその二文字を、じっと見つめた。

「ジュニア小説と、官能小説、どっちがほんとの富島健夫ですか」

サトルが訊いた。

「どっちもほんとの富島健夫ちゃ」

柿沼先生はきっぱりと答えた。

「どっちも、本気で、誠実に書いとる。ぼくにはそう読める」

これはぼくの推測やけな、と前置きして、柿沼先生はさらに続けた。

「ジュニア小説やとか、官能小説やとか、ちゅうて、読む方は線引きして呼びようけどな。彼の中では、そんな線引きは何にものうて、目指そうとしとるもんは、同じやないかなと思う」

だとしたら、富島健夫が目指そうとしているものは何なのだろうか、とおれは思った。

「さあ、こういう話は先生も嫌いやないけえ、もっともっとしときたいけど、そろそろ授業に戻らんといけんな。図形の証明問題や。ＡＢイコールＡＤ、角ＢＡＣイコール角ＤＡＣならば……」

柿沼先生はおれたちに背を向けて、ホワイトボードに戻った。

その時知った「官能」という言葉は、おれたちの間でしばらくの間、流行語となった。

4　クライフ同盟がついに動いた

「おい、おれたちが、ヨハン・クライフにこれだけ惹かれる理由が、わかったぞ」

松山城址の「草むらの学校」で、ゴローが言った。

「おお、なんでや」

その答えが知りたかったおれは膝を乗り出してゴローに訊いた。

「ヨハン・クライフはな、官能的なんちゃ」

「官能的?」

「そうちゃ。いつやったか、柿沼先生が教えてくれよったやろ」

ゴローは、柿沼先生が富島健夫の小説のことを教えてくれたあの夜のことを言ってるのだった。

「おお、官能的か」

サッカー選手に対して、官能的、という形容をすることにおれたちは何かとてつもない発見をしたような気持ちになって高揚した。

「そうなんやな。うん、うん。ヨハン・クライフは、官能的なんや」

おれたちはゴローの見解に全面的に納得した。

正直、「官能」のなんたるかを当時のおれたちはきっとよくわかっていなかった。ヨハン・クライフというおれたちの憧れの存在こそが「官能」なのだ、と、その時のおれたちは定義した、と言った方が正確かもしれない。

ヨハン・クライフは、一九七三年、「サッカーマガジン」の一月号を目にしてからおれたちの「神」になった。しかしおれたちが「神」に触れる手立ては、サトルの店に届く「サッカーマガジン」しかなかった。

そして一月十四日だ。「サッカーマガジン」の二月号の発売日がやってきた。

たまたま手に取った一月号と違い、おれたちはその発売日をずっと心待ちにしていた。

ヨハン・クライフの情報に飢えていたのだ。その日、期待に胸を膨らませてサトルの文房具店に行った。

おれたちは奪い合うようにして二月号のページを繰った。

しかしグラビアも本文記事も、日本の天皇杯と天皇杯で優勝した三菱の杉山隆一の引退記事で埋め尽くされ、海外の情報で載っているのは西ドイツとイタリアとブラジルとイングランドばかり。クライフは、昨年の欧州年間最優秀選手に選ばれた、というたった二行のキャプション付きで、カップを手にする白黒写真が一枚載っているだけだった。

心底がっかりした。「なんでワールドカップ予選で敗退したイングランドの記事がこげん詳しゅう載っとって、クライフがこげな扱いなんや」

しかしおれたちの憤慨は、すぐに霧消した。

その二月号には、クライフに対する不当な扱いを補って余りある、重要な情報が載っていたのだ。

ゴローが雑誌の中ほどの広告のページを開いて叫んだ。

「おい、こんな広告、出ちょるぞ！」

一ページをまるまる使って、そこにはこう書かれていた。


「サッカー・マガジン2月号増刊　'74ワールドカップ展望号　1月下旬発売」

なんとワールドカップを特集した増刊号が出る、というのだ。

カラー　ワールドカップを戦う世界の超スターたち
グラビア　ワールドカップ出場16チーム全選手写真名鑑
本文　ワールドカップ出場16チームの全貌
ワールドカップ本大会の全スケジュール、組み分け

クライフのことがいっぱい載っているのは、きっとこの増刊号だ！

まだ発表されていなかったワールドカップ本大会の全スケジュールと組み分けもこの増刊号には載るという。おれたちは俄然興奮した。

「今日、一月十四日やろ。発売日の一月下旬て、いつなんや」

「電話して訊いてみよ！」

サトルは店の勘定場の電話から「サッカーマガジン」を発行しているベースボール・マガジン社に電話した。雑誌の一番後ろに電話番号が載っていた。

「はい。サッカーマガジン編集部ですが」

「あの、『サッカーマガジン二月号増刊』って、いつ発売されるんですか？」

「ああ、はい。一月三十一日木曜日の予定です。ただ一部の地域で遅れますが。どちらからお電話かけてますか？」

「福岡です」

「ああ。では、通常の発売日より、二日遅れますね。二月二日です」

そうだった。実はおれたちはそのことを知っていた。配送しているトラックの関係だった。東京から西日本へ雑誌を運んでくるトラックは、まず関西地域までは当日に届ける。そしてトラックは関西で一泊し、翌日に中国地方に届ける。そうして山口県の下関までは一日遅れで届くのだが、その先まで行くトラックは下関でもう一泊して、関門海峡を越えて西は、翌々日の配送になるのだった。つまり雑誌は東京や関西より発売日が二日遅れる。だから「サッカーマガジン」の本当の発売日は毎月十二日なのだが、サトルの店には二日遅れの十四日に届く。

関門海峡。距離にすればわずか六百五十メートルばかりのこの海峡は、雑誌の発売を心待ちにするおれたち九州人にとっては「恨みの海峡」だった。「少年マガジン」しかり。「少年ジャンプ」しかり。おれたちはこれまで「あしたのジョー」の矢吹丈の死や、「ハレンチ学園」の衝撃の最終回を、東京や大阪の読者より二日遅れで知る、という屈辱に甘んじてきた。

「下関まで買いに行こうっちゃ」

そう言い出したのはサトルだった。

サトルの店に「サッカーマガジン」の増刊号が届くのは二月二日。海峡を越えれば一日早く、二月一日にクライフの記事が読める。

おれたちの決断に迷いはなかった。「神」が海峡の向こうでおれたちを待っているのだ。

「自転車で行こうや」

サトルが言った。

「なんで自転車や？　電車でええやろ」

「関門海峡なんてすぐそこや。いつも登ってる松山城址から見えちょるやないか」

おれの問いにサトルが答えた。

サトルは部屋に戻り、社会の授業で使っている帝国書院の地図帳を持ってきて広げた。

そしておれたちの町から関門海峡の向こうの下関までの距離を測った。

ざっと見て、およそ三十キロ、といったところだ。

「自転車で時速十五キロで走ったら、二時間で着く」

たしかに松山城址の頂上に登れば関門海峡は、すぐそこに見えている。自転車で行くのに、さほど時間がかかるとは思えない。往復の電車賃も浮く。

「よし。自転車で行こう」

サトルの提案に、おれとゴローが乗った。

サトルもおれもゴローも、みんなちょっとした自転車を持っていた。ちょっとした自転車というのは、普通の自転車よりもさまざまな機能が搭載されたもののことだ。「ジュニアスポーツ車」と呼ばれ、当時の中学生たちの間ではかなりのブームだった。「少年マガジン」や「少年ジャンプ」の裏表紙には毎号のように一面カラー広告が載っていた。特に人気だったのが、電子フラッシャーと五段ギア変速がついたセミドロップ自転車だ。

少し説明が必要だろう。

電子フラッシャーとは、要は方向指示器の役割を果たすランプのことで、荷台の下に搭載されている。横並びにランプが五つも六つも繋がっていて、曲がる方向にランプが点滅するのだ。自転車なのにとてもエレクトリックで格好いい。

また、セミドロップとは、ハンドルがドロップハンドルよりも緩やかなＭ字に湾曲している自転車だ。

おれたちの仲間で一番いい自転車を持っていたのはゴローだった。エレクトロボーイＺという、パナソニックのナショナル自転車から発売された当時最先端の自転車を持っていた。四、五万はしたと思うが、父親に転がり込んできた漁業の補償金がまだそのころは残っていたのだろう。

サトルとおれはとてもそんな最高級のものは買ってもらえなかったが、それでも親にこれから勉強を頑張るだのなんだのと約束して、サトルはセキネのＶＸ－ＧＴＯというスポーツ自転車を、おれはミヤタのサリージャンボテクニカというスポーツ自転車を買ってもらった。

「おれは、やめとく」

サトルの提案に、ツヨシはうつむいた。

「なんでや」

「おれの自転車、変速ギアも付いてないけえ。行ったら遅れて、みんなに迷惑かけるけえ」

ツヨシだけが、普通の自転車に乗っていた。セメント工場の下請けでトラック運転手をしている父親は今ほぼ休職中で、採掘場で働いている兄の収入だけではなかなか家計も苦しいのだろう。無理して月謝五千円の塾に通わせてもらっているという事情もあったはずだ。

「そんなこと気にせんでええっちゃ」

「いや。やめとく」

サトルが大きく息をひとつ吐いた。

「そうか。それやったら、自転車で行くのは、やめとこう」

「なんでや。三人で行ったらええっちゃ」

「それはできん」

「なんでや」

「ツヨシ、おまえも『クライフ同盟』のメンバーっちゃ。置いていくわけにはいかんちゃ」

サトルがツヨシの肩に手を回した。

「ツヨシ、おまえはおまえのペースで走ったらええけえ。一緒に自転車で行こう」


二月一日。おれたち四人は放課後のサッカー部の練習をサボって、自転車で下関に向かった。町を出たのは午後三時半過ぎ。国道10号をひた走った。福岡の冬は日が短い。夕暮れが迫る中、エレクトリックなランプを点灯させて自転車を走らせた。ジュニアスポーツ車なら時速十五キロで走るのはそれほど難しくなかった。ツヨシの自転車だけがやはり少し遅れた。おれたち三人は時々停まってツヨシが追いつくのを待った。

「先に行ってくれ」

ツヨシの言葉に、サトルは答えた。

「そんな急がんでも、クライフは待っといてくれとるけえ」

関門海峡の手前まで来た時には日は完全に沈み、トンネルをくぐって下関に着いた時には真っ暗だった。午後六時。およそ三十キロの道のりを二時間半ほどで走ったことになる。

道を歩いている人に声をかけた。

「すみません！　この辺に、本屋さん、ないとですか？」

「ああ、ここの道、自転車でもうちょっと行ったら、すぐに商店街があるけん。その入り口に一軒あるっちゃ」

おれたちはペダルを漕いだ。

商店街のアーケードが見え、その入り口に書店の看板が見えた。

商店街の入り口に自転車を停めて書店に駆け込んだ。

「『サッカーマガジン』、二月号の増刊、ありますか？」

入り口で叫んだ。

「さあ、どげんかな。ちょっと、そこの棚、見て」

店主は雑誌の棚を指差した。

おれたちは駆け寄った。

「あった！」

ゴローが叫んだ。

「サッカーマガジン」二月号増刊。

表紙は西ドイツのミッドフィールダー、オベラーツだ。その写真の横にワールドカップの優勝国に授与されるカップ、ジュール・リメ杯が大きく写っていた。

雑誌を四人で囲み、覗き込む。サトルがページを繰る。

カラーグラビアは、出場する各チームの集合写真が一ページごとに載っている。

まずは西ドイツ。続いてブラジル。

そしてその次のページがオランダだった。

「おお！　オランダ！」

オランダは三十六年ぶりのワールドカップ出場にもかかわらず、前回大会準優勝のイタリアを差し置いて、三番目に載っていた。

オレンジのユニフォームに身を包んだ十一人が並んでいる。

前列の左から二人目。キャプテンマークをつけたクライフは、太陽が眩しいのか、ちょっと目を細めて写っている。

「おお！　ヨハン・クライフ！」

おれたちは、ただクライフが写っている、というだけで興奮した。

四チームごとに分かれて行われる予選リーグの組み合わせはすでに決まっていて、オランダはグループ3に入っていることをおれたちはその増刊号で初めて知った。

グループ3の他の国はウルグアイ、スウェーデン、ブルガリア。ここから上位二チームが、第二次リーグに進むのだ。

優勝候補の西ドイツ、ブラジル、イタリアとは別のグループだ。

グループリーグ突破の確率がかなり高いことは記事を読まないでもわかった。

「ワールドカップ74　出場全16チーム　スター名鑑」と銘打たれた白黒のグラビアページがあった。

おれたちは他の国をすっ飛ばしてオランダのページを探した。

そこにはレギュラーメンバー十一人の顔写真が載っていたが、クライフだけは別格だった。選手の写真は一ページに四、五人ずつ載っているのだが、クライフの顔写真だけは一ページ全部を使っている。そんな扱いなのは、他の国を含めても、クライフただ一人だけだ。

この大会は、クライフの大会なのだ、と確信した。

グラビアや本文記事の中でクライフの写真を見つけるたびに、おれたちは歓声をあげた。

背番号14が彼の背中で輝いている。プレイしているクライフが写っているすべてのページからは、何か特別な光が放たれている気がした。

「官能」

という言葉がおれの頭に浮かんだ。

「ぼくたち、立ち読みは、つまらんぞ」

本屋の主人が言った。

「買います！　買います！　買いますから、今、ここで、もうちょっと読ませて！」

サトルが主人に言った。

おれたちがヨハン・クライフを連れて町に帰って来た頃には、午後九時を過ぎていた。

下関まで行ったことは親たちには内緒にして、塾の特別授業があってちょっと遅くなった、と嘘をついた。

ヨハン・クライフはツヨシが家に持って帰った。

ツヨシは、今日、その「サッカーマガジン」を抱いて寝ると言う。

明日になれば、同じ雑誌がサトルの店にも届く。

今日はそれより一日だけ早い夜。

だからこそ今夜は、おれたちにとって、特別な夜だった。

その短い旅からおれたち「クライフ同盟」の結束は急速に固くなった。そしてそのあとさらに絆を強める出来事が起こった。

「サッカーマガジン」の二月号にはもうひとつ、重要なことが載っていたのを読み落としていたのだ。

気づいたのはサトルだった。それは読者の投稿欄にあった。

「おい、この投稿、ちかっぱええこと、書いちょるぞ！」

「草むらの学校」で、サトルが読み上げた。


全国のサッカーファンのみなさん、私は熱烈にワールドカップを見たいと思っているクレージーです。

西ドイツへ行けない庶民にはテレビしかありません。なんとかＮＨＫにテレビ中継してもらおうじゃないですか。どんどん投書して実現させよう。10円の葉書一枚でワールドカップが見られれちゃ安いもんです。住所は左記の通りです。

東京都渋谷区神南　日本放送協会・運動部　郵便番号一五〇

ワールドカップのテレビ中継を要望するハガキをＮＨＫに投書しようと呼びかけているのだ。ご丁寧にもＮＨＫの住所まで書いてある。

おれたちはこの投稿に百パーセント同意した。

ワールドカップをテレビ中継してくれれば、プレイしているヨハン・クライフが観られる。それは夢のようなことだった。

投稿を読んでからすぐに、渋谷のＮＨＫにハガキを出した。文面はみんなを代表しておれが考えた。

拝啓　日本放送協会・運動部様

僕は、福岡の中学でサッカーをしている、この春に三年生になるサッカーを愛する中学生です。

今年の六〜七月に西ドイツで行われるワールドカップを、とても楽しみにしています。全世界が注目しているというこのワールドカップの試合を、どうかＮＨＫ様でテレビ中継をしてもらえませんでしょうか。もし、してくだされば、僕は一生、ＮＨＫを見続けます。もちろん受信料は払います。

どうかどうか、心から、よろしくお願いいたします。

おれたちが出したハガキはＮＨＫに届いただろうか。

届いたとして、読んでくれただろうか。

そして、あれは二月に入ってからの日曜日だった。北九州市で一番大きいスポーツ用品店、「小倉スポーツ」に四人で行くことにした。

おれたちの町の小さなスポーツ用品店に行っても、置いてあるのはたいてい野球用品やテニス用品ばかりで、サッカーシューズなんかは売ってなかった。アディダスやプーマなんて今では誰でも知っているブランドも、サッカーをやっている人間以外で知っている者は皆無だったし、近所のスポーツ店にもやっぱり置いていない。おれたちがサッカーシューズを買おうと思えば、外国のエロ本を立ち読みしに行ったゴローと同じように、三十分ほど電車に乗って小倉駅まで出て「小倉スポーツ」というデカいスポーツ用品店まで行かなければならなかった。

実はおれたちは、プーマのサッカーシューズが欲しかった。なぜなら、ヨハン・クライフの履いているサッカーシューズが、プーマだったからだ。

そのことに最初に気づいたのは、ツヨシだった。

サトルの店で買ったこれまでの「サッカーマガジン」をベッドの上で眺めていたツヨシは、オランダ代表の他の選手がみんな、三本線のアディダスのシューズを履いているのに、クライフただ一人だけは、プーマの流線型のラインのサッカーシューズを履いていることに気づいたのだ。どの「サッカーマガジン」のどのクライフの写真を見てもそうだ。

たしかにツヨシの言う通りだった。

オランダのゴールキーパーのユニフォームの胸にもアディダスのマークが入っているから、きっとオランダ代表チームはアディダスとスポンサー契約を結んでいるはずなのだが、クライフだけは単独でプーマと高額の契約を結んでいるんだろう。彼はそれが許されるだけのスーパースターだから、というのが、おれたちの考えだった。

しかし、ツヨシの考えは違った。

ツヨシがおれたちに熱く語った考えは、こうだ。

それはきっと、クライフの「ルール」なのだ。「縁起担ぎ」だ。クライフにとって、サッカーシューズは「プーマ」であらねばならないのだ。それはクライフの心の中の「内なる神」が決めたことだ。チームのスポンサー契約という「事情」を横に置いてでも、それは守らねばならないことだった。「ルール」とはそういうものだ。チームの「ルール」より自分の「ルール」を優先させるクライフの気持ちが、自分にはよくわかる。

ツヨシらしい考え方だった。

プーマのシューズを誰よりも欲しがったのがツヨシであったのは当然だった。

しかし、プーマのサッカーシューズは高い。おれたちは「小倉スポーツ」の棚に並んでいるサッカーシューズの値段を見て、目を剝いた。最上級クラスの「キング・ペレ」なんか、二万四千円もする。当時、高卒の初任給が四万円ももらえなかった時代にだ。他のものも、大方が一万五千円前後で、一番安い値段の「リオ・グランデ」という名のサッカーシューズでさえ、一万一千円だ。

おれたちは結局、諦めて、「小倉スポーツ」を出た。サッカーシューズを一万円以上出して買う余裕は、中学生の財布にはなかった。親にも頼みにくい。前に無理を言って「ジュニアスポーツ車」を買ってもらっているという負い目もあった。

しかし、ツヨシは、諦めきれない様子だ。

「おれ、春休みに、アルバイト、するっちゃ。それで、一万一千円貯めて、あの『リオ・グランデ』買うっちゃ」

その帰り道だ。「小倉スポーツ」のすぐ近くに、NHKの北九州放送局があることにサトルが気づいた。サトルはみんなに提案した。

「今からワールドカップの中継をしてもらえるように頼みに行こうっちゃ」

「けど、ここは北九州の支局やぞ。ここに言うたって、つまらんめえもん」

おれの反論に、サトルは言った。

「いや、皆様のNHKや。あなたの声を大切にしますって、日頃から言うとろうが。ハガキだけじゃラチあかんちゃ。当たって砕けろや」

ここでもサトルの行動力が発揮された。受付の姉さんに、サトルは言った。

「運動部の方、お願いします」

「恐れ入りますが、どういったご用件でしょうか」

「番組の要望です」

受付の姉さんは親切だった。受付から運動部に電話をかけてくれた。

運動部の職員はさらに親切だった。

わざわざ、受付のある一階まで降りてきてくれた。

おれたちは来意を伝えた。武田と名乗る職員は相好を崩した。

「やあ、それでわざわざ。ありがとうございます。今年のワールドカップは、我々も大いに注目しているところです。ぜひ、前向きに検討させていただきたく思います。貴重なご意見、ありがとうございます。必ず本局の運動部にも伝えます」

おれたちはその答えを聞いて、興奮した。

「やっぱり、言うてみるもんっちゃね」

「うん。必ず本局の運動部に伝える、言うとったけ、な」

もうそれでワールドカップの放映が決定したように思うほど、おれたちはバカな十四歳だった。

それからヨハン・クライフに関する新しい情報を知ったのは、サトルの店で買った「サッカーマガジン」の三月号だった。

「ワールドカップ'74展望」という記事を読むと、優勝候補の最有力はやはり開催国の西ドイツだという。これまで二回決勝に進出し、一度優勝している実績は無視できない。対抗は、前回大会も優勝したブラジル、三番手は前回準優勝で、これまで九百十七分、無失点を続けているイタリアだった。

この三ヶ国の戦力は前回大会とそれほど変わっていないか、上回っているという。

オランダについては、こう書かれていた。

単独チームの選手権であるヨーロッパ・カップでアヤックス・アムステルダムとフェイエノールトが黄金時代を築いている。そのメンバーがナショナル・チームに編成されて出てくれれば、今回のワールドカップに、一陣の新風を吹き込むに違いない。(中略)
スペインのバルセロナに行っているヨハン・クライフを呼び戻し、カイザーとのアヤックス・コンビで攻撃的サッカーの旋風を巻き起こすことができるだろうか。
あくまで優勝候補ではなくダークホース扱いだ。いかにスーパースター、ヨハン・クライフを擁するとはいえ、オランダは三十六年ぶりにワールドカップ出場を決めた、サッカー新興国だった。
ワールドカップの開幕戦は、六月十三日、ブラジル対ユーゴかスペイン（この時点でまだどちらが出場するか決まっていない）。オランダの第一戦は六月十五日、対ウルグアイ戦。そして決勝は七月七日だ。

実に、さまざまなドラマの交錯が、六月十三日から七月七日までの二十五日間に、全地球を悲喜こもごもの興奮と熱狂で包むに違いない。

記事を読んでおれたちも胸を躍らせた。興奮と熱狂は、すでに始まっている。
しかし、特集記事の最後に書かれていた一文が、おれたちを奈落の底に突き落とした。

ただ一つ、残念なことは、この世界最大の魅惑の大会が、日本にはテレビ中継されないらしいことである。

西ドイツの組織委員会が示した中継権利金が、ＮＨＫや日本の放送会社の手の届かない額になっているのだという。

「ＮＨＫの北九州放送局の、武田、いう人、おれたちの要望を必ず本局に伝えるっち、言うとったけどのう」

「中学生相手や、思うて、調子のええこと、言いよったたっちゃろう」

「いやあ、お金の問題やったら、おれたちがどうこう言うたって、どうしようもなかちゃ」

一度は手にしたと思ったワールドカップ中継が、指の間から滑り落ちた。

きっとクライフが大活躍するに違いないワールドカップが、日本ではテレビ中継されない。ただの一試合も。

「なんとか、ならんのかのう」

おれたちは「サッカーマガジン」の三月号の表紙を眺めながら、ため息をつくのだった。


「サッカーマガジン」の四月号がサトルの店に入ってきたのは、二年の三学期もあと一週間ほどで終わり、もう春の陽気がそこまで来ているのどかな日だった。

そこにはワールドカップのテレビ中継の夢がしぼんで消えかかったおれたち「クライフ同盟」の情熱の火に、再び薪をくべるような記事が載っていた。

「連載　ワールドカップ出場の強豪たち」という特集で、「オランダ代表」の記事が五ページにもわたって載っていたのだ。サッカー界ではかなり有名らしい英国のサッカー専門誌の記者が書いた記事だった。

しかし喜んだのも束の間、その記事は、おれたちの予想に反して、オランダに対してかなり悲観的だった。

要約すると、こういうことだ。

クライフとオランダのサッカー協会の関係がうまくいっていない。

クライフとチームメイトのカイザーという選手との関係がうまくいっていない。

その理由は、クライフが所属していたオランダのアヤックスというチームを裏切って、スペインのバルセロナへ移籍したことをカイザーが面白く思っていないから。

この二人の関係を修復するために二人のことを子供の頃から知っているミケルスという監督を招聘（しょうへい）したが、果たしてミケルスとこの二人の関係がうまくいくかは未知数である。

オランダ代表はほとんどがアヤックスに所属する選手で構成されているが、彼らはクラブで素晴らしいプレイを見せるのに、代表チームではその半分の力で気の抜けたプレイに見える。

果たして彼らはワールドカップで本領を発揮できるか。

記事は次のような文章で締められていた。

　　現在のようなムード、最近のような調子では、疑わしいと見なければならない。

「この記者は、自分の国のイングランドが予選で負けてワールドカップに出場できんかったから、腹いせにこんな意地悪な記事を書いとんちゃ」

それがゴローの言い分だった。

おれたちはゴローの意見に賛同した。

実は当時「サッカーマガジン」以外にもうひとつ「イレブン」という月刊サッカー雑誌があった。しかし「イレブン」は「サッカーマガジン」に比べていつもオランダの扱いが小さく、オランダに対する記事も辛辣だった。ベスト4など、とても無理、などと書いている。

それでおれたちはすっかり「イレブン」が嫌いになり、もっぱら「サッカーマガジン」派だったのだが、四月号に関しては「サッカーマガジン」よおまえもか、の気分だった。

塾へと通じるあの道に、気の早い桜がちらほらと咲き始めていた。

去年の終わりに出たばかりの井上陽水のアルバム「氷の世界」に入っている「桜三月散歩道」という歌をおれたちは口ずさんだ。

今は君だけ想って生きよう
だって人が狂い始めるのは
だって狂った桜が散るのは三月

おれたちはヨハン・クライフのことを想いながら歌った。

六月のワールドカップ開幕まで、あと、三ヶ月。

果たしてオランダは、ワールドカップで活躍できるのだろうか。

その試合を、おれたちは観ることができるのだろうか。

真っ暗な道ではいつものように小屋から鳴きわめく豚たちの声が聞こえていた。

月が替われば、おれたちは中三になる。

一体、何が待ち受けているのだろうか。

おれたちは、おれたちの未来に期待と漠然とした不安を抱きながら、塾への道を急いだ。

5　500マイルは遠かった

あの忌まわしい事件のことをここで話しておかなければならない。

春休みもあと数日で終わろうとする、四月のある日だった。

おれたちの秘密の場所、「草むらの学校」は桜が満開だった。

花見に訪れる人はほとんどなく、おれたちは独占状態で満開の桜を楽しんだ。

その日は初めツヨシだけがいなかった。

日が西に傾き、そろそろ帰ろうと腰を上げた時、ツヨシは目を真っ赤に腫らしながら、おれたちのいる「草むらの学校」へやってきた。

なんしょったんや、と、当然、おれたちはツヨシを問い詰めた。

ツヨシはおれたちに訳を話した。

ことの顚末は、こうだ。

ツヨシは、二月におれたちに宣言したように、春休みの十日余りを、アルバイトをして過ごしていた。兄貴の口利きで、町で左官業を営んでいる親方に頼んで、左官に使うモルタルを小さなミキサーで作るという仕事にありついた。猫車と呼ばれる二輪車でセメント袋やできたモルタルを運んだりするので多少は力のいる作業もあるが、作業内容はモルタル作りが中心なので、砂6、セメント2、水1の配合さえ間違わなければ中学生でも比較的簡単にできる仕事だ。一日四時間ほど働いて、千円がもらえる。ツヨシはこのアルバイトを十一日やって、一万一千円を手に入れたのだ。

言うまでもなく、「リオ・グランデ」が買える金額だ。

ツヨシは、稼いだ金を財布に入れて、「小倉スポーツ」へ行った。

「リオ・グランデ」の入った紙箱を胸にしっかり抱いて小倉駅に向かうツヨシの足は、まるでスキップしているみたいに軽やかだったに違いない。

その時、大通りから大きな橋を渡る手前で、

「おい、とまれや」

と呼び止める声がしたという。

立ち止まって振り返ると、自分と同じぐらいの年恰好をした三人の中学生に囲まれた。見覚えがあった。さっきまで彼らも「小倉スポーツ」にいたのだ。わざわざつけてきたのだろうか。ツヨシが黙っていると、

「ちいと、顔ば貸してくれんか」

川岸へと続く階段を降りて、橋の下に連れて行かれた。

そこは昼間なのに薄暗く、周囲には人影ひとつ見えない。

三人の男たちのうち二人はポマードで固めた剃り込みを入れたリーゼントの髪にダブダブのズボン。いかにも不良を絵に描いたようなやつらだったという。残りの一人は、髪をリーゼントで固めていない天然パーマだった。身長は軽く百七十センチ以上はある背の高い男だ。どうやら彼がリー

ダーらしい。天然パーマがツヨシに言った。

「にいちゃん、ちいっとばかり、金ば持っとらんかいな」

「持ってません」

それは本当だった。さっき、アルバイトで得た金をはたいて「リオ・グランデ」を買ったばかりだ。

「嘘つきよったら、くらす（殴る）ぞ。そこで、跳んでみぃや」

不良たちの常套句だ。そこで跳ばせて、ポケットに小銭がないか調べるのだ。

ツヨシは跳んだ。ちゃらちゃらとお金の音が橋の下に響いた。

「おい、やっぱり金、あろうもん」

「これは、帰りの電車賃やけ」

「どこまで帰っとか？」

ツヨシが自分の住む町の名を言うと、

「ああ。あの、セメントくさいとこか」

とせせら笑った。

「おまえも、なんとのうセメントくさいのお」

と鼻をつまんだ。

「おれらはな、おまえんとこがセメント作るのに採掘しちょる、あの山の向こうの中学や」

彼らの話す言葉にはたしかに筑豊訛りがあった。

天然パーマの男が、ツヨシが抱いている箱を指差した。

「その箱は、なんね？」

「いや、これは……」

「なんね。開けてみいや」

「いや……」

「やかましか！　くらすぞ！」

天然パーマが箱をひったくった。

「サッカーシューズやろう。さっき、買うとるんを、見とるきのう」

天然パーマが箱からシューズを取り出して眺めすかした。

「これ、なんぼしたんやったかな」

「…………」

「なんぼしたって、訊いとるんや」

「一万一千円」

「金持ちやのう。この靴、おれにくれや」

「いや、それは、できん」

「おれも、サッカーやっとるんや。ええやろう？　くれや」

「できんって」

「おとなしゅう渡さんか！」

手下の一人がツヨシの脇腹に蹴りを入れた。

「いや、これは、なんぼ言われても」

「しゃあしか！」

さらに別の手下の蹴りが入った。

ツヨシはその場に倒れこんだ。

「黙って言うこと、聞いときゃ、こげなことにならんきに。おい。これ、どうしても、返してほしか、か」

「返してほしか、やったら、そこにしゃがんで、三べん回って、わんって言うてみぃや」

天然パーマの男が言った。ツヨシはうずくまりながらうなずいた。

ツヨシは言われた通りにした。

三人はツヨシをせせら嗤った。

突然、天然パーマの男がサッカーシューズをどぶ川に放り投げた。

「なんしようとか！」

「おれの足のサイズとは、合わんみたいやったきのう。ほら、まだ、川に浮いとるぞ。欲しかったら、川に入って取りに行けや。犬みたいに泳いでなあ」

シューズはまだ川面（かわも）に浮かんでいた。ツヨシは一メートルほどある川岸の大きな石垣を降りて水に足を入れた。が、水深は思った以上にあって足がつかないのに気づき、慌てて岸壁の岩にしがみついた。ツヨシは泳ぎが得意ではないのだ。その姿を見て、三人の不良はまたゲラゲラ笑った。不良の一人が、川岸に停めてあった誰かの自転車を川に放り投げた。大きな水しぶきが上がった。悲鳴をあげて岸にしがみつくツヨシを見て、三人はまたゲラゲラと笑い、階段を上がって去っていった。シューズは海へと流れ、やがて見えなくなった。

結局、ツヨシはシューズを取り戻すことはできなかった。

ずぶ濡れになりながら、近くの公園の水道で体を洗って、太陽の光で身体（からだ）と服を乾かそうとしたが乾ききらないまま電車に乗って帰ってきて、ここまでやってきたという。

サトルがツヨシの肩を抱いて言った。

「そいつら、許せんな。いつか、復讐しちゃろう。リーダーは、天然パーマの、背の高い男やな」

ツヨシがうなずく。

「デコが広い、天然パーマや。西ドイツのベッケンバウアーみたいな」

「おお、筑豊のベッケンバウアーやな」

ベッケンバウアー。七〇年ワールドカップで大活躍した「皇帝」というニックネームを持つ西ドイツの主将。六月のワールドカップにも出場する世界のトップ選手だ。おれたちはそいつに「筑豊のベッケンバウアー」というあだ名をつけた。

「くたばれ！　ベッケンバウアー！」

「打倒！　西ドイツ！」

おれたちは叫んだ。ツヨシはその日、初めて笑った。

一九七四年、四月。おれたちは中三の新学期を迎えた。

ひとつ、奇跡が起こった。

おれとサトルとゴローとツヨシが、同じクラスになったのだ。

中二の時はおれとゴローが同じクラスで、サトルとツヨシはそれぞれ別のクラスだった。

クラスがバラバラだった四人が同じクラスになった、なんて、もしかして学校は「クライフ同盟」のことを知っているのだろうか。

そんなはずはない。とにかくこれまでサッカー部とあの線路の向こうの塾と松山城址の「草むらの学校」でつながっていたおれたちは、さらに学校の教室でも濃密に同じ時間を過ごすことになった。同盟の結束も深まろうというものだ。

しかしいいことばかりは起こらないものだ。

おれとゴローと二年の時には同じクラスだった麻生不二絵が別のクラスになった。

麻生は特別、と言っていたゴローの落胆も大きかったが、「まあ、麻生不二絵は、想像したらいつでも頭の中におるけんな。これからも頭の中でお世話になるから、それでええけえ」と自らを納得させていた。

サトルの店の前での雑誌の立ち読みは相変わらずだった。ただひとつ、「サッカーマガジン」を必ず買うようになったことをのぞいては。

それからもうひとつ変化があった。おれは「中三コース」を定期購読するのをやめた。これまで定期購読していた「中二コース」は、表紙が四月号から一年間ずっと一貫して桜田淳子だったのだが、「中三コース」になった途端に、表紙は誰だかよくわからないモデルの男女になり、しかも「受験勉強スタート大特集」と銘打って、芸能記事はすっかり影を潜めてどのページにも「高校受験」という文字が躍りまくって勉強の記事が大半を占めた。「中二」と「中三」でそんなに変わるものなのか。その方が売れるのだろう。しかし、おれは桜田淳子が表紙の「中二コース」が好きだった。おれのアイドルは中二の夏頃からは桜田淳子から「週刊プレイボーイ」や「平凡パンチ」のグラビアイドルに徐々に変わっていったが、時々はキャンディーズの水着写真なんかを載せる「中二コース」が好きだった。

「中三時代」も同じだった。一貫して表紙に桜田淳子を使った「中二コース」と違い、「中二時代」は四月号の天地真理から後は、アグネス・チャンや浅田美代子や麻丘めぐみや山口百恵などに月ごとに替わって節操がなかったが、アイドルが表紙を飾るという点では一貫していた。ところがやはり「中三時代」になった途端に表紙は誰だかわからない男女のモデルになり、内容も「高校受験」モードに完全にシフトチェンジしていた。

ツヨシもおれと同じ理由で「中三時代」の定期購読をやめた。

おれたちは塾には通っていたが、それは高校受験のためというよりは、サトルやゴローやツヨシと一緒にいたかったからだったし、塾の先生の授業が面白かったからだった。高校受験なんか、考えたくなかった。いつまでも夢を見ていたい。せめて、雑誌の中だけでも。

おれの父親は戦前生まれで、子供の頃の思い出話として、こんなことを語ってくれたことがある。子供の頃、芸能記事もたくさん載っていて華やかだった少年雑誌が、日本が戦争に突入して「戦時体制」になった途端、芸能記事が影を潜めてつまらなくなった、と。

つまり「中三になる」ってことは、これから「受験」という「戦時体制」に入るってことだ。雑誌の「中三コース」はそれをおれに教えてくれた。

そんな憂鬱なおれたち四人が同じクラスになったのは大きな喜びだったが、もう一つ、大きな喜びがあった。クラスの担任が、音楽の安井先生になったことだ。

「今日からみなさんのクラスの担任になった安井です。よろしくね」

教壇の上で安井先生がそう言った時、おれたち四人は机の下で拳を握った。

東京出身なのか、安井先生は標準語だった。それがなんだか、テレビのドラマに出てくる先生役みたいで、かっこよかった。おれたちに対してちょっとタメ口なところも、なんだか胸にキュンときた。

もちろん音楽の授業も安井先生の担当になった。

「これから一年間、みんなで一緒に音楽の楽しさを学んでいこうね」

最初の授業で、ジョーン・バエズ似の安井先生は、そう言った。

「一学期は、ギターの演奏を学びましょう」

「おお！　ギター！」

クラスから歓声が上がった。

三年の音楽の授業でギターを習うことは一、二年の時から知っていた。音楽室から三年生が授業でギターを弾く音が聞こえてきたからだ。一、二年で習うリコーダーなんか、何も面白くなかった。ギターはおれたちの憧れだった。

サトルの店には「ガッツ」だとか「新譜ジャーナル」だとかの音楽雑誌もたくさん置いてあった。そこには歌謡曲や吉田拓郎（よしだたくろう）や外国のポップスの新譜も載っていて、ギターのコード進行も載っていた。スリーフィンガー講座なんてのも載っていて、なんかかっこいいな、と思いながらも、実際にギターを手にすることはなかった。

それが、授業で習えるのだ。それも、憧れの安井先生から。

「これから、夏休みまでの三ヶ月をかけて、ギターで一つの曲を弾けるようになりましょう。皆さんに弾いてもらう曲は、アメリカのフォークソングで、『500マイル』という曲です。ジョージア州というところで古くから伝わってきました。歌詞はね、故郷から500マイルも離れてしまって、もう帰れない、って、汽車に乗った人が、別れた恋人を思って歌っています。切ない歌ね。先生が大学生の頃、この歌がとっても流行(はや)ってね。先生も好きなの。コード進行も簡単なんで、みなさんがギターで初めて習うには、適していると思います」

「先生、500マイルって、どれぐらいの距離ですか」

サトルは先生に質問した。

「いい質問ね。1マイルは、およそ一・六キロ。100マイルで百六十キロ。だから500マイルだと、八百キロ。この町からだと、そうね、だいたい、静岡県の浜松ぐらいかしら」

「静岡！　それは遠い！」

安井先生は笑った。

「使うコードは、五つ。G、Em、C、D、Am。コードっていうのは、和音のことね。二つ以上の音の響き。弦を押さえる指の位置でコードが決まるの。まずはこれをしっかり覚えること。出てくるコードはそんなに難しくないから安心してね。ギターの弾き方には、アルペジオとストロークと二種類あるんだけど、授業ではより簡単な、ストロークで弾きましょう。こんな感じ。じゃんじゃか、じゃんじゃか、じゃんじゃか、じゃんじゃか。じゃあ、まずは、先生が、歌いながら、弾いてみますね」

安井先生は英語でその歌を歌った。心に沁(し)みる美しい歌声だった。誰もが先生の歌声に聞き惚れた。同時に、こんな曲を、自分たちが弾けるのか、と不安になった。

その時、クラスメイトの梶尾（かじお）という男子生徒が言った。

「先生。その歌は、ええとは思うけんど、習うのは、英語の歌やのうて、もうちいと、なじみのある日本の歌にしてくれんかなあ」

「たとえば？」

「今、流行っちょる、『学生街の喫茶店』とか、『神田川』とか、『心の旅』とか」

うなずく生徒が何人かいた。

「あ、あと、天地真理が『時間ですよ』でギター弾きながら歌ってた、あの歌……」

「『涙から明日へ』！」

今も「真理派」を貫いているツヨシが叫んだ。そう、その歌はおれもよく覚えている。テレビドラマの『時間ですよ』の主題歌だ。堺正章（さかいまさあき）と天地真理が、番組の終盤でよく屋根の上で歌っていた。

また何人かの生徒がうなずいた。あの歌、好き、と言う女子の声も聞こえた。

「そうね。私も、その曲は知ってる。たしかに、とってもいい曲ね」

安井先生はギターを置いてしばらくどうしようか考えている様子だったが、やがて口を開いた。

「私が自分の好きな歌をあんたたちに無理やり押し付けてる、って思われるのも、よくないね。じゃあここは、民主主義で、多数決をとりましょう。先生が教えたい『５００マイル』がいい、という人と、天地真理の『涙から明日へ』がいい、という人で。多い方に決めましょう。どっちでもいいとか、どっちかわからない、という人は、手を挙げなくてもいいよ。棄権っていうのも、ひとつの権利だからね」

おれはちょっと緊張した。

おれ自身は「涙から明日へ」もいいと思っているが、「５００マイル」を習いたかった。なぜなら、その曲は、安井先生が好きな曲だからだ。おれは、安井先生が好きだという曲を、安井先生から習いたかった。

「じゃあ、いくよ。まず、『５００マイル』がいいっていう人」

おれは手を挙げた。安井先生の太ももに惚れたサトルももちろん手を挙げている。ゴローも挙げた。他のクラスメイトも何人かが手を挙げた。

おれたちはツヨシの方を見た。ツヨシもおれたちの方を横目で見ている。手は挙げていない。ツヨシはうつむいた。

「もう、いない？　ええっと。十三人ね。じゃあ、天地真理の『涙から明日へ』がいいっていう人は？」

何人かが手を挙げた。ツヨシは、手を挙げず、まだうつむいている。

「じゃあ、数えるよ。……まあ、困ったわね。また十三人よ。もう、他に、いない？」

その時ツヨシが、おずおずと、手を挙げた。

先生が微笑んだ。

「十四人。決まったわね。じゃあ、十三対十四で」

「先生、おれ、『５００マイル』の方で」

ツヨシの言葉に、音楽室の空気が揺れた。

安井先生の綺麗な両眉が上がった。

「オーケー。じゃあ、みんな、『500マイル』でいい?」

拍手が起こった。

「ありがとう」

安井先生は誰に言うともなくそう言って、ギターを手にとった。

「最初にみんなに大切なこと、言っとくね。ギターは、うまく弾こうとするんじゃなくて、楽しんで弾くこと。それがコツよ。それさえできたら、こんな楽しい楽器はないよ。それからもうひとつ。外国の歌は、歌詞の意味をちゃんと理解すること。それがわかっているのとわかっていないのとでは、弾く音が全然変わってくるの」

そう言って安井先生は、英語の歌詞を和訳したプリントを配ってくれた。

そこには英語の原詞と一緒に、こんな日本語の歌詞が書かれていた。

もしも僕の乗った
汽車を君が逃したら
君は汽笛(きてき)を聞くはずさ
100マイルの彼方から

100マイル　100マイル
100マイル　100マイル
ほら汽笛が聞こえるだろう

１００マイル　２００マイル
３００マイル　４００マイル
５００マイルも故郷から遠く離れて
５００マイル　５００マイル
５００マイル　５００マイル
５００マイルも故郷から遠く離れて

着替えのシャツも
ポケットにコインもない
このままじゃ　家に帰れない

もしも僕の乗った
汽車を君が逃したら
君は汽笛を聞くはずさ
１００マイルの彼方から

「おまえ、『真理派』やのに、よう、『５００マイル』の方に手を挙げたのう」

音楽の授業が終わった昼休み、おれは購買部で買った焼きそばパンをぱくつきながらツヨシに言った。

「おまえらみんな、『500マイル』に挙げるんやけえ。『クライフ同盟』を裏切るわけにはいけんやろう」

そう言ってツヨシはコロッケパンをかじった。

「おれ、家でも練習しようかなあ、駅前通りの裏の井上質店行ったら、ギター安うで売っとるげな」

サトルはすっかりギターに、いや、ギターを教える安井先生にぞっこんのようだ。

「ギターっちゅうのは、やらしいよなあ」

ゴローはカレーパンを口に頬張りながら言った。

「どこが、やらしいかちゃ？」

「おお、あの、ちかっぱ、やらしいやつ」

「ほら、中二の時、富島健夫の『初夜の海』って小説を読んだことがあったやろう」

「あの中にな、女の人の体を、ギターにたとえて書いてるとこがあったっちゃ」

「おまえ、ようそんなとこまで覚えちょるのお」

「おれのバイブルやけな。女の体がギターで、その弦を弾くのが男って、あれに書きよった。そう考えると、ギターの上達も速まるっちゅうもんよ」

思惑はそれぞれ違うとはいえ、学校の授業でそんな前向きな気になることは珍しかった。いやこれまで皆無だった。

おれはおれで、あの「５００マイル」のメロディと、その歌詞に惹かれていた。
おれたち四人は、安井先生の音楽の授業を受けたその日から、塾への道すがらに「５００マイル」をうろ覚えの英語で歌った。

「イフユーミースザトレイン、アイモン」
「ユールノウ、ザットアイムゴーン」
「ロード、アイムワン、ロード、アイムトゥー、ロード、アイムスリー」
「ロード、アイムフォー、ロード、アイムファイブハンドレッドマイルズ」

鹿児島方面から小倉に向かう日豊本線の長距離列車が目の前の踏切を横切った。
あの列車にも、故郷を離れようとする旅人が乗っているだろうか。
旅人は、小倉へ着いて、それからどこへ向かうのだろうか。
鹿児島から５００マイルなら、どこまで行けるのだろうか。
その列車を逃した恋人に、汽笛の音は聞こえているだろうか。
列車はおれたちの町を走り去った。
おれは耳を澄ました。
暗闇の中から聞こえてくるのは、豚たちの鳴き声だった。
おれたちはもう一度、「５００マイル」を口ずさんだ。

「イフユーミースザトレイン、アイモン」

「ユールノウ、ザットアイムゴーン」

「ロード、アイムワン、ロード、アイムトゥー、ロード、アイムスリー」

「ロード、アイムフォー、ロード、アイムファイブハンドレッドマイルズ」


歌うと心がふっと軽くなるような気持ちになる。どこか不思議な解放感がある。それと同時に、やはりこの歌には、その底に「かなしみ」が澱（おり）のように残る。

その時、おれは、ふと思った。

安井先生は授業で、この歌は、「恋人との別れ」を切なく嘆いている歌だって説明してくれた。

でも、果たして、本当にそうだろうか。

もしかしたら、この歌は、「逃亡」の歌ではないだろうか。

何らかの事情で、故郷にいられなくなった人間、たとえば、人を殺した、とか。そんなのっぴきならない理由で故郷から「逃亡」せざるを得なかった男の歌。あるいは、その「故郷」にいることにどうしても我慢がならなくて、「逃亡」した男の歌。

おれは、十年ほど前に自分の生まれた町で起こった殺人事件の犯人のことを思い出した。

彼は殺人を犯してから、日豊本線に乗って、遠くの街に逃亡していた。

彼の末路をおれは知っている。

殺人を犯し、初めてこの町の駅から列車に乗ったとき、彼は何を思っただろうか。

まだどこにも逃げることのできないおれたちの、十四歳の新学期の始まりだった。

6　十字路の番人に祈りを捧げた

おれたちが「500マイル」に出てくるコード、つまりGとEmとCとDとAmを押さえるのにまだ四苦八苦している頃、サトルの店に「サッカーマガジン」の五月号が入ってきた。そう、四月の半ばだ。

ページを開き、その見出しを見た時の衝撃は、今でも忘れられない。

’74ワールドカップ放映実現！

おれは一瞬、目を疑った。そして何度もその文字を目で追った。

なんと、ワールドカップが日本で放映されるというのだ。ＮＨＫは放映を諦めたのではなかったのか。おれは階段の上に向かって叫んだ。

「サトル！　早う降りてこい！　ワールドカップがテレビで観られるっちゃ！」

慌てて階段から降りてきたサトルは足を滑らして三、四段、転げ落ちた。

サトルを抱き起こし、それから記事にクギ付けになった。

記事には、こんなふうに書かれていた。

西ドイツ・ワールドカップが茶の間で見られることになった！

放映を願う全国のファンの熱烈な要望を背景に、当局と交渉を続けてきた東京12チャンネルが、ついにその放映権獲得に成功したのだ。

放映内容は「全38試合中、32試合を、7月7日の決勝戦を宇宙中継し、そのあと15カ月間をかけ、ダイヤモンド・サッカーで流す」というもの。（中略）日本のテレビ局がワールドカップの決勝を宇宙中継するのは初めてのこと。（中略）とにかくこの放映の総予算は一億四千万円前後にのぼるという。東京12チャンネルの英断に拍手を送りたい。


決勝戦を宇宙中継？

おれたちも拍手を送りたかった。天下のＮＨＫでさえあまりに高額な放映権料のために諦めたものを、関東のローカル局の東京12チャンネルという民放局が放映する、というのだ。なんという意気込みだ。おそらく社運を賭けているのだろう。これを英断と言わずしてなんと言おう。

しかし、その時おれたちの脳裏を横切ったのは、冷徹な現実だった。

「けど、東京12チャンネルって、東京の放送局やろう？　福岡じゃ、放送しとらんちゃろ」

ゴローの言う通りだった。

福岡で見られる民放放送局は、ＲＫＢ毎日放送、九州朝日放送、テレビ西日本の三局だけだった。東京12チャンネルは放送していない。

絶頂から一気に絶望の淵に追い込まれたおれたちに、再び一条の光を差し込んだのはそこから後の文章だった。そこにはおれたちの一番の関心事が書かれていた。

さて問題はこの放映が東京12チャンネルのカバーする関東地区以外でもみられるかという全国ネットの情況。

おれたちは大きくうなずいた。

今のところ東京12チャンネルが放映権を獲得した段階で、あとは他のテレビ局がどう出るかにかかっている。

ワールドカップの放映は世界では常識。今回は十数億の人々がテレビで見ると予想される。日本も全国に〝ワールドカップ放映〟の運動を起こし、世界のファンといっしょにワールドカップをテレビで見よう。

「『あとは他のテレビ局がどう出るかにかかっている』って、どういう意味や?」

ツヨシの問いにサトルが答える。

「ちゃんと記事を読め。こう書いてある。『日本も全国に〝ワールドカップ放映〟の運動を起こし』って。つまりな、東京12チャンネルが宇宙中継するワールドカップの決勝戦を、東京以外の他の民放局もネットするように呼びかけろって」

「そんなことできるんか」

「現に今でも、東京12チャンネルが映らん大阪や静岡で、地元の他の局が東京12チャンネルの『ダイヤモンドサッカー』を放送しとるやないか」

「ああ、あれは、羨ましいなあ。福岡もやってほしいって、ずっと思っちょった」

「『ダイヤモンドサッカー』を放送してない福岡の他の放送局も、『ワールドカップの決勝戦』なら、放送する可能性、ちかっぱ、あるんやないか」

「おお、そういうことか」

「けど、ワールドカップの決勝戦を見たいっていう日本人、どれだけおるかなあ。興味あるの、サッカーやってるやつだけやないと」

ゴローの意見はもっともだった。

サトルが応える。

「そやから、呼びかけろって、言うてるんや。全国のサッカーファンが束になって、呼びかけろって」

「呼びかけろって、どうしたらええ？」

「投書やろうもん。前にNHKでやった、あれっちゃ。あの時は、放映権料の問題があったから難しかったけんど、今回は、その番組を受けるかどうか、だけや。番組を受けるのにいくらぐらいかかるかしらんけど、放映権料払うことに比べたら、ずっとずっと安上がりのはずや。みんなで投書して、こんなに観たい人がおるんかと思わせて、放送局を動かすんや」

「動くかな」

「やけ、動かすんや。テレビ局やスポンサーは、視聴者の声に敏感やけの。投書の山ほど怖いもんはなかって。すぐにペン取って、福岡の放送局に『ワールドカップの決勝戦を福岡でも放映してください』って書いて、ポストに入れようや！　そうや、他のサッカー部員にも、呼びかけよう」

「けど、おれたちの中学のサッカー部だけで投書しても、数は知れちょるんと違うか」

「たしかになあ。うーん」

サトルが腕組みして唸った。

おれたちはいったん「サッカーマガジン」を棚に戻して、塾に向かった。


その日の塾の帰りに、サトルが言った。

「おれ、ばり、ええこと、思いついたっちゃ」

「ええことって、なんや？」

「『サッカーマガジン』にも投書するんや」

「『サッカーマガジン』に？　何の投書や？」

「来月号で、全国の放送局にワールドカップの放送をお願いする投書を大々的に呼びかける特集記事を出してくださいってお願いするんや」

「そんな記事出してくれるかな」

「出してくれるよ。今月号にも一行だけやけど、『運動を起こそう』って書いてあったやないか。それをもっと大々的に呼びかけてくださいって頼むっちゃ。『サッカーマガジン』はサッカーへの愛に溢れよるやないか。それに、ワールドカップの決勝が全国的に放映されたら、雑誌の売り上げにもつながろうもん」

「なるほど」

おれたちはサトルの戦略的な考えに感心した。

「たしかに『サッカーマガジン』がそんな記事出してくれたら、かなりの数が集まりそうやな。放送局も、動くかもな」

サトルがおれに言った。

「ぺぺ、『サッカーマガジン』に、お願いの投書、書いてくれ」

「えっ、またおれが？」

「作文は、おまえが一番、うまかろう」

サトルはおれの返事を待つ前に叫んだ。

「よおし！『ワールドカップ全国放映ハガキ大作戦』、開始や！　これで希望が見えてきた！」

「けど、ちょっと、待てよ」

ゴローが口を挟んだ。

「放送をお願いするのは、ワールドカップの決勝戦やろう」

サトルが答える。

「もちろんや。ワールドカップの決勝戦だけ、宇宙中継、つまり生放送するんや。他の試合は放映権を獲得しただけや。十五ヶ月かけて、って書いてあったろうが。そんなもん、いつになるかわからん。おれらが観たいのは、七月七日のワールドカップの決勝戦の生放送や。生放送に意味があるんや。ぺぺ、ゴロー、ツヨシ、おまえらも決勝戦でクライフ、観たいやろう」

「もちろんや。観たいよ」ゴローが答える。

「観たいけど、クライフのオランダが、決勝戦まで進むっていう保証は、ないんと違うか」

「おまえ、そこを疑うんか？」

サトルが口を尖らせた。

「オランダは、必ず決勝戦まで進むっちゃ」

「なんで言い切れる？」

「なんで言い切れるって、おまえ、どこの味方なんや！　あのくそったれイギリス人記者と同じ考えか。それともベッケンバウアーの西ドイツを応援しちょうとか」

サトルが声を荒らげ、ゴローに顔を近づけた。

「ちぃと待ってくれや」

今まで黙っていたツヨシがゴローに迫るサトルを手で抑えた。

「ここは、いったん、落ち着こうっちゃ」

そしてツヨシは言ったのだ。

「願をかけようや。オランダが決勝まで進むように」

「願をかける？」

「おまえがいつも、なんか時々、ブツブツ呟いてる、あれか」

サトルとゴローの問いかけに、ツヨシは首を横に振った。

「あれはいっつも、おれ一人でやってることやけん。あんなんじゃ足りん。今回は、おれたち四人で力を合わせて、もっと強力な願をかけようっちゃ」

「誰に願をかけるんや？　神様か？　悪魔か？」

「神様でも悪魔でもない」

「やったら、誰ちゃ？」

「パパ・レグバ」

「パパ・レグバ？」

おれたちは揃って素っ頓狂な声をあげた。

「誰や？　それ？」

「ハイチのブードゥー教の、十字路の番人。強大な力を持っとる」

ツヨシは真面目な顔で言う。

「十字路に座ってて、人の願いを叶える」

「十字路？」

「あっちと、こっち。右に曲がるか、左に曲がるか。まっすぐ行くか、行かんか。運命が分かれるところ。交差するところ。たとえば」

そうしてツヨシは目の前を指差した。

「この踏切」

その時、日豊本線の上り電車と下り電車が、踏切の上ですれ違った。

「今や！　電車がすれ違う！　パパ・レグバが現れる！　願い事を！」

警笛音と二本の列車が線路を軋ませて走る音の中で、ツヨシが大声で叫んだ。

「オランダ優勝！」

おれもサトルもゴローも叫んだ。

「オランダ優勝！」

その時、おれは、ハイチが、今回のワールドカップで初出場を果たしたことを思い出した。

たしか、予選グループでは強豪のイタリアとアルゼンチンと同じ組だ。

ツヨシの言うパパ・レグバって不思議な男がハイチのブードゥー教の番人なら、ハイチにも祈りを捧げておいた方がご利益がありそうだ。おれは叫んだ。

「ハイチにも勝利を！」

ツヨシとゴローとサトルも叫んだ。

「ハイチにも勝利を！」

列車は走り去った。

この日からおれたちは塾の帰り道、あの踏切で日豊本線の上り電車と下り電車がすれ違う瞬間に、オランダの優勝とハイチのワールドカップ初勝利を祈るようになった。

おれたちの「クライフ同盟」はこうしてまた結束を強めたのだった。

ワールドカップの開幕まで、あと二ヶ月。

おれたちの人生で、もっとも濃密な日々が、始まろうとしていた。


「おい、ハイチって、どこにあるんや？」

「アフリカやろう」

「いや、太平洋の真ん中あたりと違うか」

「それはタヒチやろ。ハイチっちゅうのは、中南米の国や」

五月三日。

ゴールデンウィークのまっただ中でも塾はあり、おれたちはみんなと話したいから喜んで夜七時には塾の教室にいた。日はずいぶんと長くなり、太陽はもう山の向こうに沈んでいたが西の空はまだ明るかった。

おれを含め、ツヨシ以外の三人はハイチという国がどこにあるかを知らなかった。

アホなおれたちの疑問にツヨシが答えてくれたのだ。

「ああ、中南米な。中南米ってどこや？」とゴロー。

「キューバとか」おれが答える。

「ジャマイカとか。メキシコとか」とサトル。

「メキシコ？　ちゅうたら四年前にワールドカップのあったところやろう？　サッカーは強いんと違うんか」

ゴローの言葉に、ツヨシが答える。

「メキシコはちかっぱ強いっちゃ。ハイチは予選決勝ラウンドでそのメキシコを破って、中南米の代表でワールドカップに出よるんや。奇跡が起こったんや」

塾の授業が始まる前にそんな雑談をしていると、控え室から柿沼先生が出てきておれたちに訊いた。

「ハイチが、どうした？」

ツヨシが答えた。

「六月から始まるサッカーのワールドカップに、出よるんです」

「ハイチが？」

柿沼先生がちょっと驚いた顔をした。

「強いんか？」

「いやあ、メキシコには勝ったけんど、弱いと思います」

ツヨシが即答する。

「『サッカーマガジン』の記事によると、賭け屋の優勝の賭け率は、十六チームで最下位の三百倍です。百円賭けたら三万円です」

「ほう。三万馬券か。そんなチームがワールドカップによう出られたな」

「パパ・レグバのおかげやと思います」

「パパ・レグバ？　サッカー選手か」

「まあ、そんなとこです」

「ポジションは？」

「センターフォワード兼ゴールキーパー」

「そりゃあ、頼りになるなあ」

柿沼先生は、ツヨシの冗談に笑うでもなく真顔で答えた。おれたちはそれがおかしかった。

「この塾の教室で、ハイチの話が出るとはな。せっかくやから授業の前に、ちいと脱線するけど、ええかなあ？」

教室のみんなはうなずいた。いつものことだ。またかという感じで顔を見合わせながらも柿沼先生の口が開くのを待っている。

「それやったら、ちいと教えといちゃろう。サッカーのことは何にもわからんけんどな、先生は、ハイチっちゅう国を、心から尊敬しとる」

柿沼先生のいつものうんちくが始まりそうだった。おれたちは身を乗り出した。

「ハイチはな、世界で初めて、黒人奴隷たちが革命を起こしてできた国や」

「黒人奴隷が？　革命？」

革命、という言葉は、おれたちにとっては社会の歴史の教科書に出てくる言葉でしかなくて、ピンとこない。柿沼先生の目は輝いているように見えた。

「ハイチはもともとはフランスの植民地やった。黒人奴隷たちが革命を起こして自分たちの国を作ったのは一八〇四年。今から、ちょうど百七十年前やな」

「奴隷から解放されたってことですか」

ツヨシが訊いた。

柿沼先生はうなずいた。

「そう。奴隷の身から自分たちを解放して、自分たちの手で世界で初めて黒人たちの国を作ったんや。アメリカのリンカーン大統領が奴隷解放宣言を出したのは一八六三年やから、それより六十年近くも早い。日本はまだ江戸時代で、葛飾北斎（かつしかほくさい）とか喜多川歌麿（きたがわうたまろ）とかが浮世絵を一生懸命描いてた時代やなあ」

全然知らなかった。そもそも、ハイチがどこにあるかさえおれは知らなかったのだ。

「先生は、このハイチの革命は、フランス革命やロシア革命やキューバ革命に匹敵するぐらい世界史的には重要なことやと思うんやけど、教科書には載ってない。中学はもちろん、高校の歴史の教科書にもな。フランス革命の『人権宣言』やリンカーンの『奴隷解放宣言』をあれほどありがたがるんなら、このハイチ革命はもっときっちりと教えてしかるべきやと思うけどなあ」

「ハイチは、独立してから、どうなったんですか」サトルが訊いた。

おお、ええ質問やな、と柿沼先生は大きくうなずいて答えた。

「残念ながら、悲惨な運命をたどる。独立して二十年ほど経ってから、フランスが軍艦を率いてやってきて、おまえらが独立したことで被った賠償金を払えって脅しにきた。払うたらこのまま独立を認める。払わんかったら宣戦布告する、とな。それで、泣く泣く賠償金を払うことになったんや」

「ええっ！　フランス、ヤクザやな」

「それが莫大な金額でな。今の値打ちでいうと、三兆円ぐらいかな。貧しいハイチがとても払える金額やない。それからハイチは、毎年国家予算の八割を賠償金に費して、返し終えたんは、百三十年後、一九五七年や」

「百三十年も借金漬け？」

「それでもハイチは、完済した。自分たちの『自由』を守るためにな。ハイチはその莫大な借金のせいで、今も世界の最貧国の一つや。その上にフランスの繁栄がある。先生はそういうことを教科書で教えるべきやと思うけどな」

「借金を完済して、まだ二十年も経ってないんですね。それで、ハイチはワールドカップに出てきたんか」

おれはますますハイチを応援する気になった。今日も帰りにあの踏切で、ハイチの勝利をしっかりお祈りしよう。もっとも、応援の順番は、オランダの次だが。

それでおれはオランダのことを思い出した。物知りの柿沼先生なら、オランダのことも知ってるはずだ。

「先生、オランダって国は、どうやってできたんですか？」

「それは、学校の社会の授業で習うたやろう」

習ったかな。習ったとしても、まったく記憶になかった。

「オランダは、ハイチの独立よりも二百年も前に、スペインから独立した」

「やっぱり革命があったんですか」

「革命をどう定義するかで見解は変わってくるけどな。『権力』を打ち倒して『自由』を勝ち取った、という意味では、革命と言うてもええと思う。フランス革命より二百年も前のことや」

「何を打ち倒したんですか」

ちょっと社会の授業みたいになってもええかな、と前置きして、柿沼先生は教えてくれた。

「当時ヨーロッパ最強の帝国やったスペインの絶対王政やな。スペインがこの地の人たちに強いたがんじがらめの束縛から『自由』でいたい民衆が抵抗して独立運動を起こした、っていう図式かな。それで、ネーデルラント、これは『低い土地』って意味やけど、その南部の州はスペインに鎮圧されてしまうんやけど、北部の州は結束を強めて、独立を勝ち取った。この時の北部の州の結束を『ユトレヒト同盟』という。これは試験に出るかもな」

「おお！　同盟か！」

ゴローが盛り上がる。

「おれたちも、同盟、作ってるんです」

「何の同盟や？」

「秘密です」

「まあ、頑張れ。ようわからんが、先生は、断固、君たちを応援する」

「ユトレヒトって、人の名前ですか」

サトルが訊く。

「いいや。運動の中心となった町の名前や」

それから柿沼先生は言った。

「オランダは、もしかしたら、我々の住んでるこの町と、似てるかもしれんな」

「え？　どういうことですか？」

「オランダっていう国はな、流れ者の国なんや」

「流れ者の国？」

「ああ。オランダの国土は、もともとは何にもない、誰も寄り付かんような海面すれすれの湿地帯や。そこに流れ者たちがやってきて、海を埋め立てて陸地を作ったんや。こんなジョークがある。世界は神が作ったが、オランダはオランダ人が作った」

山から石灰岩を採ってセメントを作って海を埋め立てたおれたちの町と同じじゃないか。

「彼らはどこから流れてきたんですか」

「まず、戦争でフランスあたりから逃れてきた難民たち。それから、信仰の自由を求めてやってきたイギリス人たち。そのほか、いろんな国や地方の、抑圧されてる人たちや少数派、事情のある人たちを受け入れて、住む場所を提供してきた。そしてどの国よりも『自由』を与えた」

「オランダはフリーセックスの国ですもんね」

ゴローが得意げに言った。柿沼先生がうなずいた。

「そう。いろんなことが自由な国。そうして国は大いに発展した。『自由』というのは、『商売』をするのに適してるからな。それで、周囲の国から、妬まれもした。『さまよえるオランダ人』という伝承があるのを知ってるか」

おれたちは首を横に振った。

「英語では『フライング・ダッチマン』という。ダッチとは、オランダのことや。これは、幽霊船のことや」

「幽霊船？」

オカルトが大好物のツヨシが食いついた。

「どんな話ですか？」

「カトリックの大事な日である復活祭に船を出してはいけない、というタブーを犯したオランダ人の船長が、神に呪われて遭難してしまう。それで天国にも地獄にも行けずに、幽霊船になって永遠に海をさまよっている、という伝説や。これは、きっと、海に出て成功したオランダ人を妬んだカトリックの社会が広めたものやろう」

おれは「サッカーマガジン」でオランダ代表のことを悪く書いていたイギリス人記者のことを思い出した。母国から離反してオランダという国を作った人々に対する四百年前の遺恨が、まだ続いているのだろうか。

「ちなみに、ダッチという言葉は、イギリス人が侮蔑的な意味で使うことがある。ダッチ・ワイフとか、な」

やっぱりイギリス人だ。

「イギリスとオランダがワールドカップで戦うたら、因縁の対決になるなあ」

「先生、イギリスは出てません。ちなみにサッカーではイングランドって言います」

「そうか。ドイツは出てるのか」

「はい、西ドイツは優勝候補です」

「ほう。西ドイツか。オランダは、西ドイツだけには負けたないと思ってるやろうなあ」

「どうしてですか」

「『アンネの日記』って知っとるか?」

聞いたことがある。たしか、ユダヤ人の女の子が家族と一緒にナチスの迫害を逃れて、どこか隠れ家に住みながら書いていた日記のことだ。世界的なベストセラーだし、さすがにおれたちも名前は知っていたのでうなずいた。

「あのアンネの家族が隠れてたのが、オランダや。さっきも言うたように、オランダは外から来る人間に寛容やから、たくさんのユダヤ人が住んどった。ナチスが台頭してからも、たくさんオランダに逃れて来てたんやな。ところが第二次世界大戦が始まって、オランダはドイツに占領されて、ナチスがオランダのユダヤ人を根こそぎ連れ去って行った。オランダ人は戦争が嫌いや。第二次世界大戦が始まった時にも、中立を宣言しとったんや。ところがナチス・ドイツはそれを無視してオランダに侵攻した。それで、アンネたちの家族も……。オランダ人は、今でもあのドイツの侵攻を根にもってる」

「戦争が終わってから、もう三十年も経ってるのに？」サトルが訊いた。

「もう三十年やない。まだ三十年や」

柿沼先生がきっぱりと言った。

教室が一瞬、沈黙に包まれた。

「先生」と、沈黙に淀んだ空気をほぐすように、ツヨシが声を上げた。

「さっきの幽霊船の話ですけど、その幽霊船の帆の色は、もしかして、オレンジやないですか」

「いいや、帆の色は、真っ赤やった、と言われとるな。真っ赤な帆って、不気味やろう？　ツヨシはなんでオレンジやと思うた？」

「サッカーのオランダ代表のユニフォームが、オレンジ色なんです」

「おお、そうか」

柿沼先生が太い眉を上げた。

「それは、さっき言うた、オランダの独立のリーダー的存在やった人物の名前、オレンジ公ウィリアム。その名前から来てるっちゃないかな」

それでオランダ代表のユニフォームはオレンジ色か。オレンジは、革命の色だったんだ。

「ちなみに、さっき言うた『ユトレヒト同盟』を結成したのも、オレンジ公ウィリアムや」

「おお！」

流れ者の国。そして、さまよえるオランダ人、幽霊船の話。柿沼先生が発した言葉のひとつひとつがおれたちの心に刺さった。

そして思った。

クライフは、復活祭に船を出す船長だ。これまでのサッカーの常識を打ち破り、新たな海に出ようとしている。彼は、呪われて永遠に海をさまようのだろうか。それとも、新たなサッカーを引っさげて、「ワールドカップ優勝」という栄光を手にするのだろうか。


「おれ、ますます、オランダいう国が好きになったたっちゃ」

塾の帰り道にゴローが言った。おれたちは大いにうなずいた。

「柿沼先生の話、面白かったけど、おれが一番ビックリしたんは、オランダのユニフォームのオレンジが、革命のリーダーの名前から来てるってとこ」

「ああ、ええっと、オレンジ……」

「オレンジ公ウィリアム」

「そう、それ！」

「ああ、おれたちのユニフォームも、オレンジやったらなあ」

サトルが嘆いた。

ちなみにおれたちのユニフォームの色は「青」だ。そしてパンツとストッキングは、白。

それは周防灘の青と、石灰岩の白だった。

イタリアの代表チームと同じだ。

ちなみにサッカーの戦術も、おれたちのチームはイタリアのスタイルに似ていた。

イタリアの戦術は「カテナチオ」という言葉に代表される。「カテナチオ」とは、「閂（かんぬき）」という意味だ。

堅守速攻。ディフェンスラインをがっちり固めて守りに守って、一瞬のチャンスを捉えて前線に大きなパスを一発出して、センターフォワードが決める。いわゆる、カウンターアタックだ。槍を持って馬に乗った騎士が、たった一人敵陣に乗り込んで相手を仕留める。

おれたちのチームでいえば、馬に乗って敵陣に迫るのがサトルだ。

大したテクニックのないおれたちのようなチームにとっては、勝つ確率の高い戦い方だ。

だからといって今回のワールドカップでイタリアを応援する気にはなれなかった。

国土のないところに国土を作ったように、スペースのないところにスペースを作り、縦横無尽に駆けるというオランダのスタイルに憧れた。おれたちにできるわけがないとわかった上で、まだ見ぬオランダとクライフのサッカーに、ひたすら片思いしていたのだ。

目の前を、日豊本線の上り電車と下り電車が、踏切の上ですれ違った。

「オランダ優勝！」

おれたちは叫んだ。

「ハイチにも勝利を！」

ツヨシが叫んだ。

そうだ。ハイチにも勝利を。十字路の番人に、願いを叶えてもらうために。

ハイチはどんなサッカーをするのだろう。

想像もつかないし、「サッカーマガジン」にも何の情報も載っていない。きっと魔術的なサッカーに違いない。

グループ4のハイチの初戦は、カテナチオのイタリアだ。

これまで九百十七分、無失点を続けている優勝候補のイタリアの閂を、ハイチはどんな魔法を使ってこじ開けるつもりなのか。

オランダの初戦の相手は、前大会四位のウルグアイだ。

ワールドカップの開幕は六月十三日。あと四十日に迫っていた。

上り電車と下り電車が通り過ぎた踏切の向こうの夜空を見つめながら、おれは見たこともないオランダの空とハイチの空を頭に思い浮かべた。

7　エクソシストがやってくる

ゴールデンウィークが明けてすぐの登校日のことだ。

六時間目の授業が終わった後、サッカー部の練習に行こうと教室を出たおれたち四人を安井先生が呼び止めた。

「ちょっと、君たち、職員室まで来てくれる？　教頭先生が呼んでるの」

職員室に呼び出されるって、いったい、何事だ。

心当たりは何もなかった。健全な中学生がしてはいけないことのあれこれは多少、いや多少どころかいっぱいやっただろうが、職員室に呼び出されるほどのことじゃないはずだ。

職員室に行くと、すぐ横の応接室から教頭が顔を出し、こっちだ、と手招きした。

テレビの学園ドラマに出てくる教頭といえば、たいていは人のいい校長に取り入って裏でいろいろ画策するような、悪知恵の働く古狸タイプの人間だが、うちの中学の教頭はちょっと違っていた。なんでも戦後のどさくさで食い詰めていた時に路上で教員免許を拾ってそのまま教職に就いた、というのが担当を兼任する美術の授業中にいつも先生が語る鉄板ネタだった。本当かどうかはわからなかったが、およそ先生らしからぬ雰囲気が、この教頭にはたしかにあった。風貌は細面で国語の教科書に写真が載っていた芥川龍之介みたいな感じだった。

出世欲なんかまるでなさそうで、なんで教頭になったのか不思議なのだ。本当にいつか路上で「教頭」の免許を拾ったのかもしれない。

ちなみにこの教頭は、我が中学のサッカー部の顧問でもあった。顧問といっても名ばかりで、試合はおろか、練習にも顔を出さない。元々の顧問が転勤してから誰も引き継ぐ先生がおらず、仕方なく教頭が引き受けたのだ。まあその程度の部活だし、おれたちもそれでよかった。

教頭がおれたちを呼び出したのは、サッカー部の顧問としてなのか。教頭としてなのか。

まあ、座りなさい、と教頭は促し、自分もソファに座った。すぐに安井先生も応接室に入ってきて教頭の横に座った。おれは安井先生のスカートから出ている素足に目を奪われつつも、安井先生がここに同席しているということはサッカー部の顧問としておれたちを呼んだのではないのだなと頭の片隅で考えた。

ではいったい何なのか。

「小山(こやま)君(ツヨシの名字だ)」

と教頭は切り出した。

ツヨシがピクッと反応した。

「ちいと、訊きたいんやけどな」

「はい」

「ひと月ほど前の春休みにな、小倉で筑豊のM中の生徒たちと、ひと悶着起こしたことがあったっちゃろう?」

「あ……、いや……、はい」

ツヨシがしどろもどろになって答えた。おれたちも驚いた。なんで教頭が、あのことを知ってるんだ。

「けんど、あのですね、あれは、ひと悶着っち、いうか、そうやのうてですね、ぼくが歩きよったら、いきなり声かけられて、カツアゲに遭(お)うて」

「金を出せ、っち言われて、強請(ゆす)られた、と」

「はい」

「金は持っちょらんかったけ、被害はなかったけんど、買うたサッカーシューズを川に放り投げられたり、ひどい目に遭うた、ちゅうふうに聞いとるが、間違いなか、か」

教頭は全部知ってるんだ。いったい誰が、あのことを教頭にしゃべったんだ。おれたちは顔を見合わせた。

「そいつらは、三人組やったな」

ツヨシはうなずいた。

「その三人組をな、うちの学校の甲本が、小倉の街で見つけて、ボコボコにくらしたあげくに、川に放り投げたそうや」

「甲本が？」

「ああ、相手は三人。甲本は一人でな」

甲本はうちの中学の不良グループのリーダーだ。学校内では暴れずに、学校の外で他校の不良たちと喧嘩ばかりしている。

甲本とは二年の時に同じクラスだったが、三年で別のクラスになった。

おれは思い出した。

三年の一学期が始まってすぐの頃だった。購買部でたまたま会った甲本が、おれに話しかけてきたのだ。

おれと甲本とは友達というほどではないが、他のクラスメイトと比べればよく話をした。甲本の方から話しかけてくるのだ。いったいおれの何が気に入ったのかよくわからないのだが。

その時も、甲本の方からおれに何か話しかけてきたのだと思う。きっとたわいのない話だ。それでどういう流れだったかまったく思い出せないのだが、おれはその時、ツヨシが小倉で遭った災難を、甲本に話した。せっかくアルバイトで貯めた金で買ったサッカーシューズを筑豊の不良中学生たちに奪われて川に捨てられてしまった話だ。その時の甲本の表情を、おれは思い出せない。ほとんど無表情でそんなに強い反応はなかったと思う。

ただ、どんな奴らだったか、と甲本が訊いてきたので、ツヨシから聞いた特徴を話した。

甲本はそのことを忘れていなかったのだ。

「まあ、甲本が、小山君の復讐をした、ちゅうことやなあ」

教頭は写真の中の芥川龍之介みたいに顎を撫でながら言った。

甲本なら、やりかねない。あいつは義侠心に厚い男だ。ツヨシがアルバイトで貯めた金で買ったサッカーシューズを川に捨てたあいつらのことが許せなかったのだ。

「それでな。うちの生徒が他校の生徒に手を出した、ちゅうことで、これがちょっとした問題になってな。どうやら川に放り込まれた生徒の一人が、怪我をしたらしゅうてな。まあ、ちょっと脇腹を打撲した程度で大したことはないんやけんど、先方はえらい怒って被害届を警察に出す、ちゅうようなことに一時はなったんやが、警察が、それを受け取らんやった。まあ、あの辺は、きつい事件がいろいろあるから、中学生の喧嘩ぐらいじゃ警察も動かんのやろう。まずは学校と当事者同士で話し合うてくれ、となって、うちの学校へ連絡が来た、ちゅうわけだ」

　おれは不思議に思った。甲本が学校の外で他校の生徒と喧嘩することは、これまでに何度もあったではないか。もっと派手な喧嘩もあったはずだ。それが大きな問題になることはなかった。ツヨシをカツアゲしようとした不良学生たちを甲本がボコボコにしたのは事実として、どうしてそれが今回は問題になったのだ？

　おれが訊くまでもなく、その答えは教頭が教えてくれた。

「脇腹を打撲した生徒の親が、炭鉱町の有力者の息子らしゅうてなあ。それで警察に行ったんやけんど、警察が相手にせんやったけ、それで市の教育委員会にねじ込んだらしいんや。で、事の成り行き上、教育長が、うちの学校にやってきんしゃった、と、こげなわけや」

　なるほど。そういう事情か。

「甲本を呼び出して訊いたところ、最初に君らから聞いたようなことを言うて、その仕返しにやったちゅうようなことを言うたからやな、確認の意味で君らに話を聞いたわけや。で、これが事実でありゃあ、無論、甲本君には大いに反省を促すのはもちろんやけんど、まあ、学校の外で起こったことでもあるし、喧嘩両成敗ちゅうことで、今回は、収めよう、と、こげな話に落ち着いた」

　教頭は膝を詰めた。

「それで、おまえらに言うちょきたいことがあって、来てもろた、ちゅうわけだ」

　教頭はその時一瞬、テレビドラマに出てくる教頭みたいな顔になって、言った。

「今後、筑豊のあの中学の生徒たちとは、問題を起こすな。わかったな」

「問題を起こすな、っち言われたっち、先にやってきたのは、あっちやけん」

サトルが言った。

教頭はそれには答えず、

「じゃ、そげなことでな」と言って席を立ち、出て行った。

応接室から廊下に出たおれたちを、安井先生が追いかけてきた。

「ちょっと、あんたたち」

安井先生に怒られる。おれたちは険のあるその声に首を縮めた。

安井先生は、こう言ったのだ。

「甲本君に、ちゃんと礼を言っときなよ」


それから数日後のことだ。ツヨシがサトルの店の前で地蔵のように固まっていた。その手には一冊の雑誌があった。「キネマ旬報」だ。

「キネマ旬報」はおれたちの立ち読み愛読書のひとつだった。この町に映画館は一軒もなく（昔はこんな小さな町に四軒もあったそうだ）、映画なんかほとんど観に行かなかったが、「キネマ旬報」には洋画のちょっとエロチックなグラビアなんかも載っていたし、「日本映画紹介」のコーナーでは、真面目な映画に交じって「日活ロマンポルノ」のあらすじ紹介も分け隔てなくちゃんと載っていた。おれたちは「花電車」だとか「回転ベッド」だとかの活字を、意味もよくわからず脳内試写室のスクリーンに映し出しては想像をたくましくしたものだ。

どうせまたそんな記事を読んでるんだろう、と思ったが、違った。ツヨシが読んでいたのは、これから日本で上映予定の洋画を紹介する「試写室」という真面目なコーナーの記事だった。

「おい。ついに、来よるぞ」

ツヨシは、開いた雑誌から目を離さずに、おれたちに言った。

「何が来るんや？」

「『エクソシスト』」

「え、誰が、クソすると？」

「『エクソシスト』や！　ついに日本にやってきよるっちゃ」

ツヨシは雑誌から顔を上げておれたちに言った。

初めて聞く題名の映画だった。

「どげな映画や？」

「ちかっぱ、怖いっちゃ」

ツヨシの目は輝いていた。

「かわいい少女がな、悪魔に取り憑かれる映画やげな。アメリカではもう上映されとって、ばり評判になっとるっちゃ」

「そんな評判の映画か」

「ここに書いとるっちゃ。『狂気のようなヒットで、全米を吹き荒れている』って。そのフィルムが、ようやく日本の映画会社に届いたって。それでな、そのフィルム観た人が、ここに、あらすじちょっとだけ載せとるっちゃ。ものすごいこと書いちょるぞ」

「なんて書いちょるんや？」

ツヨシは記事を読み上げた。

「悪魔の棲み家となったリーガンの肉体はおそろしいまでの形相となり、獣のように毛が生え口からは糞状の粘液を吐き出して、神父たちを冒瀆する。十字架を血みどろの陰部に突き立てる！ 吹き荒れる暴風。揺れる部屋。宙を飛ぶ家具。凍りつく吐息……」

「うわあ、どげん映画や⁉」

「十字架を血みどろの陰部に突き立てる⁉」

「それでな、この、リーガンていう主役の女の子が、ちかっぱ、可愛いっちゃ」

「どげな子や？」

おれたちは一斉にツヨシの持つ「キネマ旬報」を覗き込んだ。

しかしそのページは活字ばかりで、誰かが懐中電灯でベッドを照らしている、なんだかよくわからない白黒の写真が一枚載っているだけだった。

「女の子なんか、載っとらんやないか」

ツヨシは答えた。

「ここには載っとらん。『キネマ旬報』のな、今年の一月号のグラビアに載っとったっちゃ。映画の内容はほとんどわからん写真ばっかりやったけどな。そこに、一枚だけ、ちかっぱ可愛い彼女のアップの写真が載っとったっちゃ。あれはきっと悪魔に取り憑かれる前の写真じゃ」

一九七四年のはじめ。この映画はまだアメリカでもようやく上映が始まったばかりで、まして日本にはまだほとんど情報が入ってきていない中で、ツヨシはその情報をキャッチしていたのだ。おそらくツヨシは、日本でこの「エクソシスト」という映画に誰よりも早く注目していた「中学生」だろう。

「おれらと同じぐらいの歳のはずっちゃ。たしか、十四歳ぐらい」

「十四歳の女の子が、十字架を血みどろの陰部に突き立てるって、そんな過激なシーン、やりよるんか⁉」

「やりよるんや」

おれたちはたちまち「エクソシスト」の虜になった。

「いつ、日本でやるっちゃ？」

「ここに書いてる。『七月に日本公開される』って」

「七月か」

「ワールドカップの決勝と同じ月やないか」

こうしておれたちの七月の楽しみはもうひとつ増えたのだった。

再びおれたちが職員室の隣の応接室に呼び出されたのは、最初に呼び出されてから一週間ほど経ったころだった。

応接室にはジャージ姿の見慣れない男と、おれたちの中学ではない見慣れぬ制服を着た女子生徒が座っていた。

教頭が、立っているおれたちにこの前と同じようにまあ座りなさい、と促した。が座ると教頭の座る場所がなくなったので教頭は立ったままおれたちに言った。

「紹介しましょう。こちらは、君たちが問題を起こした筑豊のM中学校のサッカー部顧問、平沼先生と、マネージャーの池崎さんだ」

二人は初めまして、と頭を下げた。おれたちも頭を下げた。

「平沼先生、池崎さん、この四人は、うちのサッカー部の三年生の四人です」

そうしておれたちの名前を二人に紹介した。

いったい、あのM中学のサッカー部の顧問とマネージャーが、おれたちに何の用があるというのだろう。もうあの「いざこざ」は一件落着したんじゃないのか。

「それでは平沼先生の方から、今回の経緯を、この子らにご説明願えますか」

教頭がそう言うと、池崎というマネージャーはノートを広げてメモを取る用意をした。

ほっぺたがぽっちゃりと膨らんだ、可愛い子だ。

平沼という男が、こほんとひとつ咳をしてから話し出した。

「まず、このたびは、うちのサッカー部の生徒が、小山君に大変申し訳ないことをしました」

サッカー部？　そうだ。やつらも小倉のスポーツ用品店に出入りしていて、それでツヨシとひと悶着起こしたのだった。

「その点は、深く謝ります。おたくの生徒の甲本くんの行いも、もちろん褒められたもんやありゃせんですけど、先に問題起こしたんは、こっちやき」

平沼は深々と頭を下げてから、続けた。

「それで、実は、私は、自分とこの中学で、生徒全体の教育指導係も兼務しちょりましてな。このたびの一件を、誠に遺憾に思うとります。それで、まあ、今後、両校の間に、遺恨を残さんために、ちゅうか、親睦を深めるようなことは、できはせんか、と、思いよりましてな」

親睦？　いったい平沼は、何を言おうとしているのだろうか。

「それでですな。うちの中学のサッカー部と、おたくの中学のサッカー部で、いっぺん、親善試合を組めんか、と、思いよりまして」

そこで教頭が口をはさんだ。

「そういうことなんや。それで、わしら教師の間だけで決めるのもどげんかな、ちゅうことになって、今回の一件の当事者でもあり、三年生サッカー部員でもある、君ら四人に、ちゃんと会うて話をした上で意見を聞きたい、と、平沼先生は、そう言うてくんしゃってな」

意外な話におれたち四人は面食らった。

「特に、一番大事なんは、小山君の気持ちのことやけえ」

そう言って、教頭はツヨシに顔を向けた。みんなの視線がツヨシに集まった。

「ツヨシ、どげんや？」

サトルが促す。

ツヨシはじっとうつむいている。沈黙が流れた。

教頭が助け舟を出した。

「まあ、今聞いて、今、答える、ちゅうのも、難しかろう、と思うけえ、よう、考えてみてくれんかのう」

「もしやるなら、いつごろですか」

サトルの問いに、平沼が膝を乗り出す。

「さあ、それも相談しようと思ちょりました。というのも、七月の半ばから、県の中学校サッカー大会が始まるやろう。今、三年生の生徒にとっては、これが最後の公式戦で、終わったら、部活は引退や。やけん、この大会が終わった直後、夏休み入ってしもうちょるけど、八月の初めあたりはどげんかのう、と思うとります。二学期に入ってしもうたら、受験の準備もあるやろうし」

八月の初め。あと三ヶ月弱。

福岡県中学校サッカー大会は、まずおれたちの中学が属している小さな地区でトーナメント戦が行われる。そこで上位二位までに入れば、ひとつ大きなブロックのトーナメント戦に出られ、さらにその上位二チームが、県大会の決勝トーナメントまで進む。

決勝トーナメントは七月の終わり。それが終われば三年生は引退する。

平沼の率いる筑豊のチームとはブロックが違うので決勝トーナメントまで当たることはない。それも勝ち進めば、の話だ。

おれたちは昨年の十月に行われた新人戦でも最初の地区トーナメントで敗退しているし、決勝トーナメントまで進める確率は限りなく低かった。

「おたくの中学は、秋の新人戦では、どこまで進みましたか？」サトルが訊く。

「新人戦では県の決勝トーナメントまでは残念ながら進めませんでしたが、そのひとつ手前のブロック大会では三位でした」

どうやらおれたちよりは実力が上のようだ。

ツヨシはまだじっとうつむいている。

「まあ、五月中に、返事をもらえればええですけえ、ちいと考えとってもらえんですかのう」

そう言い残して、平沼とマネージャーは帰っていった。

「ツヨシ、どげんや？」

応接室を出た後に、サトルはツヨシの肩を抱いてもう一度訊いた。

ゴローもツヨシの肩に手を回す。

「ツヨシ、おまえが好きなように決めたらええ。あいつらの顔見るのが胸糞悪かったら、断ったらええだけの話や」

「おれ……」

ずっと黙っていたツヨシの口が開いた。

「やりたい」

小さな声だった。

「そうか。ようし」

サトルがツヨシの頭を撫ぜた。

「筑豊のベッケンバウアーに、一泡吹かせちゃろうや」

サトルのひと言に、ツヨシは答えた。

「いや、あいつのことなんか、どうでもええっちゃ」

「そしたら、なんでや」

ツヨシは、ボソッと答えた。

「あの、マネージャーに、もう一回、会いたいけえ」

「えっ、さっき、顧問の先生と一緒に来とった、あのマネージャーか？」

ツヨシはうなずいた。

「もしかして、あの子に一目惚れしたんか？」

サトルが素っ頓狂な声をあげた。

「一目惚れ、ちゅうか、あの子……」

「あの子が、どうしたんや」

「リンダ・ブレアに、よう似とるんや」

「リンダ・ブレアて、誰や？」

「『エクソシスト』の、主役の子の名前」

「え？　ああ、あの、悪魔に取り憑かれる映画か」

ツヨシは学生服のポケットから、生徒手帳を取り出して開いた。

そこには一枚の切り抜き写真が挟んであった。

鹿の子柄の半袖のワンピースを着た、おかっぱ頭の女の子だ。ほっぺたが、ちょっと膨らんでいる。

「えっ？　この子？」

「そう、リンダ・ブレア。キネ旬の、一月号の、切り抜き」

「うわあ！　さっきのマネージャーに、ばり、そっくりっちゃ！」

おれとサトルが盛り上がる。

それを横目で見て、ゴローが口を尖らせた。

「けど、ツヨシ。あの子、筑豊の子やぞ。筑豊の子を好いとう、いうのは、どげんなんや？」

「どげんなんやて、どげんこっちゃ？」

ツヨシが訊き返す。

「筑豊の人間っち、なんやかんやいうては、いっつもおれら、海側の人間を馬鹿にしょったり、ちょっかい出してきよるやろう。あいつらはな、おれらのことがうらやましいんちゃ。自分らの町は、炭鉱が閉山してどうしょうもなかやのに、おれらの町は、発展しよるけんな。オランダをバカにするイギリスと一緒や。根性がねじ曲がっちょる」

ゴローは一気にまくし立てた。

「ぺぺ。おまえもそう思うやろう？」

ゴローがおれに顔を向ける。

おれは曖昧にうなずいた。これまでも言ってなかったし、その時も、言えなかったのだ。おれの父親と母親が、あの筑豊の出身だ、ということを。

「そんなとこの人間と、ツヨシは、付き合うんか」

ゴローがたたみかける。

「いや、付き合う、とまでは、言うとらんやろう」

そう言ってツヨシは顔を赤らめた。

サトルが言った。

「ゴロー、おまえがいつも言うてる、『人類愛』はどこ行ったんや。言うとったやないか。セックスは、人類愛やって」

「いや、誰も、セックスする、なんて……」

ツヨシがいっそう顔を赤らめた。

「それとこれとは、話が別やろうもん」

口を尖らせるゴローに、サトルがかぶせる。

「おれも、筑豊の人間は、嫌いや。けど、恋する気持ちに、筑豊がどうやとか、関係なかろう。愛は国境を越える。筑豊の山も越える。ツヨシの恋は、応援しちゃりたい。おれは、そう思う」

ゴローは黙った。サトルはおれに訊いてきた。

「ぺぺはどう思うんや？」

「おれは……」

いろんな顔がよぎった。筑豊出身の両親の顔。ツヨシが見せてくれた「エクソシスト」の主役の女の子の顔。彼女にそっくりなマネージャーの顔。そしてなぜか、麻生不二絵の顔。そして言った。

「おれは、ツヨシの恋を、応援するっちゃ」

「よおし。決まった」サトルがポンと手を打った。「あの親善試合の話、受けるぞ。ゴローも、それでええな？」

「クライフ同盟は、最後は多数決やけぇ」

ゴローは腕を組んで首をすくめた。

サトルが続ける。

「おれはな、正直、この試合の勝敗は、どうでもええ、と思うとるんや。もちろん親善試合ちゅうても試合なんやから、勝つことは大事や。おれら四人の最後の試合やしな。けどな、勝つより、もっと大事なことが、この試合には、ある。それはツヨシが試合の中で、彼女の前でええとこを見せることや。彼女、ええっと、名前は……」

「池崎さん」

ツヨシが即座に答えた。

「そうや。池崎さんや。ツヨシ、この試合で、おまえが一点、取れ。そうしたら、彼女も惚れるやろう。一点取ったら、試合の後で、池崎さんをデートに誘え」

「デート？　いきなり？」

「ああ、サッカーでもなんでも、一気に攻めるんが大事なんよ」

「どこに誘うたらええかな？」

「なんでもええちゃ。映画、観に行くとか、な。あ、そうや！　ツヨシ、おまえが言うてた、あの、悪魔が出てくる映画。なんやったかいな？」

「『エクソシスト』」

「おお、それそれ！　その映画、いつ日本でやるんやった？」

「七月、って書いてあった」

「おお、親善試合は、八月の初めや。ちょうどやっとろうもん！　『エクソシスト』に誘うたらええちゃ！」

「けど、あの映画、『十字架を血みどろの陰部に突き立てる』映画やぞ。そんな怖い映画、女の子と観に行って……」

「だけえ、ええっちゃないとか。怖いもん見たさ、ちゅうやつや。アメリカでも、ちかっぱヒットしとるんやろう？　そんだけヒットしとる映画やったら、彼女も興味持ちよろうが。映画館の中で、きゃー、怖い！　って、おまえに抱きつきよるぞ」

サトルはどんどん話を膨らませてツヨシをのせる。

おれも頭の中で想像した。二人が映画館の暗闇の中で「エクソシスト」を観ているところを。それは素敵な想像だった。

「やけえ、ツヨシ、その試合で一点取れ」

「けど、おれ、ポジション、サイドバックやぞ。得点なんか」

「そんな考えは、古かよ。オランダを見習え。トータル・フットボールっちゃ」

おれたちは見たこともないオランダのサッカーで、ツヨシを励ました。

「トータル・フットボールって、どうやるんや？」

「それを、ワールドカップのオランダが、教えてくれるっちゃ」

果たしてクライフは、ツヨシの初恋に力を貸してくれるだろうか。

五月も半ばを過ぎようとしていた。

ワールドカップ開幕は、六月十三日。

ワールドカップを、この目で見たい。

おれたちの「夢」は、日に日に膨らんでいくのだった。

いいニュースと悪いニュースは、必ず連れ立ってやってくる。

おれのこれまでの人生で学んだ教訓のひとつだ。
十四歳の五月と六月に、おれは身をもってそれを体験することになる。

8　そしてGOROが降臨した

ブロンドの美女がおれたちに微笑みかけていた。

胸元が大きく開いたノースリーブのシャツから盛り上がる二つの山。美女の両手に抱かれているのは、金色のカップ。ワールドカップのジュール・リメ杯だ。

「おお！　いいねえ！　このボイン！」

五月半ば。サトルの店に並べてあった「サッカーマガジン」の六月号を手にとって、ゴローは嬌声を上げた。

「なんか、いつもと表紙が違うっちゃ」

ツヨシが覗き込む。

そうなのだ。「サッカーマガジン」の表紙は今年に入ってから一月号こそベッケンバウアーだったが、二月号以降はほとんど日本リーグの選手たちが表紙を飾っていた。地味、とは言わないが、こんなんで売れるんか、と思うぐらいストイックな表紙だった。それが今月号は、ジュール・リメ杯を抱いたドイツ人美女だ。六月十三日のワールドカップ開幕まであと一ヶ月を切って、さすがに国粋主義の「サッカーマガジン」もお祭りムードを盛り上げてきた。

おれは表紙の美女の身体に見とれているゴローの手から「サッカーマガジン」を奪って、ページをめくった。目次の次のページの写真は、またもやワールドカップのマスコットキャラが入ったビールジョッキを手にするドイツ人美女が二人。キャプションには、こうあった。「決勝の行われるミュンヘンの名物は何といってもビール。『優勝してこれで乾杯！』というところか」

　最初のカラーグラビアではブラジル代表チームの近況が九ページにもわたって紹介されている。まあ、開催国にして今回優勝候補の西ドイツと、前大会の覇者ブラジルが雑誌の目玉として大きく扱われるのは仕方ないだろう。おれは速攻でページを繰る。カラーグラビアが続き、アルゼンチンの紹介が載っていた。ふむ。アルゼンチン。弱くはないがイタリアと同組で優勝候補ではない。ページを繰る手が速まる。その後のカラーグラビアは、なんと日本リーグだ。

　えっ？　日本リーグ？　とおれたちは声を上げた。

「ヤンマー、三菱、激雨の対決」って。いやいやいやいや。それ、今、興味ある？　カラーグラビアでやらんといかん？　やはり国粋主義は生きていた。

　知りたいのはオランダ、いや、クライフの情報だ。おれの指はグラビアをすっ飛ばして本文記事に飛んだ。

　大きな見出しが躍る。

「ワールドカップ決勝大会の〝スーパー・ヒーロー〟は誰か」

　おお、ここか。おれは待ち合わせしていた知り合いに会えた瞬間のようにニンマリして文字を追った。延々六ページにもわたるその長い記事の中で、クライフとオランダの名前は、もう記事が終わろうとする頃になってようやく出てきた。わずか五行だ。

クライフは、チーム・メートと波長を合わせるのにまだ時間がかかりそうだし、オランダは、十分な準備ができるほど、組織化されていない。

「どうせこいつも、絶対、イギリス人の記者っちゃ」

ゴローが吐き捨てた。記事を書いた西洋人の名前が見出しに書かれていた。記者の国籍は書いていなかったが、ゴローの決めつけには一定の説得力があった。なぜなら別の特集ページの冒頭には、「ロンドン美人に抱かれたＦＩＦＡワールド・カップ」というキャプション付きの写真が載っていたからだ。なんでワールドカップに出ていない国の美女の写真が？「サッカーマガジン」はイギリスのサッカー雑誌の記事を、そのまま転載しているに違いなかった。

イギリス人はつくづくオランダが嫌いなのだ。

こんなクソみたいな記事を読むぐらいなら国粋主義を貫いて日本人記者が書く日本リーグの記事を読む方がはるかにましだ。

おれは怒りにまかせてページを繰った。

その時だ。

おれの目が、偶然開いたページに吸い寄せられた。

そこには、大きな見出しで、こう書かれていた。

ハガキ一枚で
ワールドカップ決勝を見よう！

全国で中継実現の大運動を

その時おれの身体はほんの何センチか、宙に浮いていたはずだ。
なんと！「サッカーマガジン」がまるまる一ページを使って全国の読者に呼びかけているのだ。
ワールドカップ決勝の全国中継実現の要望をハガキで出そう、と
おれは記事を追った。

日本時間昭和四九年七月八日午前0時――サッカー・ファンの君なら、これが何の時間かすぐわかるだろう。そう、これはワールドカップ西ドイツ大会の決勝戦の始まる時間なのだ。

東京12チャンネルではこの試合の模様を実況中継することがほぼ決まっている。世界中の何億という人々と一緒に、この偉大な祭典を見ることができるのは、何と幸せなことだろう。

しかし、12チャンネルが見られるのは関東だけに過ぎない。他の地方ではまだネットすることが決まっていないのだ。地方のファン諸君、君たちはそれでいいのか。

左の表の自分の地域のテレビ局に、すぐハガキを出そう！

テレビ局やスポンサーにとって投書の山ほどこわいものはないのだ。すぐにペンをとり、「ワールドカップ中継を！」と書いてポストに入れよう。そうすれば君

も、世界最高のビッグ・ゲームを「生で」見られるのだ！

君たちはそれでいいのか。


なんと力強い言葉だろう。

おれはその一行に赤の蛍光ペンでラインを引きたい気分だった。

わーおー！

ゴローが叫んだ。

「テレビ局やスポンサーにとって投書の山ほどこわいものはない」というのは、サトルがおれたちに言った言葉を、おれが「サッカーマガジン」宛のハガキにそのまま書いた文言だ。

「サッカーマガジン」は、おれたちの要望を聞いてくれたのだ！

そしてご丁寧にも、北海道から沖縄まで、全国四十三局の民放テレビ局の住所付きだ。

「ありがとう！『サッカーマガジン』！　さっきは悪口言ってごめん！」

おれは頭を下げた。

「どうしたっちゃ？」

サトルが階段から降りてきた。

「『サッカーマガジン』が、おれたちの出したハガキでお願いした通り、放送局にワールドカップ決勝の中継をするように呼びかけろって記事にしてくれたっちゃ！」

「えっ！　ほんとなん！」

サトルが相手サイドバックからボールを奪うように身体を入れて雑誌を手に取った。

「よっしゃあ！　これで放送局にハガキ殺到するっちゃ。おれらの福岡の放送局も、ネットする可能性出てきたぞ！」

「クライフが決勝で見られるかも！」

塾の帰り、踏切の上ですれ違う電車に向かって叫ぶおれたちの願いごとは、ひとつ増えた。

「オランダ優勝！」

「ハイチにも初勝利を！」

「福岡で中継を！」

＊

一九七四年六月一日。

それは突然、サトルの店に降臨した。

これまでに見たことのない雑誌が平台に置いてあったのだ。

表紙は誰だかわからないヒゲを生やした白人の男性だ。一見すると女性雑誌か映画雑誌のようだった。映画雑誌の「スクリーン」や「ロードショー」と同じ大きなサイズだった。

何よりも驚いたのは、その雑誌のタイトルだ。

「ＧＯＲＯ」

「ゴローって！　おれの名前が雑誌の表紙になっとるっちゃ！」

ゴローのあの時の表情を、今も忘れられない。

そりゃあそうだろう。いきなりサトルの店に並んだ雑誌から、自分の名前を呼びかけられたのだ。

表紙に並ぶ文字を追った。

一番目立つ右端の大きな見出しにはこうあった。

独占公開スクープ　デヴィ夫人の衝撃の裸像美

「衝撃の裸像美？　外人のヌードが載っとるぞ！　うわー！　やっぱりこれ、ゴローの雑誌っちゃ！」

おれたちのエロ番長の名前が冠された雑誌は、エロい雑誌だったのだ。最高潮に盛り上がった。

「けどデヴィ夫人って、誰なん？」

誰もデヴィ夫人を知らなかった。

ゴローはページを繰った。

名前から白人の女性を想像したが、巻頭のカラーグラビアのページに載っていたのは黒髪のアジア人だった。年齢は二十代か、三十歳ぐらいだろうか。日本人のようにも見えるが、見たことのない女性だ。

しかしその裸体は息をのむほど美しかった。特に乳房が美しい。

竹の湯で見たサトルの母さんの乳房を思い出した。

そこへサトルの父親が通りかかったので、おれは肝を冷やした。

サトルが訊いた。

「父ちゃん、デヴィ夫人って、誰なん？」

サトルの父はいつものおっとりとした声で答えた。

「スカルノ大統領の嫁さんっちゃ」

「スカルノ大統領？」

「そう。インドネシアのな。えらい人やで。インドネシア独立の父や。ああ、何年か前にクーデターがあったんで、今は大統領と違うっちゃけどな。デヴィ夫人も、もう大統領とは別れとるはずやから、正確には、元夫人っちゃ」

「日本人に見えとるけどなあ」

「うん。日本人っちゃ。赤坂の高級クラブのホステスやった」

「ホステス？」

「そうちゃ。ナンバーワンホステスやったげな」

「それがなんでインドネシアの大統領の奥さんになったんや？」

赤坂の高級クラブのナンバーワンホステス。中学生のおれたちにとっては火星の裏側ぐらい遠い存在だが、それがかなりすごいんだということぐらいはわかる。しかしわかるにしてもだ。「ホステス」と「大統領夫人」。その二項の間に横たわる空欄の答えは何だ。息子の当然の疑問に父は答える。

「どうやったかいなあ。たしかスカルノがそのクラブに行って、一目惚れしたんやったやなかったかなあ。ちょっと詳しいこと忘れてしもうたけど、とにかく、結婚した時は、えらいニュースになったけえ、よう覚えちょるよ。わしが母さんと結婚した頃とも割合近いけえな、よう覚えちょる」

そう言ってサトルの父は歯の欠けた口を開けて笑った。

日本人のホステスがスカルノと結婚してデヴィ夫人となった頃に、サトルの母さんはサトルの父さんと結婚して、サトルの父さんの「夫人」になったのだ。

「夫人」。なんだか、いやらしい響きがある。

おれはまたサトルの母さんの美しい乳房を思い出した。

デヴィ夫人の写真はその雑誌に六枚載っていた。乳房と乳首がはっきりと写っている裸の写真は一枚だけで、あとの五枚はどれも服を着ていた。しかもどの写真もなんだかぼんやりと紗(しゃ)がかかっている感じで、芸術的だ。西洋絵画を見ているみたいだった。だから余計にその乳房と乳首が露わに写った写真がエロチックに見えた。

キャプションを読むと、デヴィッド・ハミルトンという名前の外国人の写真家が撮ったようだ。

「マダム・スカルノは、最高のモデルです」そんなコメントが載っていた。

キャプションを最後まで読むと、デヴィ夫人の年齢が書いてあった。

三十四歳。

なぜかふっと、麻生不二絵のことを思い出した。

二十年後。彼女は三十四。誰と結婚しているのだろうか。三十四歳の彼女の乳房を見ることのできる男に、おれは嫉妬した。

もっと長い時間、デヴィ夫人の乳房が写った写真を眺めていたかったが、残念ながらおれたちはまだ十四歳で、ヌードグラビアが載った雑誌に池から首を出したカメみたいにいつまでも店の中で食いついているわけにはいかなかった。

「おじさん、これ、買うっちゃ」

ゴローがポケットから小銭を出した。

「まいどあり。二百六十円」


おれたちはその足で「草むらの学校」へ向かった。

その日は土曜日で、午後のサッカー部の練習が終わった後におれたちはサトルの店に寄ったのだった。日が暮れるまでにはたっぷりと時間がある。

「ゴロー、着くまでに、その本、絶対開くなよ」

おれは頂上へ続く山道でゴローに釘を刺した。

読みたい雑誌をカバンの中に入れて、「草むらの学校」に向かう時の、あの胸が躍る感じ。これ以上の至福の時間があるだろうか。至福の時間は、至福の瞬間が訪れる直前にこそある。おれたちにとってそれがあの松山城址に登る山道だった。

「うわあ、今日は、周防灘がよう見えよる！」

頂上で、サトルがそう言って大きく両手を広げて深呼吸した。

昼下がりの周防灘はどこまでも澄み渡り、山口の小野田や宇部の工場群の煙突から、あれは防府あたりだろうか、そのずっと東の山までもがくっきりと見えていた。

おれたちはいつもの草むらに腰を下ろす。

そしてゴローはカバンの中から雑誌を取り出す。

「なんべん見ても、ええ名前やなあ」
「ＧＯＲＯ」と大きく書かれた表紙の緑の文字をゴローは指で撫でる。
もう一度、デヴィ夫人の乳房が見えたヌードグラビアを見る。
頭上ではちゅるりぴちゅるりちゅるりぴちゅるりとヒバリが鳴いている。
海と空とデヴィ夫人。
それだけがおれたちの世界にあった。
ヒバリの高鳴きが聞こえなくなった頃、ゴローがゆっくりと、次のページを開いた。
イギリス人のヌードモデルのグラビアがあった。
「ロンドンから来た十七歳のビッグ・ベビー」という見出しがある。
ブー、とおれたちは鼻を鳴らした。
バスト九十六センチ。それがどうした。イギリスは嫌いだ。秒殺でページを繰った。
ゴローの指が、あるページでピタリと止まった。
モノクロのグラビアだった。
バケモノのような女の写真が目に飛び込んできたのだ。
うわあ！　とおれたちはのけぞった。
のけぞったのは、その女の写真がバケモノみたいだったからだけではない。
その写真の大見出しに、こう書かれていたのだ。

「エクソシスト」と。

「うわあ！　『エクソシスト』の写真っちゃ！」

　頭のてっぺんから出したような声でツヨシが叫んだ。

「問題映画批評／話題の悪魔映画の背景をえぐる」という特集記事だった。

「エクソシスト」のことはツヨシが読んでいた「キネマ旬報」の記事で知っていたが、そこにはよくわからない不鮮明な写真が一枚載っていただけだった。「悪魔」という言葉だけがおれたちの頭の中でぼんやりとしたイメージを結んでいた。

　しかしおれたちは「悪魔に取り憑かれた少女」のリアルな顔写真を、その瞬間、「GORO」の誌面で初めて目の当たりにしたのだった。

　衝撃だった。想像していたより何倍も強烈な写真だった。

　傷だらけの顔、振り乱れた髪。両眼はげっそりと窪み、瞳だけが獣のように不気味に光る。半開きになった口から見える歯は獰猛（どうもう）な魚のように尖っている。

　白黒写真だったが、顔からドロドロと滴る血の赤が見えるようだった。

「このバケモンが、この前ツヨシが見せてくれた、あの可愛い娘なんか？」

　ゴローの声にツヨシは自信なげにうなずいた。「多分……」

　ゴローは次のページを開いた。

　映画のワンシーンであろう写真がふんだんに載っていた。

　目を引くものは最初の一枚だけで、あとはよくわからない写真が並んでいた。そこはデヴィ夫人のヌードと同じだった。

六枚の写真にはそれぞれキャプションがついている。

医学の最高権威を集めた診察も虚しく……
異常な振動を繰り返すベッドの上で母娘は……
help me という文字が少女の胸に浮かんだ
神父は少女に取り憑いた悪魔と必死に戦った
あのあどけない笑顔は永久に戻らないのか
悪魔祓い師と、悪魔の戦いはクライマックスに

最後にあらすじが載っていた。「キネマ旬報」に載っていたのとほぼ同じだった。少女が十字架でオナニーすることもきっちり書かれている。どうやらそれは映画のハイライトシーンの一つのようだ。

「あのあどけない笑顔は永久に戻らないのか」というキャプションと共に載っている少女の、まさに文字通りのあどけない笑顔を、おれたちは見つめた。冒頭のバケモノの顔との落差が凄まじい。

遠藤周作という作家が「エクソシスト」を分析していた。なんだか難しい言葉が並んでいる。

「なんて書いちょんか？」

おれたちはツヨシに「翻訳」を求めた。

「これまでも悪魔が出てくる作品はたくさんあったっちゃけど、『エクソシスト』は全然違う。悪魔がほんまにこの世におるんやってことを信じて作ってるって」

おれたちはツヨシの「翻訳」に聞き入った。

「日本の悪霊と向こうの悪魔は、全然違うって。日本の悪霊は人間に取り憑いて殺したり肉体的に痛めつけるけんど、向こうの悪魔は、道徳的に堕落させるんやって」

なるほどなあ、とおれは思った。それで少女が十字架でオナニーするんだ。それは堕落の極みだろう。

けれど、とおれは考えた。そんなおぞましい映画が、なんでアメリカで大ヒットしているんだろう。神を信じている人にとっては、目を背けたくなるようなシーンじゃないか。どうしてみんな、映画館に足を運ぶんだろう。

それは「清純」なものが「堕落」していくのを目の当たりにすることに、ある種の本能的な快感を覚えるからではないか。おれも見たい、と思った。人間が悪魔の手に落ちていく瞬間を。

ゴローがさらにページを繰った。

そこには「ラブ・ホテルに入った47組の恋人たち」という見出しで、東京のどこかのラブホテルに入るカップルたちを隠し撮りした写真がたくさん並んでいた。中にはセーラー服姿の若い子の写真もあった。

この「GORO」という雑誌自体が悪魔的だ、と、おれは思った。

なにしろ「大統領の夫人」を、裸にするんだから。

しかしこの「悪魔」的な雑誌には、とてつもない魅力があったのだ。

こんな雑誌をどこが出してるのか、と思って、雑誌をひっくり返して後ろに載っている出版社の名前を確認した。小学館だった。「小学六年生」とかの学習雑誌を出してるところじゃないか。おれは清純な「ジュニア小説」を書きながら、一方で大股びらきの「官能小説」を書く富島健夫のことを思い出した。

エクソシストの公開は七月だという。クライフの宇宙中継も、もし実現すれば、七月だ。

七の月に、おれたちは「神」と「悪魔」に出会えるだろうか。

何時間もかけて「GORO」の記事を隅から隅まで読み終えた時、ようやく日が西に傾き始めた。

最後に読んだのは、読者の投稿欄だった。

何で創刊号なのに読者の投稿欄があるのかちょっと不思議な感じがしたが、まあいろいろとあるのだろう。

「おっ！　おれ、この人に、手紙書くっちゃ！」

ゴローが投稿欄のひとつを指差した。それは「交換バザール」と銘打たれたコーナーの「売ります」という欄だった。

山口県の住所と共に、こんなことが書かれていた。

外国の美しいポルノ雑誌5冊。価格は相談に応じます。

＊

おれたちのもとに「GORO」が降臨した翌日のことだった。

日曜日の午後に「草むらの学校」に集まるのはおれたちの恒例だったし、その前の日にもおれたちは、明日も集まろうと約束したばかりだった。ところが、夕方になってもサトルはやってこなかった。

おれたちは帰りにサトルの店に寄ることにした。

サトルの店は公設市場の中にあって日曜日でも開いている。しかしその日は店のシャッターが閉まっていた。

「サトルの店、今日はなんで休んどんの？　どうしたとや？」

おれは隣の花屋のおばさんに訊いた。おばさんの顔色がさっと変わった。

「今、病院よ」

「病院？」

「お母さんが、倒れたんよ」

「えっ。お母さんって」

「サトル君のお母さんよ。お昼前に、二階の階段から転げ落ちて、頭を打ってね。すぐに救急車呼んで、今、小倉の病院よ」

「ほんとですか」

「さっきお父さんから電話あって。脳挫傷（のうざしょう）やって。だいぶ危ない状況らしいから、今晩は病院で付き添うって」

「サトルは？」

「サトル君も一緒やって」

サトルの母さんが運ばれたのはおれたちの町から五キロほどのところにある病院だった。駅でいうと一駅先だが、おれとゴローとツヨシは自転車を飛ばして病院に向かった。

受付で来意を告げて待合室にいると、サトルが階段から降りてきた。

「サトル。お母さん、どうなんや」

「今日、明日が、ヤマやって」

力のないサトルの声におれたちはかける言葉が見つからず、ソファに腰を沈めた。

「来てくれて、ありがとうな」

サトルはそう言って、おれたちが座るソファの横に腰掛けた。

「脳挫傷って聞いたけど」

「うん」

「脳挫傷って、どげな？」

「脳が衝撃受けて……、下手したら、脳に血が回らんようになって……」

十四歳のおれたちに脳挫傷の知識はなかったが、それでもかなり深刻な病気であることはわかった。

「治るんか」

「そやから、今日、明日がヤマやって」

サトルが声を荒らげた。

「ごめん……」ツヨシが謝った。

サトルは大きな深呼吸をひとつした。

「いや、せっかく来てくれたのに、怒ってしもうて、ごめんな」

サトルが謝るとどっと笑い声が聞こえた。

待合室に置かれたテレビで「笑点」の大喜利をやっていて、誰かが座布団を取られたようだ。

ではまた来週、お会いしましょう、という言葉と妙に明るいエンディングテーマが終わると、サトルが言った。

「さっき、医者から説明があってな。命が助かっても、後遺症が残る可能性があるって」

「後遺症って？」

「体の半分が動かんようになるとか、喋れんようになるとか、意識が戻らんようになるとか……」

おれたちは、また言葉を失った。サトルの母さんはおれの母親の年齢と同じぐらいだから、まだ四十代のはずだ。そんな歳で、そんな深刻な障害を抱えるなんて。

「父さんは？」

「ずっと、母ちゃんが入ってる病室の前で座っちょる。手を組んで、祈っちょるよ」

「おれたちも、祈るっちゃ」

ツヨシが言った。おれたちは目をつぶって手を組んだ。おれも祈った。

神様。どうかサトルの母さんの脳挫傷が良くなりますように。ワールドカップの決勝戦がテレビで観られなくてもいいから、サトルの母さんの病気が、良くなりますように。

そうして無言のまま待合室のソファに座っていると、階段からサトルの父さんが降りてきた。

「やあ、みんな、来てくれたんか。すまんなあ」

おれたちは立ち上がった。

「このたびは……」

「堅苦しいことは言わんでええけえ。コーラでも飲むか。あ、それか、ファンタにしとくか。スプライトもあるぞ、遠慮せんでええけえ。サトルは、何する？」

サトルがファンタ・オレンジと答えたのに続いて、おれたちは口々にファンタ・オレンジと答えた。おまえら、オレンジ好きやのう、とサトルの父さんは答え、待合室にあった自動販売機にコインを入れた。ガチャガチャガチャと缶ジュースが落ちてくる音が聞こえ、サトルの父さんは出てきた缶ジュースを近くのテーブルにひとつずつ並べた。テーブルの上にファンタ・オレンジの缶が四つとコカ・コーラの赤い缶が一つ並んだ。

「こっちの方が広いけえ。こっちこいや」

おれたちは缶ジュースが並べられた四人がけのテーブルの席に移動した。

サトルの父さんは隣のテーブル席から椅子を一つ持ってきて一緒の席に座った。

プシュッと蓋を開けてコーラをゴクゴクと飲むサトルの父さんを見て、おれたちもファンタ・オレンジの蓋を開けて口に運んだ。

コーラを一気に飲み終えたサトルの父さんが大きなゲップを一つした。

それから、口を開いた。

「最初は、意識は、あるみたいやったっちゃ。病室に入る前に、わしが手を握って、しっかりせえよって声かけたら、目はつぶっとったけど、うなずいとったからな。ただ、打ち所が悪かったみたいで、血管が詰まりかけとる場所が、かなり危ない場所やそうや。今、できること一生懸命やっとるとこやって」

その言葉が持つ意味はかなり深刻に思えたが、サトルの父さんの表情は思ったより元気そうに見えた。

「母さんも、頑張っとるよ。きっと戻ってきよる」

そう言った時のサトルの父さんの顔は、なんだかカッコよかった。もしかしたら、サトルの母さんは、この人のこんな時の顔に惚れて結婚したのかもしれない。

気がつくと、待合室には、おれたち四人と、サトルの父さんだけになった。

テレビは「笑点」が終わってニュースを伝えていた。

「父ちゃんは、今日は病院に泊まる。サトル、おまえはもう、みんなと一緒に家に帰れ。母さんは父ちゃんが見とくけえ大丈夫や。明日は学校やろ。店は明日も休む。月曜の朝は雑誌がいっぱい届くけえ、家の中に入れといてくれ」

「いや、おれ、父ちゃんと一緒に救急車に乗ってきたけえ、みんなとは一緒に帰れんよ。みんな自転車に乗ってきたんやろ。窓から見えとった」

おれたちはうなずいた。

「おれも、今日は病院に泊まる」

そうか、とサトルの父さんは立ち上がり、ファンタ、もう一本飲むか、グレープ味も美味しいで、とおれたちに訊いた。いや、まだ残っとります、と答えると、子供が遠慮するもんやないで、と笑顔を見せ、自動販売機にコインを入れた。ガタンと音がして、コカ・コーラの缶が出てきた。サトルの父さんはそれを手にとって、またおれたちの前の椅子に座って蓋を開けて口をつけた。

「お父さん」

おれが声をかけると、サトルの父さんはコカ・コーラの缶から口を離して、

「ペペ君、どげんした?」

とおれをあだ名で呼んだ。

「お父さんは、なんでサトル君のお母さんと、結婚したんですか」

本当はこう訊きたかった。

サトルのお母さんは、なんでお父さんと結婚したんですか。

今なら訊ける。そう思った。しかし、訊いた瞬間、後悔した。息子のサトルも知らないことを、他人の子供が訊くなんて、あんまり失礼じゃないか。

「なんで、そげなこと、聞きたいんや」

サトルの父さんがちょっとびっくりしたような顔で言った。そしてびっくりした顔はすぐに笑顔になった。人懐こい笑顔だ。前歯が欠けた口の中が見えた。その笑顔に背中を押されて、おれは言葉を継いだ。

「あの……、ずっと訊きたかったんです。サトルに訊いても、知らん、言いよるし」

おれの答えになっていない答えに、サトルの父さんは薄くなった頭に手をやって苦笑いした。

「まあ、おまえらが、そう訊きたい気持ちは、ようわかる。母さん、あげん、べっぴんやけね。なんで、わしみたいなんと、と思うわな」

サトルの父さんはコーラの缶をテーブルの上に置いた。

「サトルにも、母さんのことは、これまで何にも言うてなかったし。こげなことでもないと、話すこともないけえ」

サトルがさっと顔を上げた。

「まあ、時期が来たら、教えちゃろう、思うとったけど、今が、その時かもしれんな。話しちょこうか」

おれたちは、ぐっと膝を乗り出した。

サトルの父さんが、テレビを消した。

＊

父ちゃんは、小倉の出身やけんどな、母さんは、山口県の防府の出身や。それはサトルも知っちょるな。防府で生まれて、十八まで防府におった。それから、一回も防府には帰っちょらん。まずは、母さんの、故郷の話からしちょこうか。なんで父ちゃんと母さんが出会うたかも、母さんが子供の頃、故郷で経験したことと、関係しちょるからのう。

母さんの故郷は、防府の西の端の、中関いうとこや。周防灘に面した、海沿いの港町でな。山口県の、ちょうど、真ん中ぐらいのとこやのう。山口県の西の一番端っこに、下関、ちゅうとこがあるやろう。そう、関門海峡の、山口県側の街や。おお、そうか。おまえらも、下関は自転車で行ったことがあるか。

山口県にはな、下関と、中関と、上関ちゅうとこがあってな。周防灘の三関と呼ばれちょった。「関」っちゅうのは、船の番所があったとこや。荷物の検査や、通行税を払うようなとこやな。昔の周防灘は海運がえろう盛んでな。そん中でも、この三つの港町は船が必ず泊まりよるけえ、特に栄えとった、いうことや。

母さんは、その中関の生まれやった。周防灘に出っ張った、岬の先にある町じゃ。おまえら、よう、休みの日に四人で松山の城址に登っちょるやろう。おお、今日も行ってきよったんか。あの山のてっぺんからも、よう晴れよった日には、中関も見えるんやなかとかな。

母さんは、生まれ故郷の中関の町の話を、ようしてくれよった。

家のすぐ裏が海につながる船溜まりの港で、子供の頃は夏になったら、毎日そこで泳いで遊んどったそうや。船溜まりのすぐ向こうに、向島（むこうしま）いう山が見えとってな。

母さんの実家はな。その港にあった小さな芝居小屋や。

両親からよう聞かされた話では、戦前に芝居小屋ができた頃は、みんな船に乗ってわざわざ芝居を観に来たそうや。関西や、九州からの船もな。母さんの小学生時代は、戦後すぐの頃やな。その頃も子供心に町の賑わいっぷりはえらいもんやったらしい。

芝居小屋には、全国から旅の一座がやってきては、何日かしたらまた別の街に旅に出る。母さんは、ちっちゃい頃から、舞台の裾や二階から、そんな旅一座の芝居を観るのが大好きやったそうや。役者さんや歌手がおる楽屋に遊びに行くのも好きやったらしい。まあ、小屋の娘ということもあったんやろう、えらいかわいがってもろたんやて。母さんは、ちんまい頃から、可愛かったんやろうなあ。遊び場は船溜まりの港か、芝居小屋の楽屋やったって。役者さんから、旅の話を聞くんが好きやったって言うてたな。そのうちに芝居小屋では芝居だけやのうて、ドサ回りの歌手の歌謡ショーや、映画なんかもやるようになったらしい。

それでな。あれは、母さんが、小学校四年の、夏休みの時のことやったって。

ある日、芝居の小屋主、つまり、母さんの父さんに呼ばれてな。明日からは、小屋に入ったらいかんぞ。楽屋も行ったらいかん。自分の部屋で遊んどけって、言われたらしい。

なんでやろ、と思いながら、近くの神社で遊んでたら、すぐにその理由がわかった。

町なかを芝居小屋の宣伝をするオート三輪が走ってて、スピーカーから派手な音楽と一緒に声が流れてきたんや。明日から三日間、芝居小屋で、関西から来演のストリップショーを公演します。皆様ぜひお誘い合わせの上ご来場くださいってな。

母さんは、その頃、ストリップという言葉を知らんかったけど、オート三輪には看板がかけられてて、そこに、裸すがたの大人の女性の写真が貼ってあったたって。それで、母さんは理解した。女の人が、裸になってうちの芝居小屋で踊るんや。

父親は娘には見せとうなかったんやろうなあって。

ストリップショーを演る三日間は、ちょうど町の夏祭りをやる時期と重なっててな。

それで子供やった母さんは昼間、祭りが行われる神社の境内の屋台に行って、綿菓子やらかき氷やらお面を売ってる店を覗いたりしてたんやて。それで綿菓子を食べながら、神社の境内から鳥居をくぐって道に出た時、若い大人の女の人から、声をかけられたんや。

「お嬢ちゃん、この近くに、芝居小屋、ない？」

母さんは、ピンときた。

この人、今日から、うちの小屋で踊る、ストリップの人やって。

「あります。うちもそこへ帰るから」

「え？　うちも帰るって……」

「その芝居小屋、うちの家です」

「えっ！　そうなん！」

そうして、二人で神社から芝居小屋まで、一緒に歩いたんやって。

「ここ、海があって、山があって、ほんま、ええ町やねえ。深呼吸したら、潮の香りして、ものすご、気持ちええわ」

母さんは、その人が喋る関西弁が妙に面白かったらしい。

「この道、まっすぐ行ったら、岬の端っこまで出て、そこに栈橋（さんばし）があって、海が、すっごく綺麗に見えますよ。そこ、灯台もあって」

「へえ。灯台もあるの？　見に行きたいなあ。歩いたらどれぐらい？」

「十分ぐらい。芝居小屋は、ここから歩いてすぐそこやけど」

「そうなんや。小屋に入らなあかん時間までは、まだだいぶあるし、見に行こうかな。私、海、好きやねん」

「よかったら、うち、案内します」

「えっ、そんなん悪いわ。小屋の娘さんにそんなんしてもろたら」

「ええんです。うちも海、好きやから」

そうして二人は、岬の栈橋まで歩いたんやって。

道すがら、母さんは女の人に訊いたそうや。

「今日、踊る人ですか？」

女の人は大声で笑（わろ）うて、

「あ、知ってたん？　そう。私、今日から、ここの芝居小屋で踊るねん。西条マキっていうねん。関西では、有名なんよ」

そう言うて、また大声で笑うたって。

「写真で見ました」

「ああ、そうなん？　どう思った？」

「綺麗な人やなあって」

「ほんま？　お世辞でも嬉しいわ。ありがとう」

「お世辞やないです」

そんな会話をしているうちに、桟橋まで着いた。

「うわあ。綺麗な海やなあ。あの海の向こうに、うっすら見えるのは？」

「九州って、お父ちゃん、言うてた」

「そんな遠いとこまで見えるんやねえ」

二人は桟橋に腰掛けた。

「それから、あれが灯台」

「ほんまや」

「夜になったら、明かりがチラチラ光って、それが海に反射して、すごい綺麗なんです」

「そうやろうなあ。夜は光って綺麗やろけど、真昼間の灯台って、ちょっと間抜けやねえ。なんか、私みたい」

「そんなことないです。お姉さんは、間抜けやないです」

そう言う母さんに、お姉さんは、ありがとう、と言うたって。

それからまた一本道を引き返して、母さんは芝居小屋までお姉さんを連れて行った。

小屋の前で、お姉さんは言うた。

「ありがとうね。小屋主さんに挨拶せんと。娘さんに送ってもらいましたって」

「いや。うち、行くとこあるんで」

そう言うて、母さんは一目散に走り去ったんやって。

そのことを、すごい後悔したって、話してくれたわ。

母さんは、父親に怒られると思うたんや。小屋にも楽屋にも入るなって言われてたのに、その女の人と一緒におるとこを見られたら、な。それで、逃げたって。でも、逃げることなんか、何にもなかった。あのお姉さん、どう思うたやろ。それ考えると、泣きとうなるほど辛いって。

母さん、家に帰ってからも、怒られると思うたんや。きっとあのお姉さんが、私に送ってもろうたことを言うやろから。けど、何にも言われんかった。お姉さん、何にも言わんかったんや。私が逃げたから、言わん方がええって思うたに違いない。それが、また、母さんには、辛うてな。

そうして、母さんはもうお姉さんと会うことはなかったんやけど、お姉さんが舞台に上がる三日目の最後の夜に、どうしても、お姉さんの踊ってるとこを、見とうなってんて。

それで、親に見つからんように、こっそり裏手の通用口から入って、一階の通路から二階に上がる階段を上がったんやて。

それで、誰もおらん二階席の隅っこから、舞台を見た。

ピンク色の照明の中で、あのお姉さんが踊ってたんや。

母さんには、その姿がほんまに綺麗に見えたそうでなあ。

一生、忘れられんかったって。

それでな、母さんは地元の高校を出てから、家を出た。

決めたんやって。自分も、あの人みたいなストリッパーになろうって。

それで、関門海峡を渡って、小倉に出てきた。

父ちゃんは、小倉の劇場でストリッパーとして踊ってる母さんと出会うたんや。そう。客としてな。

なんでストリッパーと客が、結婚したんやって？

そりゃあ、そう思うよなあ。

実はな、母さんがステージで踊ってる時、父ちゃんは、かぶりつきで見てたんや。父ちゃんはその日、生まれて初めてストリップを見て、興奮してな。その劇場は、客席まで出っ張った「デベソ」っていう丸いステージと、客席の距離が、ものすごう近うてな。

それで父ちゃんは、顎の骨にヒビが入って、前歯が一本折れた。いや、母さんが悪いんやない。

母さんがデベソの上で思い切り振り回した足が、父ちゃんの顎を直撃した。

デベソまで顔を突き出して観てた父ちゃんが悪いんや。

病院に運ばれてなあ。入院してたら、母さんが、劇場の支配人と謝りに来てくれてなあ。

「そんなん、かぶりつきで頭突き出して見てたんが悪いんやし、ええです、ええです」

言うて、包んできはったお見舞金も、もらわんかった。

けど、母さんは、どういうわけか、それから毎日、病院にお見舞いに来てくれてなあ。

それで、いつの間にか……。

母さんは当時二十一歳。ストリッパーになって三年やった。父ちゃんが言うのもなんやけど、母さんはちかっぱ、綺麗で、人気があった。九州ストリップ界の女神って、呼ばれてたんや。

けど母さんは、ストリップはすっぱりやめて、父ちゃんと一緒になった。

わしは小倉で文具の会社で働いとったんやけど、紹介してくれる人があって、町の公設市場の中で文具店の口を見つけて、この町に引っ越してきて、それで、サトルが生まれた。こういうわけや。

*

サトルは父さんの話を黙って聞いていた。

おれはといえば、竹の湯で見た、サトルの母さんの綺麗な乳房を思い出していた。

綺麗なはずだ。

女神だったのだ。

「サトルの母さん、今、幾つですか」

「昭和十二年生まれやけえ、三十七歳やな」

おれは、サトルの母さんの人生を思った。

小学生の頃、たまたま自分が生まれた芝居小屋にやってきた踊り子に憧れ、十八で同じ道を選び、三年後、たまたま出会ったサトルの父さんの顎を回し蹴りして、サトルが生まれたのだ。そして今、三十七歳の若さで、意識が戻るか戻らぬかの大怪我をして病床に臥している。

いのちの波止場』

南杏子

11月20日発売

前の能登半島を舞台に「いのち」を綴る。

された『いのちの停車場』のシリーズ3作目。今作の主人公は
ずさんが演じたまほろば診療所の看護師・麻世ちゃん、舞台は
島の穴水にある病院です。そこで「ターミナルケア」について
世は最後に恩師を見送ることになります。震災前の能登半島の
風景と共に、様々な旅立ちを綴る感動長編。

パンとペンの事件簿』

柳広司

11月20日発売

不条理にペンとユーモアで立ち向かえ!

誌の原稿に、慶弔文、翻訳……。パン（生活費）を得るためな
は、ペンで解決できるあらゆる問題を引き受ける！ 1910年代
した「売文社」。ひょんなことからここで働くことになった
は、社に舞い込む奇妙な依頼や謎に挑みます。圧制や横暴と
戦ってみせた人々を描いた、勇気と笑いの物語です。

『ひまわり』

新川帆立

11月13日発売

言葉は私の最後の砦。言葉がある限り、私たちはつながれる。不屈の魂が輝く、人生応援小説。

主人公・ひまりは、おしゃべりと食べることと仕事が大好きな33歳の女性です。しかしある夏の日、交通事故に遭い頸髄を損傷。リハビリを頑張り復職を目指すのですが、できればこのまま退職してほしいと会社から告げられます。「私は人の役に立てるのに、どうして力を発揮させてもらえないの？」。ひまりの挫折と再生、挑戦の物語が、いつしか読み手の人生と溶け合います。いつも明るい方を向き頑張るひまりを応援しているうちに、きっと自分も大丈夫、と思えてくるから不思議です。「人生はいつからでも、何度でも、やり直せる」。信じたくても信じきれない言葉が、これほどしみじみと沁みる物語はありません。

『クライフ同盟（仮）』

増山実

12月18日発売

九州から本州へ——。
全てはW杯を見るために！

1974年、日本で初めてサッカーW杯がテレビ中継。しかし、九州では放送が映らない!?　少年たちの旅路を描く、青春溢れる一冊です。

『旅に出ぬのが言葉の修行（仮）』

町田康

2025年1月刊行予定

唯一無二の作家が明かす
「いい文章」の極意。

破天荒な文体で物語を紡ぐ芥川賞作家による初の「文章読本」。自分にしか書けない文章をいかに書くか？　その技法を明かします。

『絵馬と脅迫状（仮）』

久坂部羊

2025年2月刊行予定

医療関係者はみなビョーキ
なの!?——6編の小説集。

デビュー作以来、小社は著者に単行本で多くの長編作品を書いていただいたが、なぜか短編集はなかった。というわけで初の短編集。

『春はまた

2025年2

「被害にあっても仕
女の子」なんて、い

名門大の理工学部に通
高校の同級生・紗奈と再
インカレサークルで高学
交流する紗奈が性被害を

『ミス・パーフェクトの憂鬱』

横関大

2025年1月刊行予定

人生の「幸福度」のために、
真似したい世直し小説！

元公務員の著者だから考えつく、世直し、町おこし、再雇用案、子供の貧困、国際問題の具体的かつハッピーな解決法の数々は小説超え！

『しずかなパレード』

井上荒野

2025年2月刊行予定

一人の人間の「不在」が
もたらす不穏な世界。

老舗和菓子店の若女将が、忽然と姿を消した。残された夫の怒りと嘆き、愛人の不審と自嘲……。ひたひたと不穏な長編小説。

『珈琲怪談』

恩田陸

2025年3月刊行予定

持ち寄った怪談語る喫茶店
メンバー同じ場所は各地

ホラーですが流行のモキュメンタリーではなく、なんとなくゾワッとする嫌悪感、そこはかとなく怖い実話（？）を集めた、全6編。

『刑事の遺伝子

伏

2025年3月刊

昭和、平成、令和——
三代にわたる刑事の

昭和に起きた一家惨殺事
目前にした警察OBの手
令和を生きる刑事達が解
す。大スケールの傑作警

『夜更けより静かな場所』

岩井圭也

10月23日発売

注目の俊英が贈る「読書へのラブレター」。

「一度読んだらクセになる！」と話題の岩井圭也さんが描く、読書会を舞台とした連作短編集。ある悩みを抱えた大学生の吉乃は、古書店を営む伯父に薦められた一冊の小説にハマり、深夜に開かれる読書会に参加しますが、そこには同じく病み期の男女が集まっていて——明日への一歩を踏みだす勇気が湧く、心が震える傑作です！

『鎌倉駅徒歩8分、また明日』

越智月子

10月23日発売

訳ありな住人ばかりのシェアハウス。

人付き合いの苦手な主人公・香良が営む鎌倉のシェアハウス。住人は、自分の家族と上手く行かなかったりと悩みを抱えた人ばかり。家族はもちろん大切だけど、他人だからこそ理解し合えることもあるのだと気付かされます。地元のお店や植物、野鳥なども登場し、読みながら自分も鎌倉に住んでいるような気持ちになれます。

『彼女たちの牙と舌』

矢樹純

2025年3月刊行予定

女の敵は女？　母親4人がある犯罪に巻き込まれ……。

進学塾の保護者説明会で会った母親4人。ある事件に巻き込まれたことをきっかけに、隠していたそれぞれの牙が剝き出しになります。

『生きるセンス』

LiLy

2025年3月刊行予定

40代からの人生が輝く〝読むサプリ〟対談。

吉本ばなな、真矢ミキ、RIKACO、MEGUMI、野口美佳、神崎恵。トップランナー達がLiLyに美容と幸せの秘訣を惜しみなく披露。

『全員犯人、だけど被害者、しかも探偵』

下村敦史

好評既刊

情報量多すぎミステリ！　だけど！　即重版の話題作。

ビブリオバトル3大会グランドチャンプ本『同姓同名』など、そんなまさか！　な設定で読者を楽しませてくれる下村さんの最新作！

『またうど』

村木嵐

好評既刊

人はなぜ、身に余る位や物を望むのか。

小学生で田沼意次のファンになった村木さん。残された史料をまっすぐに読み書かれた新作からは名政治家・田沼の凄みが伝わります。

『地獄の底で見たものは』

桂望実

10月9日発売

日常に突如現れた落とし穴から、強か(したた)に這い上がる！

突然離婚を切り出された専業主婦、出世競争で嫌な同僚に敗れた会社員。人生後半戦でぶち当たった壁にも諦めない4人の短編集です。

『選択』

岩谷翔吾(THE RAMPAGE)
原案：横浜流星

10月10日発売

**生きてさえいれば。
岩谷翔吾、作家デビュー作。**

息も出来ないほどの暗い圧迫感を描いた、新たな物語。岩谷さんと横浜さんは高校の同級生。最後の台詞は4年前から決めていました。

『白紙を歩く』

鯨井あめ

10月23日発売

ハッピーでも、バッドでもない。青春のリアルを描く。

小説家志望の類は、走る理由を見失った女子高生ランナーを物語の力で救おうとする。人生の分岐点で悩む少女たちの友情物語です。

『近くも遠くもゆるり旅(仮)』

益田ミリ

11月刊行予定

**どこに行っても、
のんびり自由に。**

新宿などの近場から憧れだったスイスまで。一緒に旅してるような気持ちになったり、旅に出たくなったり。心も自由になる一冊です。

幻冬舎 単行本 新刊案内
2024年度下半期刊行予定の小説ほかを担当編集者がご紹介します！

『架空犯』

東野圭吾

11月1日発売

『白鳥とコウモリ』の世界が再び。
シリーズ最新作、今秋刊行決定。

ベストセラー作家東野圭吾さんの人気シリーズはたくさんあります。読者の皆さんも100作以上ある東野作品の中でそれぞれ譲れない「マイベスト」があるのではないでしょうか。そんな中で、この新シリーズは、私個人としては一番「大人」な世界が広がっていると思っています。何が「大人」なのか——。誰かの幸せを願う気持ち、圧倒的な愛、でも、その裏にある悪気のない自己愛、保身、秘めた本心。人間には綺麗事で片付けられない感情があり、でも、それがあるから人間で、「そこが一番面白いんじゃないか」——というのは東野さんのお言葉です。それに気づけるのは「大人」になってから。そんな（どんな!?）〝大人東野〟ワールドですが、実は今作は〝青春小説〟！　乞うご期待！

「さあ、父ちゃんの話がえろう長うなってしもうたっちゃ。サトル、母さんのとこに戻ろうか。ぺぺ君と、ゴロー君と、ツヨシ君も、自転車で来たんか。気いつけて帰りや」

その時、待合室に車椅子に乗った人が入ってきた。入院している患者さんだろう。

「すまんですけど、テレビ、つけてもええですかねえ」

「ええ、どうぞ」

テレビのスイッチを押すと、アニメの「アルプスの少女ハイジ」のオープニング曲が流れてきた。

おれたちは病院を出て、祈りながら、ペダルを漕いだ。

どうか、サトルの母さんの意識が、戻りますように。

9　セメント工場の帰れない二人

六月七日。金曜日。

ホームルームの時間に担任の安井先生が言った。

「来月の、夏休みの前に、三者面談を行うことになりました。みんなと保護者と担任の私の三人で、主に卒業後の進路について話し合います。進路はその日にはっきりと全部決めるわけじゃないけどね、みんなが希望する将来の進路については、ある程度はあらかじめ出席するお母さんかお父さんと話し合っておいた方がいいかな、と先生は思います。今日、家に帰ったら、今から配るプリントを、お母さんかお父さんに見せてね」

そう言って先生は三者面談の詳細が書かれたプリントを配った。

昭和四十九年度の一学期の三者面談についてお知らせいたします。
日時　七月十五日（月）～十九日（金）
午後二時半から四時半の間で一名あたり十五分程度
下記の表に希望日時を第三希望までお書きの上、六月二十一日（金）までに担任に提出してください。

次の日の土曜の午後、おれたちはいつもの「草むらの学校」にいた。

「サトル、お母さんの状態は、その後、どうや」

おれたちがこの前の日曜日に病院に行った日、サトルの母さんは脳挫傷で意識不明の危ない状態だったが、その日の夜半には意識を取り戻し、一命は取り止めたと聞いていた。救急処置が功を奏したようだ。ただ後遺症は少なからず残るようで、どれほど元の状態に戻れるかは、ここ数日の経過によって決まる、と、週の初めにサトルは話していた。

サトルはしばらく黙っていたが、重い口を開いた。

「なんとか意識は取り戻して、手を動かしたりもできる。おれたち家族が言うこともはっきりわかっとって、うなずいたりはするんやけど、言葉が、出んようになって」

「言葉が？　喋れんのか」

サトルはうなずいた。

「ああ。ダメージ受けた場所が、脳の、言葉を司（つかさど）る部分に近いところやったって。それで」

「元には、戻らんのか」

「それは、これからのリハビリ次第やって。母ちゃんの場合はまだ若いし、戻る可能性はあるけど、なんとも言えんって」

「リハビリって？」

「訓練や。言葉を完全に失くしてしもうたわけやないんで、脳の中にある言葉を、うまく出す訓練、要は引き出しを開ける訓練をすることが大切やって」

「それって、どうするんや」

「自分の名前を言わせてみたり、野菜や果物や動物の絵を見せて、これは何？　って訊いて、口に出す訓練とか。そういうのはリハビリの療法士さんがやってくれるんやけど。あと、家族がいろいろ話しかけてあげたりすることが大切やって。今日はこんなことがあったっちゃ、とか、楽しかった思い出話、とか。好きな音楽聞かせるとか。そうやって外から脳に刺激与えることで、閉まってる引き出しが開いて言葉も戻ってきやすくなるらしいっちゃ。身体も今はまだ十分には動かんけど、それもリハビリ次第やって」

サトルの口ぶりが話しているうちに軽くなっていった。まだ不安の方が大きいが、治る可能性がある、ということがサトルの大きな支えとなっているようだった。


ぺぺ君、サトルと仲良くしてねえ。


元気な頃にサトルの母さんに言われた言葉が蘇った。あの優しい声がもう戻らないなんて、悲しすぎる。

「はよ、良くなってくれんかねえ」

「またみんなでお見舞いに行こうっちゃ」

「サトルの母さんが喜ぶ話、みんなでしちゃろう」

おれたちの言葉に、サトルがうなずいた。

自分の母親の話ばかりになっていることを気まずく思ったのか、サトルが話題を変えた。

「なあ、今度、三者面談があるっちゃろ」

「おお、そうや。ばり、めんどくせえ」

みんな揃って顔をしかめた。

「親と一緒に学校に行く、ちゅうの考えただけで、ちかっぱ、鬱陶しいっちゃ」

「それで、みんなは進路、どげんすると」

サトルは三人の顔を見回した。

「そう言うサトルは、どげんすると」

自分の答えを見つけるまでの時間稼ぎのつもりでサトルに訊いた。サトルは両腕を頭の後ろに組んで答えた。

「おれは、サッカーが強い、北九州のJ高校に行くつもりやったけんど、あっこは私立やけえなあ。母ちゃんがあんなことになってしもうてこれからどうなるかわからんし、父ちゃんには負担かけられんけえ、地元の公立の高校に行くことになるかな。滑られんけえ、ちょっとレベルを落としてでもなあ」

「大学は、どげんするとか？」

「教育大学に進学して、将来は、体育の先生かなあ」

「サトルやったら、絶対なれるっちゃ。運動神経、抜群やもん」

ゴローがサトルの肩を叩いた。

「ゴロー。おまえはどげんするんや？」

「おれは」とゴローが答えた。

「前にも言うたやろう。船乗りや」

その答えで、みんなどっと笑った。

今度はサトルがゴローの肩を叩く。

「おお、そうやったなあ。船乗りになって、世界じゅうの、AからZまでのイニシャルの女と、ヤるんやったなあ」

「そうよ。おれ、本気やけえな」

「それ、三者面談で、安井先生に言えよ」

「おお、言うちゃろうかなあ。先生、僕の進路は決めてます。船乗りになりたいんです。それで世界じゅうの、AからZまでのイニシャルの女と」

「それ言うたら安井先生、どう答えるかなあ」

ゴローは安井先生の口真似で答えた。

「いい夢ねえ。先生、応援するよ！」

それでみんなは、またどっと笑った。

安井先生なら、言うかもしれない。おれは笑いながらも、半分本気でそう思った。

サトルは次にツヨシに訊いた。

「ツヨシは、どげんするんよ？」

「おれは……大学へは行かんから」

「大学は行かんのか？」

「ああ。高校出たら、就職や。そやから進路はどこでもええかな。父ちゃんのトラック運転手の仕事がどうなるかわからんし。兄貴は働いてるけど、小説家になる、て夢みたいなこと言うてるし。おれが、好き勝手なことやってる余裕、ないっちゃ。それに、もしかしたら」

ツヨシは片方の口の端をあげて寂しげに笑った。

「高校にも、行かんかもなあ」

「えっ？　中卒？」

サトルが、ちょっと驚いた声をあげた。

「別に、珍しいことでもないっちゃ」

おれたちの中学では、毎年二十人ほどが中卒で就職していた。クラスに三人か、四人だ。地元で働く者もいるが多くは関西に出て、工場やホテルや飲食店などに就職することが多いようだった。三学期の終わりに卒業式とは別に壮行会みたいなことが行われ、偉い人が訓示する。そこで中学を出て社会に出て行く先輩たちをおれは見た。もう彼らが着ることのない黒の学生服と紺のセーラー服の姿がやけに切なく見えたことだけを覚えている。

サトルが言った。

「ツヨシ、高校へは行っといた方がええっちゃないと」

「なんでや」

「今の世の中、中卒は、肩身が狭いんと違うか」

「そんなことなかろう。おれの父ちゃんも中卒やけど、トラックの運転手しておれと兄貴をちゃんと育ててくれたっちゃ」

サトルは、すまん、と謝った。

「父ちゃんが大好きな八代亜紀も、中卒やし」

ツヨシはそう言って笑った。

「おい、ペペ、おまえは、進路、どげんするんや?」

サトルがおれに水を向けた。

おれは正直、答えに困った。自分の将来について、何も考えていなかった。家は寿司屋だ。兄弟はいないので、この町で寿司屋を継ぐという現実的な道がひとつあったが、おれはその未来をどうしても想像することができなかった。どんな客に対しても黙々と寿司を握る父を小さな頃から見ていた。居丈高な客や失礼なことを言う客に対して父は怒りたくなる時もあったはずだ。そんな時も笑顔でやり過ごす父。そんな父をおれは尊敬の目で見ていた。同時に蔑んだ目で見ていた。そんな目で父を見てしまう自分が嫌だった。ずっと思っていた。おれにはできない。

では、自分に何かやりたいことがあるのか、といえば、何もなかった。体育の先生になりたい、だとか、船乗りになりたい、と言えるサトルやゴローがうらやましかった。中卒で働くかもしれない、と言ったツヨシだったが、そこには、今まで自分を育ててくれた父を自分が支える、という思いがあった。おれにはそんな思いさえなかった。

おれは、なんとか、口を開いた。

「とりあえず、高校へは行くけど」

「どこの高校や?」

サトルが訊いた。

「サトルと一緒の高校にしようかな」

サトルはふん、と鼻で笑った。

「ぺぺ、おまえは、いつもそうやけえな。サッカー部に入ったのも、塾に行くようになったのも。全部おれと一緒やないか。それでええんか。おまえは、おまえの人生やろ」

おまえは、おまえの人生やろ。

サトルにどんと突き放されたような気持ちになって、おれは動揺した。そしてたまらなく恥ずかしくなった。その恥ずかしい思いを悟られぬよう、おれは必死で話題を変えようとした。

「あと、五日で、ワールドカップが開幕するっちゃ」

おお、あと五日か。そうやなあ、とみんなが呼応した。

「六月十三日やな。開幕の初戦は、どことどこやったかな」

おれは答えた。

「ブラジルとユーゴや」

「わあ。どうでもええちゃ」ゴローが大仰に片手を横に振った。「どうせブラジルが勝つ」

「オランダは？」

ツヨシが訊いた。

「三日目。オランダ対ウルグアイ」

おれは即答した。

「ウルグアイ強いけど、オランダの敵やなかろう」

サトルの言葉におれはかぶせた。

「それからこの日は、ハイチがイタリアと対戦する」

「おお！　パパ・レグバ！」

おれたちは声を揃えて叫んだ。

「おれらのワールドカップ開幕は、六月十五日やな」

「決勝戦のオランダ、観たいっちゃなあ」

「七月七日。あと一ヶ月」

「おれらのハガキ、放送局は、ちゃんと読んどるんかなあ」

自分たちの遠い未来から目をそらすように、おれたちは一ヶ月後の未来を夢想した。

ワールドカップの決勝戦を、テレビの前で観ている姿だった。

＊

ここで麻生不二絵のことについて語っておきたい。

金曜日のホームルームで安井先生から三者面談の話を聞いた時、おれが最初に思い浮かべたのは、麻生不二絵のことだった。

麻生不二絵とは三年になって別のクラスになった。おれが三者面談の話で彼女のことを思い浮かべたのは、二年の時に、ちょっとしたことがあったからだ。

二年でも、夏休みの前に三者面談があった。進路指導みたいなことは話し合われず、学校や家庭で何か問題はないかを確認し合う、ごくあっさりしたものだった。この前の金曜日と同じように、二年のクラスの担任が、保護者に三者面談を知らせるプリントを配った。

その時、教室の一番後ろにあるおれの隣の席に座っていた麻生不二絵は、配られてきたプリントを見ようともせず、裏返したかと思うと、丁寧に折りたたみ始めた。それで紙飛行機を作ったのだ。それから出来上がった紙飛行機を窓から投げた。おれは彼女のしたことが担任に見つからないかひやっとした。麻生不二絵は紙飛行機の行方を見ようともせず、何もなかったように涼しい顔をして正面を向いている。彼女のその横顔をおれは鮮明に覚えている。

麻生不二絵は、三年の三者面談のプリントをどうしたろうか。きっとまた紙飛行機にして窓から捨てたに違いない。

彼女は、中学を卒業したら、どうするのだろうか。今も時々店に出ているという噂の、母親のスナックで働くのだろうか。

一年前に彼女が投げた紙飛行機の行方が、今頃になって気になった。

みんなで「草むらの学校」で未来について話した土曜日、おれはまっすぐ家に帰る気になれず、サトルの文房具店で雑誌を何冊も立ち読みして時間を潰した。全部立ち読みは申し訳ないので「スクリーン」の六月号を買った。ジャクリーン・ビセットが表紙で、ちょっと緑がかった淡い感じの褐色の瞳がどこか麻生不二絵と似ていたからだった。

時計を見るともう八時だった。おれはそれでもまだまっすぐ家に帰る気になれず、家と反対側の方向に向かって歩いた。足が止まった先はスナックばかりが入った雑居ビルだった。このビルの一階の奥に、麻生不二絵の母親のスナックがある。店の名前は「満加月」と書いてある。これはなんと読むのだろう。いつか訊いてみたいと思っていたが、話しかける勇気もないまま三年で別のクラスになった。

おれは店の前まで行って立ち止まった。

分厚い扉の向こうから、男たちと女たちの嬌声が聞こえてきた。

その中に麻生不二絵の声が混じっているような気がした。

踵を返して家に帰ろうとした時だ。

突然、扉が開いた。

出てきたのは、麻生不二絵だった。

今まで見たことのない、化粧をしている麻生不二絵だった。

白いブラウスに真っ赤な長いスカート。かかとの高いサンダルの先から赤いペディキュアを塗った指が見えていた。

綺麗にメイクした両眉をあげ、驚いたような大きな目でおれを見た。

なんだかバツが悪くなり、ごめん、と謝った。

「なして謝るの？」

彼女は、ちょっと、ビルの前で待っちょって、と言って、店の前のタバコの自動販売機でセブンスターを買って、また扉を開けて店に戻った。扉を閉める直前、また顔を出して、さっきと同じことを言った。

「ビルの前で待っちょって」

魔法によって石像に変身させられたみたいに、おれはその場から動けずに、じっとビルの前の道路脇に立っていた。

待ってて、と言ったからには、彼女はおれに何か用事があるはずだ。いったい何だろうか。期待と不安が十秒ごとに入れ替わる。そんな気分でビルの奥の扉が開くのを見つめていた。

三十分経っても一時間待っても、彼女は出てこなかった。

今度こそもう帰ろう。そう思った時、扉が開いて麻生不二絵が駆け寄ってきた。

彼女は言った。

「ごめん。しつこい客がおって、まだ帰らんちゃ。明日のこの時間に、また来てくれん？」

「明日？　この時間？」

「うん。夜、九時に。絶対来ちょくれね。じゃあね」

麻生不二絵はそう言い残して、また店に戻っていった。

その日の夜、おれは寝付けなかった。

絶対来ちょくれね。その言葉が、おれの耳にこびりついた。

今までほとんど話をしたことのない麻生不二絵が、おれに、絶対来ちょくれね、というほどのことって、なんだろう。

考えても答えの出ない問いだけが、頭の中をぐるぐる駆け回った。

塾もない日曜日の夜に、嘘の用事を作って家を出るのは難しかった。

結局、おれはいろいろ考えた末に、夕食を食べた後、今日はしんどいので早めに部屋で寝る、と親に嘘をついてこっそり家を抜け出すことにした。おれの勉強部屋は家の裏側の庭に面した廊下を潰して増築したもので、庭に出てしまえば人一人通れるほどの隣の家との隙間に抜けられる。家族に見つからずに外に行くのは容易だった。

外に出る前に鏡の前で自分の姿を見た。Ｔシャツはウッドペッカーのイラストが入っているもので普段から気に入っていたが、子供っぽく見られるような気がして着替えることにした。タンスの中のＴシャツを三度も四度も取っ替え引っ替えした末に、おれが選んだのはＢＯＢＳＯＮと胸にプリントされたネイビーブルーのＴシャツだった。

気がつくと夜九時八分前。おれの家から彼女の母親のスナックまでは、歩くと十分ほどかかる。走れば間に合うが、汗だくで彼女と会うのは嫌だった。自転車のペダルを漕いでスナックビルの前に着いたとき、まだ九時にはなっていなかったはずだ。

彼女はすでにそこに立っていた。

レモン色のＴシャツに、ジーンズ。足元は素足にスニーカーだった。

「自転車、そこに置いとったらええけえ」

おれに気づいた麻生不二絵はビルの脇を指差した。

「昨日はごめんね」

彼女はちょっと上目遣いでそう言った。

「いや、全然」

おれはそう答えるのがやっとだった。

「ねえ、加地(かじ)くん」

麻生不二絵に名前を呼ばれておれはドギマギした。

「昨日、なしてうちの店に来たん？」

彼女の問いにおれはどう答えていいかわからなかった。でも何か言わないといけない。

口をついて出た言葉は、飛び抜けて間抜けだった。

「三者面談、行くの？」

彼女は吹き出した。そうして一人でしばらく笑ったのち、言った。

「お店、入る？」

「えっ？　今日、日曜日で、休みっちゃろ？」

「うち、鍵、持っちょるけん」

ビルの中に入っていく麻生不二絵のあとをついて行った。

「誰も、おらんけえ」

麻生不二絵は扉を開けた。

「入って」

誰もいない店に明かりがついた。

タバコと酒のにおいが鼻をついた。麻生不二絵はカウンターの中に入る。

「どこでもええから座って。何飲む？」

おれは真っ赤なカウンターテーブルの一番端っこに座った。

「そこは、わたしの勉強部屋っちゃ。小学校の時の」

そう言って麻生不二絵はまた笑った。

カウンターの向こうの棚にはずらりと酒が並んでいた。

「何か飲む？　わたしのおごりやけえ、遠慮せんでええよ」

「コーラでもええかな?」

「当たりまえや。あんた未成年やろ」

麻生不二絵は冷蔵庫を開けてコーラを二本取り出した。

「瓶のままでもええ?」

プシュッという音が誰もいない店の中に響いた。

「乾杯しよ」

「何の乾杯?」

「何でもええっちゃろ」

カチンという音がして、また店の中は静かになった。

「化粧もせんと、ここに立つの、初めてっちゃ。ええ思い出ができたわ」

おれはどう答えていいのかまたわからなくなり、ぐいぐいとコーラを飲んだ。

「三者面談は、行かんよ」

口を開いたのは麻生不二絵だった。

「なんで?」

「わたし、二学期には、もう、ここ、おらんもん」

えっ! とおれは大きな声を出した。予想もしなかった答えに、うろたえた。

「なんで?」

「一学期が終わったら、引っ越すの」

「なんでや?」

「なんでやって」

麻生不二絵はコーラの瓶に口をつけて瓶を傾けた。

「母さんに、好きな男ができたんちゃ」

「それで、なんで引っ越さんといけんのや」

「その人、地元の人やないんちゃ。お客さんで来ちょったんやけど」

おれと一緒に、この町出よう、みたいな、古臭い歌謡曲みたいなセリフを言われたのだろうか。

「そんなお客の言うこと、どこまで本気かわからんやろう」

中学生のおれだってそう思った。

麻生不二絵はもう一度コーラの瓶を口に運んだ。ごくんと動く彼女の喉が妙に色っぽく見えておれはまたドギマギした。同時に、これまでほとんど話をしたことのない麻生不二絵と、今、二人だけでこんな話をしている、ということが、不思議で仕方なかった。

「母さんに対して、お店で調子のええこと言うてくる客は山ほどおるっちゃ。母さんもこげな商売しとるけえ、男の言うとることを真に受けるようなことはないんちゃ。適当にその場で話合わすだけでね。でもね、その男の人は、お店に来てん、おおかた何にも喋らんっちゃ。それで母さんの方が、惚れてしもうて、私をここから連れて行ってって、言うたみたいなんちゃ」

「よっぽど、ええ男なんやな」

「全然。お金も、持っとる感じやないし」

「どこに、惚れたっちゃろうなあ」

「指が綺麗なんやって」

「指が綺麗？　それだけ？」

思わず訊き返したおれに、麻生不二絵は手慣れた様子でテーブルをハンカチで拭きながら答えた。

「母さんはもともと鹿児島の生まれでね。この町に来たのも、鹿児島の店で働いてた時に出会うた客を追っかけて、地元を飛び出して来たんやけえね。そう、その客がわたしの父さん。わたしが五歳の時にプイと家出て行って、今はどこにおるかわからんちゃ」

そして麻生不二絵は言った。

「わたし、母さんの気持ちがわかるような気がするっちゃ」

「なんで？」

「わたしも、そんなふうに思うことがあるけえね」

遠い目で壁を見つめた。

「ここやない、どこかへ行ってしまいたいって、気持ち。そげんしたら、なんかが変わるような気がするとよ。きっとそげなん、幻想なんやろうけど」

麻生不二絵は残っていたコーラを飲み干した。

「やけえ、わたしは母さんの気持ちもわかる」

沈黙が流れた。

「引っ越すって、どこに引っ越すんや？」

「浜松」

「浜松？　静岡の？」

「そう」

不意に日豊本線の踏切の風景がおれの頭に浮かんだ。

「母さんが好きになった男の人は、何してる人？」

「ピアノの調律師やって」

「ちょうりつし？」

「ピアノの音の調節をする人。勤めてる楽器メーカーの本社が浜松にあるんやて。そこから、全国を飛び回ってるんやって」

「それで、この町にも」

麻生不二絵はうなずいた。

「うちの母さんな、もともと指の綺麗な男の人が好きなんよ。だけん、わたしの父さんも、指が綺麗やった。ギターが上手でね。母さん、楽器のできる人にも弱いし」

おれはそれで思い出したことがあった。

「『５００マイル』って歌、知っちょる？」

「知っとるちゃ。今、音楽のギターの授業で習うとるやん」

「そう、あの歌。おれ、あの歌、好きなんや」

「へえ。どげなとこが？」

「なんとのう。メロディーとか。それから歌詞が」

「そうなんや。わたしも好きや。うまいこと弾かれんけど。わたしは楽器の才能、ないわ」

そう言って麻生不二絵は店の中を見回した。

「ここにギターがあったらよかったね。弾いてもらえたんに」

「うん、でもおれもまだ、うまいこと弾かれんとよ」

「うまいこと弾けるごとなったら、弾きに来てえちゃ」

「けんど、もう引っ越すんやろ?」

麻生不二絵は視線をおれの目に戻して言った。

「浜松までっちゃ」

「浜松まで?」

「あかん?」

「行くっちゃ」

「ほんと?」

「うん」

おれはうなずき、彼女の目を見返して言った。

「この町から、500マイルって、どこか知っとる?」

「どこ?」

「安井先生が教えてくれたちゃ」

おれは言った。

「浜松やって」

麻生不二絵はびっくりした顔をして、それから笑った。

「偶然やね」

「それから、もう一つ、偶然があるちゃ」

「何？」

「今から十一年前に、うちの町で殺人事件あったの、知っちょる？」

「ああ、知っちょるちゃ。踏切の向こうのダイコン畑で。わたしはまだ小さくて覚えちょらんけど、その話は、よう店で、出るけえ」

「そう。五人殺して、死刑になった。その殺人犯はね、この町で二人を殺した後、うちの町の駅から日豊本線に乗って東に逃亡したんよ。神戸、大阪、京都、名古屋。それで、たどり着いた逃亡先は、どこやっち思う？」

「どこ？」

「浜松」

麻生不二絵は目を見開いた。

「そこで、泊まっちょった旅館に何泊かした後、女主人と娘の親子を殺すんや」

「なんで？」

「貴金属や着物を奪って、質屋に持って行ってお金に換えた」

「えらい詳しいっちゃね。なんでそげん詳しいの？」

「新聞で調べたちゃ」

「なんで？」

「その犯人に興味があって。いや、犯人ちゅうより、逃亡に、興味があるっちゅうか」

「じゃあ、加地くん。いつか浜松まで来たら、わたしを殺して。わたしと母さんを」

麻生不二絵の顔は真剣だった。驚くおれの顔を見て、麻生不二絵は笑顔を作った。

「冗談や」

それでおれも笑った。

「けど」

「けど？」

「わたしら、どことのう、似ちょるね」

麻生不二絵は柱の時計を見た。

午後十時を指していた。

「おれ、もう帰らんと」

本当はまだ帰りたくなかった。

「もうちょっと、おって」

立ち上がろうとするおれを彼女は引き止め、おれは座り直した。

それから麻生不二絵は言った。

「この町、ひとつもええことなかったわ」

おれは彼女の顔を見つめた。

「変な噂、いっぱい立つし」

おれは答えに困った。麻生不二絵の男に関する噂はおれも山ほど聞いてきた。

「この町、嫌い？」

「嫌いや。この町の男の人も、大嫌い」

彼女はまっぴら、と言いたげな表情で大きな目をぐるっと回した。

「けどわたし、この町でひとつだけ、好きなところが、あるっちゃ」

「何？」

「セメント工場」

「セメント工場？」

麻生不二絵はうなずいた。

「うん、セメント工場。夜のね。わたし、夜の港の岸壁からあの工場の灯りを見るんが、ちかっぱ好きっちゃ」

「ああ。おれもや。セメント工場の夜景、好きやなあ」

「この季節になったら、みんな、殿川（とのがわ）の方にホタル、観に行くやろう？　けど、わたしはホタルなんかより、あの工場の光の方が、よっぽど好き。加地くんは、なんで好きなん？」

「塾の帰りに、いつも見えるんや。遠くの方にな。あの、駅裏の踏切のあたり、真っ暗やろ？　殺人事件が起こるくらいやけえな。そんな真っ暗な道からあの工場の灯りだけが、暗闇の中に浮かび上がって、まるで竜宮城か何かみたいに見えるんや」

麻生不二絵が吹き出した。

「なんがおかしいっちゃ？」

「竜宮城って。子供みたいなこと言うけえ」

おれはちょっとムッとして、訊き返した。

「麻生は、なんで好きなんや」

「わたしはね、セメント工場の大きな建物に、あのパイプやらがクネクネと巻きついてるのを見るとね、なんか、あれが生き物みたいに見えてきて、おかしな気持ちになるんよ」

「おかしな気持ち？」

「そう。多分、男の人にはわからん、おかしな気持ち」

麻生不二絵はそう言って、また遠い目をした。

「ねえ、今から、一緒に、見に行かん？」

「えっ、今から？」

「そう。加地くん、自転車やろう。自転車やったら、ここからそげんかからんやろう」

麻生不二絵はおれの目を見つめて言った。

「わたしを乗せてって」


麻生不二絵の両腕がおれの腰に巻きついた。

背中に麻生不二絵の胸の温もりを感じたおれは、不覚にも自分の股間が濡れていくのを感じた。麻生不二絵がさっき言った「おかしな気持ち」というのは、こんな気持ちを言うのだろうか。おれは自分の生理的反応を麻生不二絵に感づかれるのがたまらなく恥ずかしくなって、ペダルを必死に漕いだ。国道10号から港へ続く道に折れると岸壁はすぐそこだった。

岸壁の向こうに、強烈な光を放つセメント工場が闇の中に浮かんでいた。

たしかにそれは、麻生不二絵が言うように巨大で精巧な生き物のように見えた。

銀色の鋼鉄のコンベアは獣の骨格で、縦横無尽に走るダクトは血管であり、気管支であり、食道だ。高くそびえるいくつもの炉は内臓で、その向こうに見える赤い鋼鉄で頑丈に囲まれた、何本ものダクトが差し込まれた円筒形の構造物は心臓だろうか。頂点の赤いランプは脈を打つように点滅を繰り返していた。巨大な鋼鉄の獣は全身から緑と赤とオレンジと白の光を放ち、その影が海面を鮮やかに滲ませて静かに揺れていた。

美しい。それ以外の言葉が思い浮かばない。

おれと麻生不二絵はただ無言のまま、じっとその光を眺めていた。

「ねえ。あの工場の中に、入ってみん？」

「工場の中に？」

「そう。わたし、ここへは何回も来たことある。一人でね。その度に、あの岸壁の向こうを見て、思うとよ。あの工場の中は、どうなっちょるんやろう、って。いっぺんでええから、あの中に入って、あの光を、まぢかで見たいって」

「そげなん無理やろう」

おれは即答した。

「あの工場の敷地は海と川に囲まれとるけえ。泳いで渡るんか？　工場の正門につながる橋は一つあるけんど、そこは夜でも守衛がおるけえ、絶対無理や」

「橋は、もうひとつ、ある」

工場の光に照らされた麻生不二絵の顔が闇に浮かんだ。

「もうひとつ？」

行こう、と麻生不二絵はおれの手を取った。

おれは麻生不二絵に言われるまま彼女を荷台に乗せて、ペダルを漕いだ。岸壁の向こうのセメント工場を目指して、再び国道10号を北に進む。山から工場へとつながるベルトコンベアをくぐる。ベルトコンベア沿いに右に曲がれば工場の正門だ。

「そこ曲がらんで、もうちぃとまっすぐ」

麻生不二絵の指示通りまっすぐ行くと、不自然に湾曲した道に出た。

「そこを右。突き当たりで止まって」

幅十メートルほどの川に小さな石の橋がかかっていた。古びた橋だ。

橋の突き当たりは金網が張り巡らされて行き止まりになっている。

「わたし、お客さんが店で言うとったんを、聞いたことあるっちゃ。まだ山から採れた石灰石をトロッコに載せて線路で運びよった昔には、今、正門になりよる橋より北側の小さな橋まで線路が引き込まれとったって。そこから石灰石を工場に運びよったんや。今は閉鎖されとるけど、橋はまだ残っとるって」

二人の目の前にある橋が、それに違いなかった。

今はもう雑草がぼうぼうに生えた橋の上を麻生不二絵は大股に歩いて進んだ。おれは慌ててついて行った。

麻生不二絵は、突き当たりの金網に手をかけた。そしておれの方を見た。

おれも、覚悟を決めて金網に手をかけた。

金網を越えるとそこにはおれたちの胸の高さぐらいまで雑木が生えた藪が広がっていた。草をかき分けて歩くとやがて野球グラウンドぐらいの広さの空き地に出た。空き地の右側には正門の守衛室らしき建物の灯りが遠くに見える。左側にはさらに雑木林が広がり、車がギリギリすれ違えるほどのアスファルトの道が一本、暗闇の中に延びていた。空き地を横切るのは危険だと判断して、おれと麻生不二絵は雑木林の中の一本道を進んだ。そこは足がすくむほどの真の闇だった。不意におれの左の掌に温かいものが触れた。

麻生不二絵の掌だった。

脈打つ心臓の音が彼女の手に伝わっているんじゃないかと焦りながら、麻生不二絵と闇の中を歩いた。

しばらく歩くと、突然、目の前に目がくらむほどの赤い光が飛び込んできた。赤い光は一瞬消えたかと思うと、またすぐにおれたちを照らした。麻生不二絵の横顔が闇の中に赤く浮かんでは消えた。

ふたりの目の前にあったのは、ついさっきまで岸壁の向こうから見上げていた赤い鋼鉄の心臓だ。そこに何本ものダクトが差し込まれた円筒形の構造物が見える。その頂点につけられた赤いランプの点滅がおれたちの顔を照らしているのだった。

おれたちは夢中で駆けた。赤の世界が、たちまち緑に包まれた世界に変わった。清涼飲料水の「スプライト」のガラス瓶の中にいるような、鮮やかなライム色の世界だ。

直径で五メートル、長さは五十メートルはあろうかという茶色の巨大な円筒が四本、平行に並んでおれたちの頭上でゆっくりと回転していた。あの中で石灰石を溶かしているのだろうか。その大きさにおれは圧倒された。相当な高熱を発して回転しているのだろう。ライム色の光を浴びた円筒の表面からは白い蒸気が立ちのぼる。それは巨大な生き物の皮膚から発せられた熱のように見えた。

「きれい」

意外にもそこは無音の世界で、麻生不二絵のつぶやきがおれの耳にはっきり届いた。うっとりとした彼女の横顔は、今までおれが見た麻生不二絵の中で一番美しかった。おれは先ほどの林の中で感じた麻生不二絵の手のぬくもりを思い出し、もう一度彼女の手を握った。

麻生不二絵の瞳がおれをとらえた。

彼女の声が聞こえた。

「キスしたい？」

おれはうなずいた。

彼女は微笑みをこぼし、おれの手から静かに手を離した。

「５００マイル先で、待っちょるちゃ」

それから、彼女は、言ったのだ。

「それまでは、わたしのこと、あんたのおかずにして、ええよ」

それからどうやって家に帰ったかは、よく覚えていない。

全部夢だったような気もする。

結んだ手と手のぬくもりだけが、たしかにおれの中に残っていた。

次の日から、麻生不二絵はもう学校に来なくなった。

一学期の終わりを待たずして、彼女は町から出て行ったのだった。

あの日のことを、おれは今でも誰にも言っていない。

10　ワールドカップが開幕した

月曜日の部活が終わった後、大事な報告がある、と、ゴローが「草むらの学校」に招集をかけた。

ゴローがカバンの中から一冊の雑誌を取り出した。日本では手に入らないはずの、海外版の「月刊プレイボーイ」だった。表紙は小麦色の肌をした、すげえプロポーションの黒髪の外国人女性だった。ツヨシが横でニヤニヤしている。

「どうしたんや、これ？」

おれの質問にゴローが答えた。

「『ＧＯＲＯ』の『バザール』のコーナーに『美しい外国のポルノ雑誌売ります』って載ってたやつや」

「えっ、あれに、ほんとに手紙出したんか？」

ゴローはうなずいた。

「すぐに出したっちゃ。いくらですか？　って。きっと、ちかっぱ高いやろうから、どのみち諦めるつもりでな。そしたら、すぐに返事が来た」

「なんて？」

「当初、五冊を一万円で売る予定でした。ですが、売ってほしい、というお便りを五人の方からいただいたので、お一人、二千円で、一冊ずつお売りしようと思いますが、いかがですかって」

「うわ。なんちゅう、博愛精神に満ちた男や」

「それですぐに二千円分の切手を郵便局で買って送ったっちゃ。そうしたら、これが届いた」

ゴローはグラビアのページを開いた。

表紙よりも数段美しくてエロチックな女性の裸が目に飛び込んだ。おれたちは唾を飲み込んだ。

「誰や？　これ」

「シンディ・ウッド」

「えっ？　これがシンディ・ウッドか」

おれたちはその時、初めてシンディ・ウッドに出会ったのだ。

「そうちゃ。ばり、びっくりしたちゃ。おれがシンディ・ウッドのファンやっていうのを、知っとるんやなかろうか、思うてな。けど、そんなこと知ってるわけなかろうもん。偶然なんや」

シンディ・ウッドがおれたちに微笑みかけていた。

「ツヨシ、さっきからニヤニヤしとるけど、ツヨシは、これが届いたん、知っちょったんか？」

おれの問いに答えたのは、ツヨシではなく、ゴローだった。

「ああ。うちの母ちゃんはな、おれがエッチな本を読むのを嫌がるんや。最近、部屋に隠してたのを母ちゃんに見つかったことがあって、ばり、怒られてな。今度見つけたら、もう金輪際、あんたにはこづかい、やらんからねって、怒られて。もし、またこんな雑誌をこっそり手に入れたことがわかったら、もう、こづかいもらえんようになるけえ、送ってもらうのに、ツヨシの住所と名前を借りたんや」

「うちは母親がおらんで家には男ばっかりやけえ、そんな心配はなんもなかけえね」

そう言ってツヨシは笑うのだった。

ゴローがシンディ・ウッドが載っている「月刊プレイボーイ」を見せてくれたその翌日だったと思う。

いつものようにおれたちは塾へ行くためにサトルの家に集合した。

ツヨシの顔がまたにやついていた。

「ツヨシ、なんか、嬉しそうやの。なんかええこと、あったんか？」

「おれな、スーパー自転車、買うてもらえるかもしれんっちゃ」

「ほんとか？」

「おう、この前、『少年マガジン』の裏表紙に一面広告で出てた、新発売のナショナルの『エレクトロボーイZブラックマスク』や」

「一番ええやつやなかとか！　あれ、五万円はするやろ。父ちゃんが、買うてくれるんか」

「いや、兄貴や」

「兄貴が？」

「そうや。兄貴がな、小説を書いたんや」

「小説？」

それが、どうして、スーパー自転車の購入と結びつくんだ？

ことの真相は、こうだった。ツヨシの兄は書いた小説を、北九州市が主催する児童文学賞に応募したというのだ。その賞金が五万円なのだという。

「それでな。受賞したら、その賞金で、おまえのスーパー自転車、買うちゃるって」

「いや、発表は、九月やって」

「まだ先か。けど、楽しみやないか。ええ兄ちゃんやなあ。賞金で、弟が欲しがってるスーパー自転車、プレゼントしたい、やなんて」

「兄貴が言うには、おれには、恩があるって」

「恩？　ツヨシに？」

ツヨシはうなずいた。

「兄貴が書いた小説って、おれの話なんや」

ツヨシはその小説のあらすじを教えてくれた。

「ある日、少年が、いじめっ子たちにせっかく買った大事なサッカーシューズを奪われて川に捨てられる。少年は悲しむんやけど、捨てられて海に流れていったサッカーシューズは、偶然太平洋で遠洋漁業の網にひっかかる。サッカーシューズには『リオ・グランデ』と書いてある。そうか、おまえの故郷はメキシコのリオ・グランデか。それやったら、故郷のリオ・グランデまで泳いでいけ、と漁師は願をかけてサッカーシューズを海に戻す。やがて『リオ・グランデ』は大海原の海流に乗って故郷の川までたどり着く。そしてメキシコの少年に拾われる。その少年は貧しくてサッカーシューズが買えなかった。川のほとりでシューズを拾った少年は大喜びして、やがて彼はメキシコ代表としてワールドカップに出場する。そんな話」

おれたちは腹を抱えて笑った。

「兄貴は、おれから聞いた話から、その小説を思いついて書いたんや。そやから、もし受賞できたら、おまえのおかげや。やけえ、おまえには恩があるって」

「それで、自転車を？」

ツヨシは誇らしそうにうなずいた。

*

一九七四年、六月十三日、木曜日。午後五時。フランクフルト。

日本時間は六月十四日、金曜日。深夜午前零時。

この日付に胸を躍らせた人は、日本に何人ぐらいいたのだろう。

ブラジル対ユーゴスラビアのキックオフの時間だ。

ついに西ドイツでワールドカップが開幕する。

おれはこの日を、どれほど心待ちにしていただろうか。

ところがテレビのスポーツニュースや新聞のスポーツ欄には、近々開幕するという「世界バレーボール」の記事は大きく出ても、「ワールドカップ」のニュースや記事は、一行たりとも出ない。

バレーボールが大きく取り上げられるのは仕方ない。二年前のミュンヘン・オリンピックで日本の男子バレーは金メダルを獲っているのだ。今回の「世界バレーボール」でも、日本は男子、女子共に優勝候補だ。おれたちの中学でもバレーボールは超花形の部活で、部員は男女ともに三十人以上いる。それに比べてサッカー部はあまり人気がなく、おれたちの学年の部員で言うと一年の時はもう少しいたが、だんだんやめていって今は四人だ。

日本代表もバレーボールに比べれば国際試合では停滞していて、今回のワールドカップにも出場していない。いや今回だけでなく、これまで一度も出場したことがない。おれはいつだったかの「サッカーマガジン」で今回の西ドイツ大会アジア予選での日本の成績を見て泣きたくなった。一勝三敗。唯一の一勝は、いまだ戦争が終わっていない南ベトナムからで、これが日本のワールドカップ予選史上での初勝利だという。日本はこの予選で香港にさえ負けているのだ。香港てよく知らないけど福岡県と大して変わらないぐらいの大きさの国じゃないのか。いつか日本がワールドカップに出場する日は来るのだろうか。そんな日は永遠に来ないように思われた。

おれは日付が午前零時になったと同時にＮＨＫラジオにダイヤルを回した。

午前零時からニュースをやっているのは知っていたので、開幕したばかりのワールドカップのことをわずかでも話さないかと期待したのだ。

だが一言たりとも出なかった。開幕戦がタイムアップしているはずの午前二時のニュースも聞いたが、やっぱりワールドカップのワの字も言わなかった。世界最高峰のチームが集う、世界大会なのに。しかしそう思っているのはサッカーファンだけだったようだ。

おそらくブラジルは、ユーゴに大勝したのだろう。おれはユーゴという国には妙な親近感があった。小学生の頃、外国の美しい切手の通信販売が少年誌の広告に載っていたりして、それを集めるのがクラスでちょっとしたブームになったことがある。その中でユーゴの切手はとりわけ美しかったのだ。美しい切手を作るような国はどんなサッカーをするのだろう。日本の切手も世界的に見れば大変美しい。きっとそんな国はサッカーは弱いんだろう。だってブラジルやドイツの切手が美しいなんて聞いたことないし。

布団の中でそんなことをとりとめもなく考えているうちに朝になった。

おれは寝ぼけまなこで家で取っている地元の朝刊紙、西日本新聞のスポーツ面を見て、目を疑った。

阪神の江夏が２０００三振を奪ったという大きな記事のすこし下の、ほとんど誰も関心がないようなヤクルト対大洋の試合結果を報じる記事のさらに下に、一番小さな活字で、

W杯サッカー　華やかに開幕

という見出しを見つけたのだ。記事は開会式が開かれた、という事実を素っ気なく伝えた後、「サッカーの王座を決める四年に一度の大会の幕が切って落とされた」という言葉で締められていた。たったそれだけだった。

しかしおれは嬉しかった。日本のマスコミがワールドカップのことを完全に無視していないことに、一縷（いちる）の望みをつないだのだ。もしかしたら試合結果を報じてくれるかもしれない。望みがほぼ確実につながったのを確認したのは、翌日の西日本新聞の朝刊だった。

やっぱりスポーツ面の下のほう、誰も注目しないような場所に、

ブラジル　ユーゴと引分け

という活字をおれは見つけた。

これもわずか数行のそっけない記事だったが、日本の、というか、おれたちの地元福岡の西日本新聞がワールドカップの試合結果を報じてくれることがわかり、よっしゃ！　と思わず声が出た。

同時に、ブラジルがユーゴと引き分けた、という結果をかなり意外に思った。優勝候補のブラジルが、格下のユーゴと引き分ける。それがワールドカップを戦うということの難しさを語っているような気がして、おれは少し不安になった。

オランダの初戦のことを思った。

オランダの初戦は、ウルグアイだ。ウルグアイは、四年前のブラジル大会で四位の強豪だ。しかし今大会の下馬評では、オランダの方が強い、という見方が大勢を占めていた。一次リーグを突破するのは、ウルグアイではなくオランダだろう、と、「サッカーマガジン」も書いていた。おれもずっとそう信じていた。だがその朝に見たブラジルの引き分けの記事が、その堅い信念を揺さぶった。オランダも、絶対ではない。それがワールドカップだ。

そして、いよいよ大会三日目。オランダの初戦の結果が載っているはずの朝刊が、おれの家に届くはずだった。

おれは午前四時半に起きて、いつもの朝刊が郵便受けに届くのを待った。

午前五時。郵便受けにコトンと新聞が落ちる音がしたのを確認して、玄関を飛び出して新聞を手に取った。紙面を繰るのももどかしい。

十面のスポーツ欄。

王貞治がホームランを打った写真がでかでかと載っている。おれは上の記事を全部すっ飛ばして、一番下の方から記事を追った。小さな活字が飛び込んできた。

オランダが快勝　W杯サッカー

3組のオランダ—ウルグアイは、オランダが力のないウルグアイを一方的に攻めて2－0で快勝。

それだけの記事だった。しかしそれだけで十分だった。

オランダの圧倒的な強さを、たった三行で雄弁に語っていた。

おれは新聞を閉じ、うすっぺらい学生カバンに詰め込んだ。

その日は月曜日だった。いつもより一時間も早く家を出て学校に向かった。早く登校して、サトルやツヨシやゴローと、オランダの勝利を共に祝福したかった。

四人全員が、学校に西日本新聞を持ち込んでいた。

一時間目が始まる前からおれたちは盛り上がっていたが、もちろん他のクラスメイトは会話の輪の中に誰も入ってこなかった。

昼休みに校舎の屋上でゴローが大声を出して記事を読み上げた。

「オランダが力のないウルグアイを一方的に攻めて2－0で快勝。ああ、何べん読んでん、気持ちよか記事やなあ」

「そりゃあそうやろう。一方的に攻めて2－0ちゅうことは、点差以上にばり強かったちゅうことや」

「クライフは、活躍したんやろうなあ」

いつだったか、国語の藤田先生が授業でおれたちに言ったことがある。

「文章を読むには、そこに書いていることだけではなくて、その行間を読むことが大切です」と。

おれたちは一生の中で、この時ほど真剣に行間を読んだことはなかった。

「オランダが力のないウルグアイを一方的に攻めて2－0で快勝」

行間のフィールドでクライフが縦横無尽に駆け回っていた。水色のユニフォームを着たウルグアイの選手たちはクライフの切れ味鋭いフェイントについていけずきりきり舞いだ。「フライング・ダッチマン」の異名通りに、クライフがゴール前でジャンプしてボレーシュートを決める。祝福に駆け寄るオランダの選手たち。彼らに囲まれて右手をあげて雄叫びをあげる背番号14。そしてクライフはすぐに冷静に、仲間たちに指示を出す。そんな姿をありありと頭に思い浮かべる。

「ああ。クライフのプレイ、この目で観たいなあ。せめて写真一枚だけでも、ええけえ」

「『サッカーマガジン』にワールドカップのことが載るんは、来月やしなあ」

「来月号って、もうワールドカップ、終わっとるやん」

「これから先、新聞に写真が載ること、あるかなあ」

おれはその日の新聞の同じ面に載っている、王貞治がホームランを打った写真を見つめた。「出た！　601号」というキャプションが付いていた。ああ、今頃、オランダ人たちは、昼メシ――いや、時差があるから朝メシを食いながら、昨日のクライフの活躍する写真が載った地元の新聞を眺めて盛り上がってるんだろう。「出た！　クライフ今大会初ゴール」みたいなキャプションに、大はしゃぎしてるんだろう。

　オランダから九千キロ離れた地で、おれは歯ぎしりした。

「次の、オランダの相手は？」

「スウェーデン」

「おお。スウェーデンか。ウルグアイより弱いやろう」

「もう間違いなかろうもん。スウェーデンに勝ったら、二次リーグ進出決定や」

「いいや、開幕戦の、ブラジルみたいなこともあるけえな」

「試合は、いつや」

「現地で六月十九日」

「ということは、新聞に結果が出るのは、六月二十一日」

「金曜日か」

「待ち遠しかあ」

　意気が揚がるおれたちに、ツヨシがちょっとムッとした表情で言った。

「おまえら、さっきから、なんか、大事なこと忘れとらんか」

「忘れとる？　何を？」

「ハイチのことを、忘れとろうもん」

「あっ！　ハイチ」

「ハイチの試合って、いつ？」

「忘れたんか。オランダの初戦と同じ日や。相手はイタリア」

「そうやった！」

おれたちはあらためて新聞を引っ張り出して記事を睨んだ。

記事の一番最後に、こう書いてあった。


4組のイタリアはハイチを後半の1点に抑えて3－1で勝った。


「ああ、ハイチ、負けたんか」

「初勝利、叶わんかったか」

「おお、パパ・レグバ。おれらの祈りは、届かんかったんやなあ」

「いや、届いたよ」

ツヨシは言った。

「いや、負けとるやん」

「スコアを、よう見らんか」

「3－1やろう」

「そう。3－1。ハイチが、イタリアから一点、取っちょる」

ツヨシの言葉におれたちは、あっと気づいた。

イタリアは、これまで九百十七分、つまり十試合連続、国際試合で無失点を続けていたのだった。

「鉄壁の守備」を誇るイタリアの「カテナチオ」を、ワールドカップ初出場の今大会最弱と下馬評のハイチが、こじ開けたのだ。

「これは歴史的な一点や」

ツヨシは言った。おれは答えた。

「パパ・レグバが与えた一点かな」

ツヨシはうなずいた。

「パパ・レグバは、祈る者にふさわしい、現実的な夢しか実現させん。だからこそパパ・レグバは、ハイチの国民に信頼されてる」

ツヨシの言ってることがどこまで本当のことか、おれたちにはわからなかった。それでもツヨシの「祈る者にふさわしい、現実的な夢」という言葉がおれは気に入った。

オランダのワールドカップ決勝進出。

おれたちの祈りは、決して非現実的なことではないはずだった。

「ようし！　祈ろうや。我らの内なる神に。ヨハン・クライフに！　パパ・レグバに」

おれは立ち上がって、屋上の縁に手をかけ、空に向かって叫んだ。

「まずはオランダ、一次リーグ突破！」

サトルが叫んだ。

「そして、二次リーグ突破！」

ゴローが叫んだ。

「そして、決勝進出！」

ツヨシが叫んだ。

「日本で宇宙中継！」

そして四人で叫んだ。

「オランダ優勝！」


次の日も、おれとサトルとツヨシとゴローはサッカー部の練習が終わった後、いつものように塾へ行く前にサトルの家に集まった。その時おれは店頭に「サッカーマガジン」の七月号があるのに気づいた。

「サッカーマガジン」の七月号は、まるで気が抜けてぬるくなってしまったサイダーのような号だった。

もちろん、ワールドカップのことをおれたちに一番詳しく報じてくれるのは「サッカーマガジン」だ。しかし、悲しいかな、「サッカーマガジン」は月刊誌だ。記事は、どんなに詳しく書こうとも、発売されるまでに日数がかかる。七月号に、つい先日始まったばかりのワールドカップの試合結果が載っていないのはあたりまえだった。

おれたちが「サッカーマガジン」でワールドカップの記事を読むには、翌月の半ばに出る八月号を待たねばならなかった。しかしその頃、すでにワールドカップは終わっている。

ただ、おれはその時、思い出したのだ。

「サッカーマガジン」が先月号の誌面で、読者に向けてワールドカップ決勝戦を宇宙中継してもらえるように全国の放送局へリクエストのハガキを出そう、というキャンペーンを張っていたことを。

それを見ておれたちも福岡の放送局へ投書した。あれから一ヶ月。全国の放送局にハガキの山が届いているはずだった。だとすれば、ワールドカップ決勝戦の宇宙中継に関する、何らかの情報が出ているはずではないかと思ったのだ。

「ワールドカップの決勝戦の生中継はどげんなったんや。なんか、情報、載っとらんか」

おれは日本リーグの試合結果を伝える巻頭のグラビアと本文記事をすっ飛ばして、ページを開いた。先月号でリクエストのハガキを呼びかけていたページだ。

そこには、「いよいよワールドカップの月」というタイトルで、七月七日午後十一時五十分から七四年ワールドカップ大会の決勝が東京12チャンネルによって同時生中継されることが正式決定したとあった。

その情報はすでに知っている。

大事なのは、そのあとだった。記事にはこうあった。

　　地方局のネットは、二十数局から申し込みがあったが、ナマでやるのは一、二局とのこと。

おれは体から力が抜けた。

「生放送で中継するのは、一、二局って」

「この一、二局って、どこなんや？　なんで書いちょいてくれんのや」

「大阪とか、名古屋かな？」

「いや、福岡も、可能性あろうもん」

「訊いてみようっちゃ。サトル、店の電話、貸してくれ」

おれたちは福岡の民放三局に立て続けに電話した。

「七月七日の放送については、今のところ予定はありません」

「そのような予定はございません」

「担当者不在のため、わかりかねます。後日またお問い合わせください」

どこも木で鼻をくくったような返事だ。福岡でのワールドカップ決勝戦生中継の可能性は、限りなく低いように思われた。あのハガキ大作戦はなんだったのだ。放送局の心を動かさなかったのか。

おれたちは心底落胆した。

「サッカーマガジン」七月号にはワールドカップに向けた各チームの準備試合の結果が載っていた。オランダが同じくワールドカップに出るアルゼンチンと五月に準備試合をして4－1で大勝した、という記事だけが、その日の唯一の救いだった。


六月二十一日の西日本新聞のスポーツ面は、大会五日目の結果を短く伝えていた。

オランダはどうなった？　素早く記事の本文に目を走らせる。


第3組のオランダ対スウェーデンは、ともにゴールを割ることが出来ず0－0で引き分けた。

ウルグアイより格下であるはずのスウェーデンと、引き分け。嫌な予感がした。

二次リーグ進出決定はこの試合ではお預けとなり、一次リーグ最終日まで持ち越されることになった。

そして、一次リーグ最終日。西日本新聞の見出しは衝撃的だった。

優勝候補　イタリア姿消す

前大会準優勝のイタリアが、ポーランドに負けた。この結果、この組で二次リーグに進むのは、ポーランドとアルゼンチンだという。頭によぎったのはやはりオランダのことだった。ここまで一勝一分けのオランダも、もしブルガリアに負ければ姿を消す。急いで記事の先を目で追う。

3組のオランダはブルガリアを4－1でくだし、二次リーグに進出した。


おれは心底、胸をなでおろした。

4－1！　またも圧勝だ。おれたちはまた屋上でオランダの二次リーグ進出を祝する雄叫びをあげた。

二次リーグ進出は、東ドイツ、西ドイツ、ユーゴスラビア、ブラジル、オランダ、スウェーデン、ポーランド、アルゼンチンの八チーム。

四チームずつに分かれ、総当たりのリーグ戦を行い、各組の一位同士が決勝戦を戦う。

オランダと同じA組は、ブラジル、アルゼンチン、東ドイツ。

もう一方のB組は西ドイツ、ユーゴスラビア、スウェーデン、ポーランド。

「オランダは、ブラジルとアルゼンチンと同じ組か。えらい強い組に入ってしもうたなあ」

「この組みあわせやと、西ドイツは楽勝で決勝に上がってくるやろなあ」

「いや、むしろ優勝候補の西ドイツと同じ組にならんかったんを喜ぶべきや。決勝まで西ドイツと当たらん、ちゅうことやからな」

いつもの屋上でサトルが冷静に分析する。

「二次リーグの、初戦の相手は？」

「アルゼンチン」

「おお、準備試合で４－１で大勝した相手やないか。これはラッキーや」

「けど、アルゼンチンもイタリアを差し置いて二次リーグに進出してきよったっちゃ。油断は禁物や」

「アルゼンチンとは、いつ試合や？」

「六月二十六日っちゃ。新聞の朝刊で結果がわかるのは、二十八日」

「この時間差、なんとかならんかなあ」

「どうしようもなかろう。二日後にわかるだけでも、喜ばんと」

「けど、二次リーグに入ったら、試合結果は今んごと、たった一行か二行の記事やなしに、もうちいと詳しく出るんやないかなあ」

「そりゃあ、そうやろうなあ」

「今までクライフの名前、記事にいっぺんも出とらんけど、せめて、名前ぐらいは出してほしいよなあ」

おれたちは二十八日の朝刊の記事を心待ちにした。

その日の記事は相変わらず下のほう、見出しは一番小さな活字だった。

西独など勝つ　W杯サッカー2次リーグ

オランダの結果は、

オランダはアルゼンチンを文句なしに一しゅうして、一段と人気を高めた。

それだけだった。

おれたちは憤慨した。

「オランダが勝ったんはええけんど、二次リーグに入って、もうちぃと記事が詳しゅうなるどころか、スコアも載ってないやないか」

「サッカーファンを舐めとるよなあ。一段と人気を高めた、って、何があって一段と人気を高めたか、ちゃんと書いてくれよ」

サトルは怒りが収まらないようだ。

「その下の『ソ連、チェコ選手団が来日　バレー世界男子選抜』の記事の方が詳しいやないか。来日しただけやぞ。それに、日米女子バスケットの親善試合のスコアは載っとるやないか。バスケットの親善試合より扱い悪いって、情けないなあ」

まったく同感だった。

同じ日に試合が行われたブラジルも、東ドイツに勝ったとだけ報じられていた。

オランダは間違いなく次の東ドイツにも圧勝し、ブラジルもアルゼンチンに勝つだろう。となれば、二次リーグ最終戦で、二勝同士のオランダとブラジルの試合の勝者が決勝戦に進むはずだ。アルゼンチンに勝って決勝進出に一歩近づいたことは嬉しかったが、この調子なら、次の東ドイツ戦、最後のブラジル戦も同じような記事だろう。おれたちは日本の新聞から試合の模様を詳しく知ることを期待するのは諦めた。

ゴローが言った。

「ブラジルに勝ちさえすれば、オランダは決勝戦進出や。うわあ、やっぱり決勝戦、宇宙中継で観てえなあ」

ワールドカップを伝える日本の新聞記事のそっけなさが、おれたちの心の火に、いっそう大量のガソリンを注いだ。

サトルが思い出したように言った。

「そうや。この前、放送局に電話した時に、一局だけ、担当者がおらんで、放送するかどうかわからん局があったやないか。もう一回電話してみようや」

気がつけば、七月七日のワールドカップの決勝戦はもう九日後に迫っているのだった。

放課後、サッカー部の練習が終わった後、おれたちはサトルの家に結集して、その局に電話してみた。受付は編成部に電話を繫いでくれた。

「もしもし、編成部です」

電話口のおれはゴクリと唾を飲み込んでから、言った。

「あの、前にも電話したんですけど、七月七日の深夜に、そちらの局でサッカーのワールドカップの決勝戦を放送する予定は、ありますか」

「ああ、その件ですね」

と電話の向こうの担当者は言った。

「前にもお電話いただきましたね。聞いております」

前の電話が担当者にちゃんと伝わっていたのだ。おれはこの放送局の対応の丁寧さに驚いた。同時に期待を寄せた。

「あの、それで、七月七日は……」

喉がカラカラになっているのに自分でも気づいた。

「はい、その件ですが」

おれたちの耳が受話器の向こうに集中した。

「残念ながら、弊社で放送する予定はありません」

夢は、潰えた。

身体の力が抜けて行くのがわかった。

さようなら、クライフ。

結局、福岡にいるおれたちは、クライフの雄姿を生放送で観ることはできないのだ。

「そうですか……」

受話器を置こうとした時、

「ただ」

という声が聞こえた。

「ただ？」

「他の地域では、何局か生放送するところがあるようですよ」

「はい、知ってます。関東地区と、あと、一、二局ですね」

「いや、もうちょっとありますよ」

「そうなんですか」

「ええ。実は、私も、大がつくほどのサッカーファンでして。今回の弊社の対応については残念に思っています。それで、どうにも諦めきれずに、調べてみたんです。そうしたら、決勝戦を生放送する地域がわかりました。関東地区で東京12チャンネル、それから宮城、新潟、関西地区、あとは、広島です」

「広島？」

「ええ。ＲＣＣ中国放送です。うちの系列局です。私は当日、広島の知人の家まで行って決勝戦を観るつもりです」

「連れてってください！」

おれは思わず叫んでいた。

「いやあ、それはちょっと……。もしご覧になりたいなら、どなたか、広島のお知り合いか、ご親戚の家に行かれたらいかがですか」

おれは丁寧に礼を言って受話器を置いた。

広島。

決して近くはない。しかし、行くのが不可能なほど遠くもない。

おれはあの城跡から見える周防灘の向こうの瀬戸内の海岸線を思い浮かべた。山口の宇部が見える。防府も見える。一度も行ったことはないが、あの防府の向こうが、広島だ。

サトルが言った。

「クライフ同盟、緊急会議を開くっちゃ！　今日は塾をサボろう。夜七時、草むらの学校に集合や！」

夏至を少し過ぎたばかりの「草むらの学校」は夜の七時を過ぎても十分に明るかった。周防灘の向こうの瀬戸内の海岸線が仄かな夕陽の残照を受けてオレンジ色に光っていた。

「これから、クライフ同盟、緊急会議を始めます」

サトルが妙にあらたまった口調で言った。

「七月七日、広島で、ワールドカップ決勝戦の生中継が放送されることがわかりました。クライフ同盟の我々としては、なんとしても、広島まで観に行きたい。反対意見のある人は？」

「賛成！」

四人が一斉に手を挙げた。広島は遠い。残念ながら新幹線はまだ岡山までしか通じておらず、広島から博多までの山陽新幹線の開通は、来年だ。それでも小倉から山陽本線に乗れば、広島には五時間ぐらいで着くだろう。県境をふたつ越えれば広島だ。そこに行けばワールドカップの決勝戦のクライフの雄姿が「生放送」で観られるのだ。反対する理由？　あるわけがなかった。

「広島に親戚や知人がおる人、手を挙げて」

今度は誰も手を挙げなかった。

「誰か、おらんか」

サトルが促す。みんな必死に思い出そうと視線を宙に向けている。どこかでヒバリが鳴いている。

落胆の空気を帯びた沈黙が流れた。

沈黙を破ったのはツヨシだった。

「山口やったら、どうやろうか」

「山口？　中継するのは、広島や」

ツヨシはうなずいて、言葉を継いだ。

「おれな、大分に親戚がおってな」

「大分もワールドカップの中継はやっとらん。大分なんか関係なかろうもん」

「まあ、聞けっちゃ」

ツヨシがサトルの反論を退けた。

「おれ、子供の頃、夏休みに大分に遊びに行ったことがあるっちゃ。中津（なかつ）、いうて、福岡に近い大分や。その時な、大分やのに福岡の放送が映るチャンネルがあったんや。大分のテレビと福岡のテレビ、両方、観られてええなあ、ってその時思うたことあるんや。やけえな、広島の隣の県の山口、それも、東の方やったら、もしかしたら、広島の放送局の電波、届いとるんやなかとか？」

「そうか！　そうか！　思い出した！」

ツヨシの言葉にかぶせるように、ゴローが叫んだ。

「山口やったら、知り合いがおるとよ！」

「ほんとか？　山口のどこや？」

「柳井（やない）、ちゅうとこや」

「ヤナイ？　聞いたことないけんど、どこにあるんや？」

「岩国（いわくに）の近くや」

「岩国ってどこや」

「山口の東の端。広島のすぐ近くや」

ゴローの情報にみんな色めき立った。

「ヤナイ、ちゅうとこが広島の近く、ちゅうことやったら、そこの家でワールドカップを中継放送するRCC中国放送、観られるかもしれんぞ。そこは、ゴローの、親戚か？」

ゴローは首を振った。

「親戚やないっちゃ」

「親戚やなかったら、どげん人や？」

「一ヶ月前に、知りおうた人」

「一ヶ月前に？　どこで？」

「『GORO』で」

「ゴローで？」

「雑誌の『GORO』や。創刊号で、ポルノ雑誌を売ってくれた人」

ああ！　と、みんなが声を上げた。「外国の美しいポルノ雑誌五冊を売りたい、ちゅう投稿した人か」

「そうっちゃ！　その人の住所が、山口の柳井やった」

ゴローの言葉が熱を帯びる。

「おれは雑誌が届いてから、お礼の手紙を書いたっちゃ。前にも言うたように、ツヨシの名前と住所を借りてな。シンディ・ウッドの大ファンです。ありがとうございます。一生の宝物にしますって」

「そうやった。そうやった」

ゴローの話を今度はツヨシが引き取る。

「そうしたら、お役に立てて嬉しいです。僕もシンディ・ウッドのファンですって、書いたハガキがうちに届いた。その住所、たしかに、山口やった」

「わざわざ返事くれるって、律儀（りちぎ）な人やなあ」

おれの言葉に、ゴローが乗ってくる。

「そうなんや。その人、きっと、ええ人に違いなかよ。もし広島の放送が映るんやったら、その人に、ワールドカップの生放送、観せてほしいって頼んでみんか」

「だいぶ図々しい気もするけんどな」

「いや、シンディ・ウッドのよしみや。聞いてくれるかも」

「電話番号、わかるんか？」

「いや、電話番号は、書いてなかった」

「速達出して、頼んでみようっちゃ。今日、金曜日やろ？　速達は日曜も関係ないから、明日出したら、日曜日には届く。こっちの電話番号も書いて出したら、電話くれるかもしれん」

サトルの提案にみんながうなずいた。

「それで、その手紙、誰が書くっちゃ？」

ゴローの言葉に、みんなが一斉におれの方を見た。

サトルが手を合わせた。

「ぺぺ、頼む。こん中じゃあ、おまえが一番国語の作文、得意やろう」

「いやあ、得意ちゅうことでも」

サトルが続ける。

「おれたちがクライフのプレイを生で観られるかどうかがかかってる、大事な手紙や。ぺぺ、頼む！」

みんなに手を合わされ、おれは、首を縦に振るしかなかった。

「それから、お願いの手紙に、一つ、書いておかんといけんことがある」

ゴローが言いにくそうに口を開いた。

「なんや？」

「おれな、その人に、嘘ついちょるんや。二十歳の大学生やって」

＊

拝啓　板坂信次様

先日はわざわざお返事、ありがとうございました。

板坂様もシンディ・ウッドのファンなのですね。それを知った時の僕の驚きと喜びをどうしてもお伝えしたくて、またお手紙を書いた次第です。シンディ・ウッドはアメリカでは有名なヌード女優ですが、あの美しさの魅力を知る日本人は、そんなにいないと思います。彼女の美しさを知る板坂様と今回、こうしてお知り合いになれたことに、僕はとても不思議なご縁を感じます。

シンディ・ウッドは、僕が「女神」と崇めている女性です。きっと「女神」が、板坂様と僕の縁を取り持ってくれたんだと信じています。そして、今回、板坂様にこうしてお便りしたのには、他にも理由があるのです。まず、板坂様にどうしても謝らないといけないことがひとつあります。

それは、最初の手紙で、僕は二十歳の大学生だ、と書きましたが、それは嘘なのです。

僕は今、中学三年生です。中学生だと書けば、きっとポルノ雑誌は売ってもらえないだろう、と考えて、嘘をついたのです。

どうか、この嘘をお許しください。

板坂様には呆れられるかもしれません。と言いますのも、こんな嘘をついておきながら、僕は厚かましくも、板坂様にお願いがあるのです。

お願いの前に、僕の、もう一人の「神」について、少し説明しておかねばなりません。

その神の名は、「ヨハン・クライフ」といいます。

板坂様はサッカーはお好きでしょうか？　もしそうでないのでしたら、おそらくはご存知ないと思います。ヨハン・クライフは、サッカーのオランダ代表のキャプテンです。

今、西ドイツでワールドカップというサッカーの世界大会が開かれていて、ヨハン・クライフ率いるオランダは破竹の勢いで勝利を重ねています。ブラジルとの戦いに勝てば、決勝戦にまで駒を進めます。そして、オランダは必ずブラジルにも勝って優勝する、と僕は固く信じています。

実はこの決勝戦が、七月七日午後四時、日本時間では、七月八日午前零時に行われます。そしてこの決勝戦の模様は、日本でも衛星生中継されるのです。

ところが、悲しいかな、僕の住む福岡では、この衛星生中継は放送されないのです。僕は、今、福岡の中学校で、サッカー部に属しています。同じサッカー部の仲間四人で「クライフ同盟」というグループを結成し、強い団結力で結ばれています。この「クライフ同盟」で、決勝戦に進んだオランダを率いるヨハン・クライフの雄姿を生放送でぜひ見届けたいのです。

そこで、板坂様にお願いなのです。

板坂様のお住いは山口県の柳井ですね。柳井は広島の県境にも近い町ですよね。もしかしたら、広島の放送局である、ＲＣＣ中国放送が、柳井でも映るのではないでしょうか。

ＲＣＣ中国放送は、ワールドカップの決勝戦を放送する局です。

もし板坂様のお宅でＲＣＣ中国放送が映るのでしたら、七月八日午前零時から我々クライフ同盟のメンバー四人に板坂様のお宅で、ワールドカップの決勝戦を観せてもらえないでしょうか。

厚かましいお願いであることは、重々、承知しています。

しかし、僕たちがこんなことをお願いできるのは、板坂様しかいないのです。

どうか、僕たち「クライフ同盟」の、一世一代の願いを、叶えてはいただけないでしょうか。

何分にも、日が迫っております。お電話でもお手紙でも構いません。

お早いお返事を頂戴できれば、大変ありがたく思います。

何卒、よろしくお願い申し上げます。

敬具

クライフ同盟　小山　剛（つよし）

＊

おれは前の日に何度も何度も書き直して徹夜で書いた手紙を土曜日の授業が終わった後に郵便局に持っていった。

「これ、速達やったら、いつ着きますか」

「ちょっと待ってくださいよ。山口県の、柳井ですね。ああ、速達でしたら、明日には着きますよ」

次の日の午後、おれたちはまた「草むらの学校」に集まった。

「今ごろ、ぺぺの書いた手紙が、柳井に着いちょる頃やろうなあ」

「板坂さん、今ごろ手紙を読んで、びっくりしちょるやろうなあ」

「呆れちょるかもな」

「やっぱし、よう考えたら、図々しいもんなあ」

「やっぱしなあ」

おれたちはまた周防灘の向こうの山口県の海岸線を見渡した。あの向こうに、柳井の町があるはずだった。

「それで、もしその、柳井の、えっと、誰やったって?」

「板坂さん」

「そう、板坂さんが泊めてくれるとしてやな、ここから柳井までは電車で、どのくらいかかるんや」

「新幹線があったら早いけどのう。岡山から博多まで新幹線が延びるのは、来年の三月やからのう。まあ、それでも小倉から山陽本線に乗ったら、ここからは五時間ぐらいやないか」

「そうか。ちゅうことは、試合は夜中の零時からやけえ、ここを夕方ごろに出ても、十分間に合う計算やのう」

「みんな、ちいと、これ見てくれんか」

そう言って、カバンからＡ４判の本を取り出したのはツヨシだった。

学校の社会の授業で使っている、帝国書院の「中学校社会科地図」だ。

ツヨシはページを開いておれたちに見せた。

「中国・四国地方」の見開きページだ。

「ここに、柳井が載っちょる」

おれたちは地図を覗き込んだ。ツヨシが指差した先に、「柳井」の文字があった。

見開きページの左側。真ん中あたりに瀬戸内海の周防灘がどんとあって、そこに大分の国東（くにさき）半島がたんこぶのように海に突き出ている。そのたんこぶの右側が海を隔てて四国の佐田（さだ）岬。そしてたんこぶの左側の海岸線を周防灘沿いに辿っていくと、我々の町がある。その先は北九州。下関だ。

「柳井」は、海を隔てて、たんこぶの右斜め上にあった。

赤字で「瀬戸内海国立公園」と書いてあって、島がいくつも浮かんでいる。そこに半島が突き出ていて、その半島の右の付け根が「柳井」だ。その付け根から海沿いを東にたどると「岩国」。そして、その先が「広島」だ。

「ここかあ、柳井は」

おれはその時初めて地図で柳井の場所を確認した。

「ずいぶん、近くに見えるなあ」

サトルが呟いた。

「ほんとやなあ」

地図上の距離を表す棒線を見ると、地図で一センチが二十キロだった。国東半島から柳井は、およそ二センチ半。つまり山口県の柳井と大分県の国東半島は、海で隔てられているが、直線距離にして五十キロぐらいしか離れていないのだ。五十キロといえば、おれたちの町から博多ぐらいまでの距離だった。近い。地図を見て初めてわかることだった。意外だった。

逆に柳井から広島市までは、思っていたよりずいぶん離れていた。三センチ半。七十キロはありそうだ。

「柳井が広島に近い、言うても、こうしてみたらけっこう距離、あるな」

「けど、広島と柳井の間には、海しかないやないか。遮るもんがない、ちゅうのは、テレビの電波も届くんやないか」

「うん。大阪のラジオも、おれらの町まで届いとるけえ」

「ラジオの電波とテレビの電波は違うやろうもん。現に、大阪のテレビの電波は、おれらの町まで届いてこんけえ」

「柳井、言うても、板坂さんの家が、柳井のどこにあるかにもよるかもな。山の方やと入らんやろうし、海の方やったら、入りやすいかもしれん」

「うーん」

それは帝国書院の地図上ではなんとも判断し難かった。たしかに柳井は海沿いの街ではあるが、半島の付け根にあって完全な平野でもなさそうだった。

「住所やったら、ここにある」

ツヨシが板坂さんから届いた封筒をカバンから取り出した。

封筒の裏に、住所が記されていた。

山口県柳井市伊保庄神出

「これ、なんて読むんや」

「いほしょうかみで？」

「田舎っぽい名前やなあ」

「けど、神が出るって、なんか、ええと思わんか」

ツヨシの言葉に、みんなはうなずいた。

「おれらの神の、クライフに会いに行くには、ふさわしい名前やろうもん」

「たしかに！」

たったそれだけのことでおれたちの胸は躍った。

「うん。板坂さんの家で広島の放送局の番組が観られるんか。テレビを観せてもらえるんか。それは板坂さんからの返事を待つしかないけんど、オーケーの返事が来た時のために、今からしっかり計画を練ろうや。まずは、電車の時刻表で、柳井までの電車の時刻を調べようや」

「うん、サトルの店に、電車の時刻表、置いとるやろう。今から調べに行こう」

「いや、ちょっと待って」

ツヨシが立ち上がったおれたちを制止した。

「なんや？　ツヨシ」

「電車で行くんは、やめんか」

おれたちは顔を見合わせた。

「電車以外で、どうやって行くんや？」

「自転車で行こう」

「自転車で？」

みんなが思わず声をあげた。

「柳井まで、自転車で、か？」

ツヨシは平然とした顔で言う。

「おれら、自転車で、山口まで行ったことあるやないか」

「あれは下関や。関門海峡の向こうや。ここからでもすぐそこに見えとるやないか。柳井は、下関より、ずっと遠い。ここからも見えん広島に近い山口やぞ」

「もう一回、この地図帳を見てくれ」

ツヨシの言葉に、おれたちはもう一度草むらに腰を下ろして、地図帳を覗き込んだ。

「おれな、この地図帳で、柳井までの距離を、測ってみたんや。紐を使うてな。この地図、一センチが二十キロやろ。おれらの町から海沿いに柳井まで紐を這わしたら、八センチあった。つまり、百六十キロや」

百六十キロ。それがどんな距離なのかは、正直、ぴんと来なかった。

「おれらの町から下関までは三十キロ。あれの五倍ちょっとや。時速、十五キロで、百六十キロやったら、十時間ちょっとあったら行ける計算や。途中で休みを取っても、十二時間あったら行けるやろ。昼に出たって、夜中の零時には着く」

「本気か？　ツヨシ」

「ああ。本気や」

それからツヨシは眉をぎゅっと寄せて言った。

「これは、願掛けっちゃ」

「願掛け？」

「そうっちゃ。オランダが優勝するための願掛け。この町から、柳井まで、自分の足を使って行く。それが、クライフのためにできる、おれらの願掛け」

「なんでそれが、願掛けになる？」

「おれな、図書館でちょっと調べたことあるっちゃ」

「何を？」

「オランダのことをっちゃ。そうしたら、オランダ人がよくするまじないのことが載っとった」

「そげなん、図書館でわかるんか？」

「ああ、おれらの町の図書館は優秀やけな。そうしたらな、オランダって、自転車の国なんや。山がない平地やろう？　一番高い山でも三百メートルぐらいやけな。やけ自転車が発達しとるんや。人口より自転車の数の方が多いって書いとった。それでな、オランダには何か願い事を叶えようとする時、どげん遠くても、目的地まで自転車で行く、って願掛けがあるんやて。たとえば、遠くに住む好きな人に会いに行って愛の告白をする時とかな。それから、サッカーの試合で、どうしても応援してるチームを勝たせたい時。アウェイの試合会場まで、自転車に乗って行く。願をかける時にはルールがあって、自転車のタイヤを、一度も地面から離さんで、ずっと大地につけて走ること。いっぺんでもタイヤを大地から離したら願掛けは効かんのやって。やけ、オランダのサポーターは、ヨーロッパで大きな試合がある時、自転車で国境ば越えて、何百キロも走って応援に行くらしい。写真も載っちょった。みんな、オレンジ色の自転車に乗って行くんや」

「そうか。それで、おれらも自転車で、柳井まで」

「やけんどな、自転車で行って、もし途中で何かあったらどげんするんや」

ゴローが当然の疑問を挟んだ。

「事故とか、故障とか、そういうことや。クライフの試合、観られんようになるかもしれんぞ。電車で行った方が、確実やないか」

「もちろんそうやけんど」

ツヨシはこれまでより強い口調で言った。

「ワールドカップの決勝戦は七月七日やろ。決勝戦の場所は、ミュンヘンや。オランダのアムステルダムから西ドイツのミュンヘンまで、何キロあるか、知っちょるか」

「見当もつかん」

ツヨシは答えた。

「八百キロや。５００マイル」

「５００マイル！」

おれたちは思わず叫んだ。

「電車に乗ったら、一日で着く距離や。それをな、大勢のオランダ人が、何日もかけて、自転車でミュンヘンのスタジアムを目指すはずや。なんのためやと思う？」

「オランダの優勝のために」

サトルが答えた。

おれたちは再び帝国書院の地図帳を広げた。今度は六百万分の一の「ヨーロッパ主要部」のページだ。アムステルダムはすぐに見つかった。まず目に飛び込んできたのは大きな島のイギリスだ。首都ロンドンが真っ赤に塗られている。首都は赤で示されるのだ。ロンドンから、ドーバー海峡を越えたちょっと右。アムステルダムの赤は平地を表す緑色よりも、さらに濃い緑の中にあった。濃い緑は、海面下を表す。

「うわ！　アムステルダムって、海面より低いんか！」

あらためて驚いた。

「それで、ミュンヘンて、どこや」

おれはアムステルダムから「ヨーロッパ主要部」を指でたどるが、なかなかミュンヘンが見つからない。西にたどればパリがある。東にたどればベルリンがある。ベルリンは東ドイツの首都だ。ミュンヘンは西ドイツだから、ここから近いはずだ。指は西へ向かう。ハンブルク、ブレーメン……。聞いたことのある街の名前が見つかる。しかしやがて北海に突き当たり、指は南に向かう。ボン、フランクフルト。もうかなり内陸に入っているが、ミュンヘンはまだ見つからない。地図の色が緑から茶色に変わった。ひときわ濃い焦げ茶色のアルプス山脈まではもうすぐそこだ。ミュンヘンの文字は、アルプス山脈の少し手前の茶色の中にあった。

「うわ！　ミュンヘンって、けっこう山の中やん」

帝国書院の地図帳の標高のグラフを見ると、ミュンヘンのある場所は、標高五百メートルから千メートルを表す茶色だった。

「こんな高いとこまで、５００マイルも自転車で行くんか」

「おれらの目的地の柳井までは、５００マイルもないぞ。たった百六十キロ。１００マイル。５００マイルの五分の一」

５００マイルの五分の一。１００マイル。１００マイルの自転車の旅。

おれの心は昂った。

「鉄道なんかで行くのはやめて、ミュンヘンを自転車で目指すオランダ人らと一緒に、決勝戦が観られるかもしれん柳井まで、自転車で走ろうや。オランダの優勝のために。クライフのために」

クライフのために。

おれたちの心は、その一言で一つになった。

「帰りは、どうする？」

おれは昂る気持ちをぐっと抑えて、冷静になって訊いた。

「そのまま自転車で帰るんか。次の日は月曜日やぞ。学校もある」

ツヨシはうなずいた。

「板坂さんの家に泊めてもろうて、自転車は預かってもろうて、朝一番の電車で帰ってこようちゃ。学校の授業には遅れるかもしれんけんどな。ちょうど期末テストが終わったとこやけえ短縮授業やし、最悪休んだって、どうってことないけえ。自転車は、また夏休みに入ったら、取りに行ったらええ」

「家には、日曜日、なんて言うて、出て行くんや」

ゴローが口を出す。

「百六十キロも離れた山口の知り合いの家にワールドカップの放送を観るために自転車で行って、放送は深夜で日帰りは無理やけえ次の日に帰ってくるけど学校は休むかもしれんって、寝ぼけたこと言うな、そげなん、行くなって、絶対言われそうな気がするっちゃ」

そうだ。それが最大の難題だ。

そこで、ツヨシは、黙った。みんな黙った。

その時だ。サトルが呟いた。

「防府や」

「防府？」

「そうや。ツヨシ、さっきの地図帳、もう一回、見せて」

ツヨシは傍に置いていた帝国書院の地図帳をもう一度開いた。

サトルが地図を覗き込みながら言った。

「地図を見てみれ。ここが、防府や」

サトルが防府の位置を指差した。

防府は関門海峡を越えて、宇部を越えたその先、おれたちの町から柳井までの、ちょうど真ん中あたりにあった。

「それで、防府が、どうしたっちゃ？」

「サントウカ」

「サントウカ？」

「国語の教科書に、出てきよったやろう？　変な俳句、歌いよるやつ」

「ああ！　あったっちゃ！　山頭火！」

一学期で習った国語の教科書に、山頭火という人の俳句が載っていたのだ。

おれは覚えている句を叫んだ。

「分け入っても分け入っても青い山」

ゴローが続いた。

「まっすぐな道でさみしい」

ツヨシも続く。

「どうしようもないわたしが歩いている」

おれたちは思い出して大笑いした。

「授業中、なんじゃこりゃ！　って大笑いして、国語の藤田先生に、ばり怒られたっちゃ」

種田（たねだ）山頭火。中学生活で、教科書を読んであれだけ大笑いしたことは後にも先にもなかった。まっすぐな道でさみしいって。どうしようもないわたしが歩いているって。あまりにそのままの情けない感じが心に刺さって、おれたちは山頭火という人の正直な感じが好きになったのだった。牛乳瓶の底みたいな分厚い眼鏡も印象的で気に入った。

「それで、山頭火と防府は、なんか関係あるんか」

サトルが答える。

「山頭火は、防府の出身なんや。教科書に書いてあったっちゃ」

「それで？」

「それでな、親には、こう言おう。おれたちは学校の教科書で習った山頭火の大ファンになったんで、勉強のために、山頭火の故郷を訪ねたいって」

「おお、勉強のためっていうのが、ミソっちゃな」

サトルはうなずいた。

「勉強のためって言われて、やめとけ言う親はおらんちゃ。防府は、ちょうど柳井までの半分やから八十キロぐらいちゃ。頑張ったら日帰りで行ける距離やし、親たちはそれやったら行ってこいって言うと思う」

ゴローが口を挟んだ。

「電車で行けって言われんかのう」

「山頭火は、歩いて旅をしてあの句を作ったちゃ。おれらも山頭火の心を知るために、本当は歩いて山頭火の故郷を訪ねたかけんど、さすがに八十キロは歩けんから自転車で行かせてくれって、言おうちゃ」

「おお、一応、筋が通っとる。ええなあ。山頭火自転車旅」

「教科書に載っとったみたいに、笠かぶっていこうか」

「けどほんまは、柳井まで行く。嘘をついて行くわけか」

ゴローの問いにサトルは言った。

「けんど、半分は本当や。おれはこの目で山頭火の故郷を見たい。あんな面白い句を作るおっさんの故郷を」

「けんど、そう言うて、出かけることは上手うできても、その日には帰らんわけやろう。大騒ぎにならんか」

ゴローのさらなる質問にサトルはきっぱり答えた。

「夕方ごろにどこかの公衆電話から家に電話して、本当のことを言おう。柳井まで行ってワールドカップの生中継観て、明日朝、帰るって。板坂さんとこの住所も、その時ちゃんと言おう」

サトルは続けた。

「きっとめちゃくちゃ怒られるやろう。けんど、怒られたって構わん。怒られるのを怖がってクライフの決勝戦を観に行かんと、おれらはきっと後悔する。行かずに一生、後悔するより、怒られても行った方が、ずっとええっちゃ。どうや？　自転車で行くちゅう、ツヨシの案に、おれは乗りたい」

ゴローが立ち上がった。

「よし。おれも、乗る」

「ぺぺ、おまえはどげんや」

みんなが一斉におれの方を見た。

「たった、ひとつ、心配がある」

これは、仲間のためにも正直に、思ったことを言っておかねばならない。

「なんや」

「ツヨシの自転車や」

ツヨシがおれの言葉にうつむいた。

「おれらは、変速ギア付きの自転車を持っとるけど、ツヨシの自転車は、変速ギアのない、普通の自転車やろ」

「二月に、下関まで、一緒に行ったやないか」

サトルが言った。

「うん。けど、やっぱり、あの、関門海峡の手前の峠の坂道では、遅れてしもうたし。おれはな、それが心配や。ツヨシが足手まといになるから嫌や、と言うてるんやない。自転車で行こうとして、途中で、ツヨシだけ、ツヨシだけが脱落して、ツヨシだけが、試合、観られんようになるんが」

「ツヨシだけ、途中から電車で行きゃあええやないか」ゴローが口を挟んだ。

「いや、それはないっちゃ」

ツヨシが語気を強めて言った。

「そんなん、クライフ同盟の、意味がないっちゃ。願掛けの意味がないっちゃ。そやけえ、おれは……」

みんながツヨシの次の言葉に注目した。

「そやけえ、おれは……、最後まで、みんなについて行く。遅れんように必死でついて行く。あと六日間、毎朝少しでもちゃんと走れるように、自転車で坂道、走る練習をする」

「海沿いの道を走ったらええっちゃ」

ゴローが言った。

「たしかに、関門海峡の手前には、山越えがあった。けど、さっき、ツヨシが持ってきた地図、もう一回、見てみいや。関門海峡を越えたら、そこからは、ずうっと、海沿いの道を走ったらええやないか。海沿いの道やったら、山なんか、ないはずや。平坦な道のはずや。ツヨシの自転車でも走れるはずや。ミュンヘンを目指すオランダ人より、ずっと楽やないか」

そうして、ゴローは言った。

「海を見ながら、四人で走ろうや。あの海を」

四人は立ち上がって、周防灘に目を凝らした。

小野田。宇部。防府。

海の向こうの見慣れた陸影が、その日は残照の中でくっきりと見えた。

「気持ち、良さそうや」

ツヨシがつぶやいた。

おれは、もう、何も言うことがなかった。

11　雨ふらばふれ、風ふかばふけ

七月一日がやってきた。

差しあたっての懸案が二つあった。

ひとつは板坂さんからの返事だった。昨日の日曜日、「草むらの学校」でクライフを観るための100マイルの自転車旅計画に盛り上がったおれたちだったが、板坂さんからの返事がなければ、もしくは板坂さんの家のテレビに広島からの電波が入らなかったら、すべては元の木阿弥だ。

放課後のサッカー部の練習を終えたおれたちは、ダッシュでツヨシの家に向かった。金曜日に書いて土曜日に出した手紙に対する板坂さんからの返事を待っていたのだ。日曜日に届いたとして、同封した返信用の速達の封筒で相手がすぐその日に返事を出してくれれば、最短で月曜日にツヨシの家に届くはずだった。

しかし、ツヨシの家の郵便受けには何も入っていなかった。ツヨシの父親が家にいたが、郵便は届いておらず、ツヨシあての電話もないという。

「ツヨシあての電話って、何のことや？」

ツヨシの父親が訊いてきた。

「いや、何でもないっちゃ」

おれたちはツヨシの父親に本当のことを言うのをためらった。

本当のことを言うと反対されるに決まっている。そう思ったのだ。

その日は結局、板坂さんからの返事は届かず、おれたちはそれぞれの家に帰った。

おれは思った。よくよく考えてみれば、無茶なお願いなのだ。板坂さんにしてみれば、相手は見ず知らずの中学生だ。シンディ・ウッドでつながっているとはいえ。いや、シンディ・ウッドでつながっているからこそ、場合によっては嫌がられるかもしれなかった。ゴローと同じように、そんなエロ本を文通でやり取りしていることを板坂さんは家族には隠しているかもしれない。そうでなくても、やっぱり顔も知らない中学生を四人も深夜に迎え入れて家に泊めるなんて、厄介ごとであることは間違いない。

板坂さんからの返事は、来ないかもしれない。

もうひとつの懸案は、ワールドカップの二次リーグを戦うオランダの行方だった。

オランダは二次リーグのグループAに入っており、同じグループにはアルゼンチン、東ドイツ、ブラジルがいる。この四チームでリーグ戦を行い、勝ち点トップのチームが決勝戦に進んでグループBのトップと優勝を争う。

オランダは二次リーグの第一戦でアルゼンチンを撃破しており、現在勝ち点3。

優勝候補の一角、ブラジルも東ドイツを破って勝ち点3。

オランダ、ブラジルの両チーム共、それぞれ第二戦に勝てば勝ち点6となって決勝進出に大きく近づく。オランダは二次リーグの第二戦で東ドイツと戦う。

東ドイツは二次リーグ第一戦でブラジルに敗れて勝ち点0だが、侮れない相手だった。

一次リーグで優勝候補の西ドイツを破っているのだ。これには驚いた。「サッカーマガジン」によると、チーム力からいえば西ドイツの方が数段上だ。しかも東ドイツにとってはアウェイのゲーム。なかなか「敵地」に乗り込んで勝てる相手ではない。東西対決、という意地もあったかもしれないが、強いチームが相手であるほど実力を発揮するチームのように思える。オランダも油断できない。

その東ドイツとの試合が今日、日本時間の午前零時から行われた。
もちろんテレビで東ドイツ戦の放送はない。結果は明日早朝に届く西日本新聞の朝刊を待たねばならない。

おれたちは二つの不安を抱えながら、それぞれの家で七月最初の一夜を過ごした。
翌朝、おれはいつものように早起きして西日本新聞の朝刊に食らいついた。
スポーツ面の中段よりちょっと下。
今までよりも少し大きな活字が飛び込んできた。

W杯サッカー　ベスト4
　オランダ―ブラジル
　ポーランド―西独

その見出しでオランダが勝ったことを悟った。よっしゃ！　と叫んで記事を目で追う。

開幕以来着実な勝ちっぷりで優勝候補の一角にあるオランダは、第一次リーグで西ドイツを破ったダークホース東ドイツにも貫禄勝ち。前回優勝の強豪ブラジルは、アルゼンチンの食い下がりにあったが、底力をみせて逃げ切った。

二次リーグの第二戦は、第一戦で勝ち点3を取った四チームがすべて勝って勝ち点6とし、この結果、第三戦で行われるオランダ対ブラジルとポーランド対西ドイツが事実上の準決勝となったのだ。

別組の対戦はポーランド対西ドイツだが、ほぼ間違いなく西ドイツが順当勝ちして、決勝戦に上がってくるだろう。

そしてオランダの準決勝の相手は、前回の王者ブラジル。

ブラジルに勝てば、ついにオランダの決勝進出が決まる。日本でオランダが出る決勝戦を生中継で観られるのだ。

試合は明日、七月三日、現地時間の午後七時半。日本時間で七月四日の深夜三時半。試合が終わるのは早朝の午前五時過ぎだ。四日の朝刊には間に合わない。結果がわかるのは四日の夕刊だろうか。しかしこれまでも日本時間の深夜三時半に行われた試合があったが、ワールドカップの試合結果が夕刊に載ったことはなかった。おそらく「準決勝」の試合結果も、新聞に載るのは七月五日、金曜日の朝刊だ。

「ああ、待ち遠しいなあ」

二日の火曜日、オランダの準決勝進出を知ったおれたちは昼休み、校舎の屋上で新聞を眺めながら嘆いた。

　そしてこの日も、板坂さんからの返事は、届かなかった。塾の帰りにおれたちは話し合った。

「これは、諦めた方がええ、かもな」

「諦めるって、何を？」

「板坂さんの家でワールドカップの決勝を観せてもらうことや」

「いや、諦めきれんちゃ。そうや。ゴロー、板坂さんの住所、知っとるやろ」

「ああ、生徒手帳にメモしちょる」

「電電公社に電話して、その住所の電話番号、教えてもらおうっちゃ」

「おお、ほんとや。なんでそれを今まで思いつかんかったんや」

　おれたちは屋上から降りて、一階の校舎脇にある公衆電話から１０４のダイヤルを回した。しかし返事は、その住所では電話番号のお届けはありませんというそっけないものだった。

「住所がわかってるんやし、こうなったら、直接押しかけて観せてもらおう」

「いや、板坂さんの家で広島の番組が観られるかどうかもまだわかっとらんやろう。放送しとらんかったらどうするんや」

「一か八かに賭けてみようっちゃ」

「板坂さんが家におらんかったらどうするっちゃ」

　堂々巡りを繰り返すばかりだった。とりあえず明日も集まることにして家に帰った。

　そして、三日。水曜日。夜。

　ツヨシが息急（せ）き切って、サトルの店にやってきた。

「来た来た来た！　板坂さんから返事が来た！」

「ほんとか！」

「読み上げてくれ！」

塾に行く時に通るいつもの踏切の前まで行き、ツヨシが息を整えてから、板坂さんからの返事を読み上げる。


「こんにちは。剛さん。お返事が遅くなってしまったことをお詫びいたします。

剛さんからのお手紙、速達で日曜日に家に届いていたようですが、実は私は地元の工場で三交代制の勤務をしておりまして、日曜日は準夜勤で、ポストの中のお手紙に気づいたのが、帰宅した深夜でした。剛さんからのお手紙を読んで、大変驚きました。

まずご報告ですが、私の家は瀬戸内海に面しておりまして、テレビを購入した時に、電器店の方がアンテナを立てて広島のいくつかの放送局が観られるようにしてくれました。柳井でも広島のテレビが映らない地域はありますが、私の住む地域はアンテナを立てれば映りますので、みんなそうしてもらっているようです。ですので、ワールドカップの決勝戦を放送するという、広島のＲＣＣ中国放送も、私の家で映ります」


やったー！　とみんな叫んだ。

ちょっと待て、続きがある、と、ツヨシが続きを読み上げる。

「ただ、私は一人暮らしのアパート住まいです。七月七日の日曜日、その日、私は勤務は休みなのですが、次の日が、日勤なのです。工場で働いておりますので日勤は朝早く、午前六時から午後二時までです。工場まではバイクで十五分ほどですが、いろいろと準備があり、朝は午前五時には家を出ないといけません。ワールドカップの生中継は、午前零時から午前二時ぐらいですね？

そして皆さんは、やっぱり大声を出して応援しながら試合を観たいでしょう？　私のアパートは六畳と二畳ほどの台所があるだけの小さな家です。私は朝が早いので皆さんがテレビを観ている六畳一間の隣の台所で寝ることになり、それは全然構わないのですが、私はいつも寝つきが悪く、多分、試合が終わる午前二時まで起きていることになります。そして、そこから寝ても午前五時からの出勤ですので、睡眠時間が三時間。私は、どうも体質的に朝が苦手で、日勤の前の日は、遅くとも午後十時には寝るようにしています。そうしなければ次の日、朝五時に起きられないのです。それでも、これまで何度も寝坊してしまって、職場で怒られています。これ以上の遅刻は、会社をクビになるかもしれず、避けたいのです。睡眠時間三時間。ちょっとこれは、私にはきついのです。以上のような理由で、せっかくの剛さんのお願いですが、その日はお断りするよりほか、ありません」

ええっ、と今度は落胆の声が上がった。

ああ、望みは潰えたか……。

おれたちはうなだれた。

「いや、待て」

ツヨシが言った。

「便箋、まだ、あるっちゃ」

もう一枚の便箋を、ツヨシは読み上げた。

「私はお断りの手紙を書くつもりでした。そして翌日の月曜日、工場の昼休みの時間に、親しい同僚にたまたまこの話をしました。すると同僚は、こう言ったのです。だったら、その日、七月七日は、うちに泊まればいい、と。うちに泊まってその中学生たちに、あんたの部屋で心置きなく、ワールドカップの決勝戦を観せてあげればいい、と。

私は、耳を疑いました。というのも、その親しい同僚、というのは、私と同じで一人暮らしなのですが、私と同じ歳の女性なのです。そして、恥ずかしいですが、正直に告白します。私はその女性のことが好きなのです。実は、休みの日には何度か一緒に映画を観に行ったこともあります。私は奥手な方で、ちゃんと付き合ってください、と、まだ言ってないのです。ただ、私は奥手な方で、ちゃんと付

手が、なんとなく私に好意を抱いていることも知っています。ただ、私は奥手な方で、ちゃんと付き合ってください、と、まだ言ってないのです。一度だけ、映画を観た帰りに、公園で手を握ったことがあります。でもただそれだけです。もちろん彼女の部屋に入ったこともなければ、ましてや泊まったこともありません。

そんな彼女が、私にこう言ったのです。その日は、私が晩御飯作るから、私の家で一緒に食べよう。そしてそのまま泊まって、次の日、私の家から工場に行けばいい、その中学生たちのために、と。

私は天にも昇る気持ちでした。『ほんまに、泊まっても、ええんかのう』

おずおずと、そう言いました。

彼女は、にっこりと笑って言いました。

『オランダが、決勝戦に進んだら、ね』

『オランダが、決勝戦に、進んだら、か』

『そりゃあ、そうじゃろう。オランダが決勝戦に進まんかったら、その福岡の中学生たちは、あんたんとこには来んのじゃから、あんたが私のとこに泊まる理由がないじゃろう』

私は、悟りました。これは、オランダが決勝戦に進んだら福岡から中学生たちが訪ねてくる、という私の話にかこつけた、彼女の、私に対する、精一杯のアプローチなんだ、と。

私は、彼女の気持ちに応えたい。このチャンスを逃したくありません。

新聞で調べました。オランダの『準決勝』の試合は、七月三日、明日ですね。

今日は、二日。私は今、剛さん宛に、慌ててこの手紙を書いています。

そして書き終えたらすぐに速達で出します。明日三日には着くはずです。

どうぞ、オランダの決勝戦進出が決まったら、七月七日、私の家においでください。

柳井駅から私の家までの簡単な地図を同封します。

電話番号を記しておきますので、電車の到着時間がわかりましたらお知らせください。剛さんたちが到着する前に、私はアパートを出て、彼女の家に向かいます。部屋の鍵はアパートの郵便受けの扉の裏側に貼っておきます。

オランダが決勝に進出することを、心から祈っています。

昭和四十九年　七月二日　板坂信次」

「うわあ！　板坂さんが、来て、ええ、言うてくれちょるぞ！」

「よっしゃあ！　あとは、オランダがブラジルに勝つん、祈るだけちゃ」

おれたちは有頂天になった。

「けんど、えらいことになったのう。オランダのブラジル戦が、板坂さんの恋の行方まで左右することになってしもうたっちゃ」

「板坂さんが好きな人って、どんな女の人やろうかのう。シンディ・ウッドみたいな人かのう」

「ゴロー、気になるのん、そこかい！」

おれたちはすぐに板坂さんへ速達のハガキを書いた。もしオランダが決勝戦に進んだら柳井までは自転車で行くことになったから到着時間はわからないが、必ず行くから板坂さんの都合のいい時間に鍵を郵便箱に入れておいてほしい。そう書いてポストに入れた。

いつもの踏切で、電車が交差する瞬間、おれたちは祈った。

「オランダが決勝の舞台に進みますように！」

「板坂さんの恋が、成就しますように！」

板坂さんに届けとばかりに、おれたちはまだ明るさの残る夏の空に向かって叫んだ。


七月四日、木曜日。

おれたちはこの日をなんとも言えぬ宙ぶらりんの気持ちで過ごした。

何しろ、オランダの試合は今日、四日の未明に終わっているのだ。なのに、結果を知ることのできない、このもどかしさ。

「ああ、辛いっちゃ。もう、試合は終わっとるのに」

おれたちは、屋上からはるか八千キロ先の西ドイツの方角を見つめて嘆き合った。

「なんとか、結果を知る方法は、ないもんかのう」

「何にも焦ることはないっちゃ」

サトルが冷静に言った。

「オランダが、勝ったに決まっちょるやろう。そう信じておれらはこれからの行動を計画通りに起こせばええだけっちゃ」

サトルの言葉にみんな、納得した。

そうだ。オランダは、きっと勝っている。

おれたちの「１００マイルの旅」まで、あと、三日。

「それより、みんな、親には言うたか？」

サトルがみんなの顔を見回した。

そうだった。前日に、おれたちは約束しあったのだった。

家に帰ったら、それぞれの親たちに、七日の旅の計画を告げよう、と。もちろん本当の目的は言わずに、この前打ち合わせしたように、山頭火の故郷を訪ねる自転車旅だと。

「ぺぺ、おまえんとこはどうや」

おれは昨日の父親と母親とのやりとりを答えた。

「防府まで自転車で行くのは、遠いやろ。やめときって、母ちゃんが言うんや」

「そうか」

「けど、いっぺん下関まで四人で自転車で行ったことあるって言うたら、父ちゃんは、帰りが遅うならんように気をつけて、途中であかんと思うたら無理せんと帰って来いって」

「ツヨシのとこは、どうや」

「防府までは九十キロぐらいやって。かなりキツいけど、頑張ったら自転車でも日帰りで行けんことはないやろうって。下関から防府の手前まで続く国道９号と国道１９０号は、普段は長距離のトラックが多いけえ危ないけど、日曜日は多少はマシやろう。それでも時間は余裕を見て、交通量も少ない早朝から出ろ。途中で水分と休憩時間も充分取れ。夜は危険やけえ日があるうちに距離を稼いで必ず帰って来いって」

「ツヨシの父ちゃんらしいアドバイスやな。父ちゃん、トラックの運転手やもんな。ゴローんとこは、どうや？」

「うちは……あかんって」

ゴローは言い淀んだ。

「父ちゃんが、絶対行くなって言うとる」

「なんでや？　やっぱり、自転車では、遠すぎるってか？」

「違う。そんなんやない」

「そしたら、なんや」

「台風が来とるって」

「台風？」

　ゴローは家から持ってきた四日の西日本新聞の朝刊を取り出して、天気予報欄を指差した。

「ここに、ほら」

　おれたちは額を寄せて天気図を覗き見る。日本列島の南の海、台湾と沖縄の間あたりに、たしかに渦がとぐろを巻いていた。台風８号、という文字が見えた。

　ツヨシが「概況」を読み上げる。

「五日は梅雨前線が南下して、台風８号が、東シナ海に入るので、次第に雨になる」

「台風８号？　台風が？　どこに？」

　みんなが口々に叫んだ。

「やけえ、東シナ海やって。父ちゃんが今朝、この天気図を睨んで言うには、このまま北に進んだら、五日夜から六日には、九州にかなり接近する」

「五日夜から六日に、九州にかなり接近？」

「七日はどうなるんや？　福岡と、山口は？」

「進路が東に寄ったら鹿児島か熊本、長崎に上陸しよる。そうなったら七日は、福岡、山口も、暴風雨」

「暴風雨!?」

　台風が、九州を目指して北上している。知らなかった。迂闊だった。今年に入って日本に接近した台風はまだひとつもなかった。そう。七月七日の天気など、一切考えないほど、おれたちは「能天気」だった。

「けど、速度と進路にもよるんじゃろう？　必ず福岡と山口に上陸して暴風雨になると決まったわけやないやろう」

　サトルが泣きそうな声で訴える。

「もちろん、あくまで父ちゃんの予想や。けど、父ちゃんは漁師やけえな。天候には人一倍敏感や。いつも父ちゃんの予想は当たるっちゃ。それに、最近は、夏になったら毎年のように大雨で被害が出とるやろう」

　その通りだった。おれたちが中一だった二年前の夏、宮崎と熊本で豪雨があって、福岡でも死者が出た。あれもたしか七月だった。それから去年の七月も「筑紫豪雨」と名付けられた風水害があって、福岡で多数の死者が出た。いずれも新聞に大きく載ったのでよく覚えている。

「今朝は、福岡でも霧が出とったやろ。前線の影響やって。父ちゃんが言うには、こんな時の台風は荒れる。危ないって」

　暴風雨。集中豪雨。

　予想もしなかった事態におれたちは戸惑った。

「祈り」の対象が、また一つ増えた。

　オランダの行方と、台風の行方だった。

「それで、サトル、おまえんとこはどうなんや？」

「うちの父ちゃんも、反対や。母ちゃんのこんな大変な時に、なんで行くんやって」

　どうやら、ゴローとサトルの親の風向きが悪いようだった。


　そして七月五日、金曜日の朝がやってきた。

おれはまだ夜の明けきらぬうちから、郵便ポストの前に立っていた。
道路の門の向こうから新聞配達のバイクの音が聞こえた。
「おお、おはようさん。早起きやなあ」
家の前に停まったバイクに乗る配達のお兄さんがいつもの陽気な声で挨拶した。
「お疲れさんです！」奪うように新聞を受け取った。
もちろん最初に開けたのはスポーツ面だ。
紙面の中央に、これまでよりも大きな活字の見出しが目に飛び込んだ。

オランダ―西独で　W杯サッカー決勝戦

第十回ワールドカップ・サッカー大会の王座はオランダと西ドイツの西欧同士で争われることになった。
三日、行われた二次リーグ4試合のうち、西ドイツ―ポーランドは押され気味の西ドイツが少ないチャンスを生かして後半30分、ミュラーが決勝ゴールをあげ1－0で勝ち、オランダ―ブラジルは荒い試合となったが、技術的に一日の長を示したオランダが2－0で押し切った。

オランダが勝った！　おれは記事を目で追った。

記事はその後、ワールドカップで三度目の決勝進出を果たした西ドイツ、初の決勝進出となったオランダだが、決勝戦はここまで安定した強さが目立ったオランダがわずかに優勢、との声が強い、と予想していた。

写真は一枚も載っていない。相変わらずのそっけない記事だったが、それで十分だった。

ついに、念願のオランダの決勝戦進出が現実のものとなった。これで、板坂さんの家で、ワールドカップの決勝戦が観られる。ヨハン・クライフの雄姿を、おれたちは生中継で観ることができるのだ。しかしおれの脳裏には、どす黒い暗雲が垂れ込めていた。

慌てて新聞の一面に戻った。

紙面の中央に、オランダの決勝戦進出を報じたものよりもはるかに大きな活字で、こんな見出しがあった。

大雨つれて北上
台風8号　沖縄では大荒れ

記事にはこう書かれていた。中心付近の最大風速四十メートルの台風8号はこのまま北上を続けると、今日、五日の正午には奄美(あまみ)大島の西三百キロの海上に達する見込みで、六日昼には五島列島と済州(さいしゅう)島を結ぶ線上に進む見込みだが、北東寄りに北上することも考えられ、最悪の場合は鹿児島湾への上陸の可能性もある。広い範囲に雨雲を持ち、梅雨前線を刺激して集中豪雨となりそうだという。

昨日、ゴローの父親が言ったとおりのことが書かれていた。

新聞の一面に載った台風8号の情報は、朝のＮＨＫのニュースでも報じていた。内容は新聞とほとんど同じだ。父親は朝食を食べながら、学校を出る前のおれに釘を刺した。

「でかい台風が来とるようやけえ、やっぱり日曜は防府に自転車で行くのはやめとけ」

おれの父親の風向きも変わってきた。

「いや、台風が福岡と山口に来るとは限らんけん」

「何を呑気なこと言うとるんや。この日曜日に行かんでも、夏休みに入ってから行ったらええ」

「山頭火の勉強が」

「そんなもんいつでもできるっちゃろ」

日を替えろ。親父の提案は真っ当だ。

大型台風を前に、山頭火も無力だった。

どうしようもないおれたちが、台風を前に立ちすくんでいた。

しかし、日を替えるわけにはいかない事情が「クライフ同盟」にはあるのだ。もちろん親はそんなことはつゆ知らない。

「とにかく、七月七日は、自転車で行くから」

おれは、親父の返事を待たず、トーストを口にくわえたまま、その場から逃げるようにして学校に向かった。


一時間目終わりの休み時間、おれたちはこのところいつも集まる屋上にいた。

曇り空で、今にも雨が降りそうだった。

おれはみんなに今朝の父親の態度変更を伝えた。

サトルの家でも親の態度がさらに硬化したと言う。

「親としては、台風が来とる中、九十キロもある防府まで自転車で行かせるわけにはいかん。防府に行くのは、夏休みに延期せえって」

ツヨシの父親も同様だという。雨の日は自転車を運転する時、しっかり前を見られないから事故が起こりやすい。風の日も自転車は簡単に煽られるから危険だ、ましてや暴風雨なら、死にに行くようなもんだ、と。

「ああ、せっかく、オランダが決勝戦に進んで、柳井の板坂さんとこまで行ったら生中継が観られるっちゅうのも、わかっとるのになあ」

ゴローが恨めしそうに空を見上げた。おれも空を見上げた。

鼠色の分厚い雲が頭上を覆い、地上に近いところだけがほのかに明るみを帯びていた。

湿り気を含んだ風が頬を撫ぜた。

おれは人生で、この時ほど恨めしい思いで空を見上げたことはなかった。

ポツンとゴローが呟いた。

「諦めるしか、ないんかなあ」

「自転車は諦めて、電車で行くのはどうや」

「暴風雨やったら電車も止まってしまうやろう」

たしかにその通りだった。おれたちはうなだれた。

「よし」

と、サトルが意を決したように立ち上がった。

「クライフ同盟として、方針を決めよう。天気予報が予想してるように台風８号の進路が東にカーブして、七月七日に福岡や山口が暴風雨になったら、今回の計画は、残念やけんど、諦めよう。けんど、諦めるんは、ギリギリ、最後の最後になってからや。行く準備は進めといて、七月七日の朝、台風が逸れて、雨と風の心配がなくなったら、その時は、決行や」

「雨と風の心配がなくなったらって、それ、誰が判断するんや」

「そこや」

サトルが続けた。

「決行するか、やめるのか。おれは、最終的には、ゴローとツヨシの父ちゃんの判断に従うのが、ええと思う。もちろん、それを無視して行くこともできる。けど今回は、親には、本当の理由を隠して行くっちゃ。せめて、行くときのゴーサインだけは、もらっときたい」

おれたちが親に嘘をついてまで柳井を目指す、ギリギリの良心。サトルの気持ちがよくわかった。

「なんでゴローとツヨシの父ちゃんの判断に従うんや？」

「ゴローの父ちゃんは漁師やから天候を読む目は確かやろう。ツヨシの父ちゃんも、長距離トラックの運転手やから、店をやってるおれとこやぺぺとこよりは、たしかな判断ができるやろう。二人がオーケーを出したらって言うたら、おれとこの親もぺぺとこの親も、納得すると思う」

二時間目の授業を知らせるチャイムが鳴った。

不吉なことを知らせる前兆のように、空からポツンと冷たいものが落ちてきて、おれの頬を濡らした。

その日のホームルームで、担任の安井先生が言った。

「みんな、明日は、学校に来る前に、天気予報に注意してね。午前七時の時点で、福岡県に暴風警報とか大雨警報とか、何らかの警報が出てれば、臨時休校とします。注意報の場合は平常授業ですが、十分に気をつけて学校に来てください。その後の状況によっては、短縮授業とする場合もあります。だからみんな、午前七時に、必ずテレビのニュースか177に電話して、天気予報を確認して」


その日、五日は金曜日で、夜は塾があった。台風が近づいているから休んでもいいのだろうが、おれは塾へ行くことにした。一人で家で過ごすのが不安だった。おれは塾へ行く前に両親に、日曜日の自転車旅は日曜の朝ギリギリまで待ってゴローとツヨシの父親の判断を仰ぎたい、と伝えた。おれの両親はそれで納得した。サトルの父親がそれで納得するかどうかはわからなかったが、サトルはなんとか今夜中に父を説得すると言った。

塾へはサトルもゴローもツヨシも来ていた。他の生徒たちはいつもの半分ぐらいだった。今夜、塾へ来ているやつはよほど勉強熱心か、おれたちのように家にいられない事情のあるやつのどちらかだろう。

柿沼先生が二次方程式を使って箱の容積を考える文章問題の解き方を説明していたが、おれたちはまったく気もそぞろだった。

「おい、ぺぺ、ツヨシ、ゴロー、サトル。おまえら、さっきから心ここにあらずで、ぼーっとしとるけど、どげんしたんや。なんか気になることでもあるんか」

　柿沼先生はさすがに鋭い。

「進路で、悩んどる、とか」

　あながち間違ってはいなかった。おれたちは台風8号の「進路」で頭がいっぱいだった。

　しかしもちろん、本当のことは言えなかった。

　おれは、曖昧にうなずいた。

「よし」

　柿沼先生は、握っていたマーカーをホワイトボードのトレイの上に置いた。

「授業に身が入らんなら、ちょっと一休み、しよか」

「先生、身の入らん奴らはほっといて、授業、進めてください」

　隣町の中学の、常富（つねとみ）という名の生徒が不満げな表情で文句を言った。それも無理はない。彼は県下一と言われる私立の進学校を目指している。中三の夏休み前。大事な時期だ。自分たち自身の進路のことをほとんど何も考えてないのに塾へ通っているおれたちの方がおかしいのだ。

「いや、休憩しよう」

　柿沼先生は言った。

「たまには、休むことも必要や」

　そこで両手を組んだ腕を突き上げて大きく伸びをして、あーっと間の抜けた声を出した。

「おまえらもやってみい。気持ちええぞ。大きい声出すのが肝心や。あーっ！」

　おれは先生の真似をして思い切り伸びをしながら大声を出した。

「あーっ！」

みんな続いた。

「あーっ！」

「あーっ！」

「あーっ！」

ツヨシとゴローとサトルと、そして他の生徒たちの間の抜けたあーっが、塾の教室に響き渡り、緩んだ空気が充満した。

「おお、ええ感じっちゃ」

柿沼先生が微笑んだ。

「ええこと、教えちゃろうか。かつて、日本のとあるえらい坊さんが、休憩することの大切さを歌に詠んどるぞ。こんな歌や」

柿沼先生は再びマーカーを手にとってホワイトボードに書き出した。

有漏路（うろじ）より
無漏路（むろじ）へかへる一休（ひとやす）み
雨ふらばふれ風ふかばふけ

「おい。常富。この有漏路と無漏路って、どういう意味や」

常富が憮然とした顔で答えた。

「わかりません。学校でも塾でも習ってません」

「たしかになあ。試験にも出よらんなあ。けんど、人生には、学校や塾で習うことより、ずっと大切なこともあるぞ」

そう言って柿沼先生は、黒のマーカーを赤のマーカーに持ち替えて、有漏路の横に「この世」、無漏路の横に「あの世」と書いた。

「有漏路というのは、煩悩に満ちた迷いの世界。囚われてる姿。つまり、この世や。無漏路というのは、雑念のない世界。悟りの姿。つまり、あの世や。そして、ここの、『一休み』ちゅうのが大事なとこや。つまり、人生というのは、『この世』から『あの世』に行くまでの、ほんの一休みの時間や、と、この坊さんは、言うとる。そうやとしたら、悩んだって仕方ないやろ。雨が降るなら降れ、風が吹くなら吹け。どーんと構えて生きたらええんや、と言うとるわけや。この歌を詠んだんはな、君らも知ってる有名な人や。この歌からのちに『一休禅師』と呼ばれるようになった、一休さんや」

「えっ？　あの一休さん？　絵本とかに出てくる？　とんちの？」

おれは素っ頓狂な声で訊いた。

「そう。あのとんちの一休さん。けど、この歌は、とんちやないぞ。人生の真理をついとる、と先生は思う。明日降るかもしれん雨や吹くかもしれん風のことを気にしたところで、どうにもならん。なるようにしかならんのやったら、どーんと構えとけ」

おれは柿沼先生に、今、心の中に渦巻く不安を見透かされているような気がした。

「けど、先生。雨が降らんように、祈ることはできるんと違いますか」

ツヨシが言った。

「たしかになあ。祈って、雨が降らんこともあるやろうなあ。けど、祈っても、雨が降ることもある。その時、どうする？」

ツヨシは黙った。

「先生は、こう思う。それもまた、一瞬の出来事や。降る雨も、いずれは晴れる。吹く風も、いずれは吹き止む。雨が降っても、顔を上げて生きろ。どんなに土砂降りでも、分厚い雨雲のずっと上空は、いつでも晴れとる。『信じて祈る』っていうのはな、雨雲の上には青空があるのを知っとる、ってことや」

その通りだと思った。

心の中を覆っていた分厚い雲が去って、心の隅から隅まで澄み渡って行くような気分になった。
おれは柿沼先生に感謝した。

「先生、こんなバカたち、相手にせんと、はよう授業始めてください」

常富が言った。

「おお、そうやなあ。今日は、台風が迫ってきとるみたいやから、帰る頃には雨が降るかもな。早めに授業を切り上げんとな」

そう言ってから、柿沼先生は続けた。

「授業を始める前に、もうひとつ、先生の好きな言葉を紹介させてくれ。こんな言葉や」

柿沼先生はまたマーカーを手にして、ホワイトボードに書いた。

馬鹿が最強のカードを引く

サトルが訊いた。

「誰の言葉ですか？」

柿沼先生が答えた。

「オランダの、古いことわざや。ブリューゲルっていう画家の絵に載っとる」

*

七月六日。土曜日。早朝五時。

おれは例によって早起きして朝刊の一面を覗き込んだ。

大きな活字が躍っている。

北西部を直撃の恐れ
台風８号　暴風圏、九州に接近

台風８号の予想進路図が載っていた。

沖縄のあたりに暴風雨圏を表す大きな丸があり、矢印が二本伸びている。

一本は、まっすぐ北上して、韓国の済州島を目指す矢印。

もう一本は、右にカーブして、九州本土を目指す矢印だった。

台風8号は五日の午後九時に鹿児島の南西沖にあり、速度をやや速めて北上している。今後、台風が最も東寄りに進んだ場合、今日の夕方から夜にかけて、九州北西部を直撃する恐れもあるとみている、と新聞に書かれていた。九州北部、つまりおれたちが住んでいる地域は、六日の昼前から風雨が強まる見通しだという。

午前七時。おれは安井先生に言われた通り、177で天気予報を確認した。

朝刊に載っていたのと同じような情報をアナウンスした後、九州各地の警報と注意報を伝えた。暴風波浪警報が長崎県と佐賀県、大雨波浪警報が宮崎県、波浪警報が熊本県と鹿児島県に出ていた。福岡県は、大雨洪水強風波浪注意報だった。

注意報だったので、おれは学校に行くことにした。

朝から風が強かった。登校途中、電柱に貼ってあった明日投票の参院選の候補者のポスターが強い風に吹き飛ばされて宙に舞い、候補者の看板が路上に転がった。道ゆく人々は髪を押さえながら歩いている。

休み時間に、おれはサトルに確認した。

「サトルの父ちゃん、明日のことは、納得してくれたか」

「ああ。なんとか説得したよ。あとはゴローとツヨシの父さんの判断に任せるって」

サトルの父さんが反対しているのには入院している母親のことがあったはずだが、とにかくサトルは父親を説得したようだ。

午前で授業が終わり、サッカー部の練習は台風で中止になった。

おれたちはいったん家に帰って、自転車でサトルの店に集合した。

それから、近所の岩崎自転車店に向かった。

「おお、四人、揃うて、どうしたっちゃ。台風で、今日はもう店仕舞いしようか、思うとったところや」

岩崎自転車店の主人が歯の欠けた口を開けて笑う。

「おっちゃん。店閉める前に、おれらの自転車、点検して。タイヤとブレーキ。それから、ライト。チェーンの油は、自分で差すわ。ゴム手袋、貸して」

「おいおい、台風が近づいとるちゅうのに、今からどこ行こうとしちょんか」

「今日でんなか。明日や」

「明日も雨や。風も強いぞ」

「雨ふらばふれ、風ふかばふけ」

「はあ？」

「一休み。一休み」

「さっきから何、言いよるんや」

主人がまた歯の欠けた口の中を見せた。風が強く吹いていた。

台風が、今後どう進むかは、誰にもわからない。

おれたちは、今、できることをやるだけだった。

家に帰ると、夕刊が届いていた。一面のトップだ。

台風8号　対馬海峡へ
今夜、高潮の恐れ
博多湾　有明海　九州北部では大雨か

予想進路図は、やはり朝刊と同じ二本の矢印があった。台風は、まだ方向を決めかねているようだ。記事によると台風が一番東寄りのコースを取った場合、六日夜半から七日早朝にかけて九州西北部に上陸する恐れがあるという。

依然として暴風雨となる可能性が残っていた。

最新の天気予報を聞こうと177にダイヤルを回した。

台風は依然強い勢力を保ちながら、やや速度を速めていると伝えた後、九州各地の警報と注意報を告げた。

夕方まで福岡県に出ていた大雨洪水強風波浪「注意報」は、暴風波浪「警報」に変わっていた。

横殴りの雨と強い風が部屋の窓ガラスを叩く。

しかし、おれの心は凪いでいた。

雨ふらばふれ、風ふかばふけ。

おれたちは翌日の朝を静かに待った。

12　馬鹿が最強のカードを引く

風の音で目が覚めた。

七月七日。朝五時過ぎ。窓には雨粒がだらだらと流れている。

雨が入り込むのもかまわず窓を開けた。

東の空は鈍色（にびいろ）の雲に覆われている。しかしその底はすでに白く輝いてセメント工場の影絵のようなシルエットを浮かび上がらせている。

おれは郵便受けに届いた西日本新聞の一面の見出しを見た。

台風8号、日本海へ
なお強い雨　勢力やや衰える

午前零時時点の台風の位置が載っていた。対馬海峡を通過して、朝鮮半島に差し掛かっている。北上か東へ寄るか、昨日までの天気予報は二つの進路を予想していたが、どうやらまっすぐ北上したようだ。台風直撃は避けられた！

一面の下の天気予報欄に目を移す。福岡と山口の「きょうの天気」だ。

福岡　雨のち曇時々晴
山口　雨のち曇

天気は回復傾向にある。「概況」にも後半は持ち直し、晴れ間が出るところもあるだろう、と書かれている。

新聞を持ったまま玄関の外に飛び出して空を見上げた。

雨がポツリポツリと顔に落ちる。風が頬を撫ぜるが、大したことはない。

サトルが駆けてやってくるのが見えた。

「新聞、見たか？」

おお、とうなずき、新聞を持ったまま、ゴローの家まで走った。

二人でゴローの玄関の戸をどんどんと叩く。

「ゴロー！　ぺぺとサトルや！　朝刊見たか？　開けてくれ！」

パジャマ姿のゴローが玄関先から飛び出してきた。

「朝刊見たか？」

「見たっちゃ！　台風、逸れて行きよった！」

「で、ゴローの父ちゃんは、なんて？」

そう言い終わらないうちに玄関の奥からゴローの父さんが顔を出した。

おれは一瞬、怯（ひる）んだ。ゴローの父さんは深海魚が陸に上がった時のようなギョロ目で、おっかないのだ。しかしおれは勇気を振り絞って、訊いた。

「新聞の天気図、見てくれましたか？」

「天気図なんぞ見んでも、空を見りゃあ、わかる」

そっけない返事だった。おれは畳み掛けた。

「お父さん、僕ら、どうしても、今日、自転車に乗って防府に行きたいんです。台風は、九州を通らんと北上した、いうて書いてあります。山口は、雨から曇りの予報やけえ」

ゴローの父さんは、腕を組んでしばらく目をつむり、黙ったままだ。

そして、大きな目を見開いた。やっぱりおっかない顔だ。

「自転車で、防府までか」

はい、とおれはうなずいた。本当は柳井まで百六十キロ。嘘をついていることにおれはまた心がチクリと痛んだ。

「防府はのう、若い頃、沖で漁しとったときに、船から見えとった」

優しい声だった。

「そげなですか」

ゴローの父さんが、何度も深くうなずいた。

「海からまっすぐやったら、陸伝いで行くよりもずっと近い距離やけえな。沖に出たら、よけい近くに見えよった。わしがまだ中学ぐらいの頃やったかな。おまえのじいちゃんと一緒に漁で沖に出たときに、じいちゃん、わしに言いよったんや。若い頃、向こうに見えとる防府まで、よう船で行きよったって。周防灘を船で渡ってな。中関、いうとこには、芝居小屋やらなんやらがぎょうさんあって、よう遊びに行ったって。おまえらが防府に行くっちゅう話を聞いて、そんなことを思い出したっちゃ」

中関。知っている。サトルの母さんの故郷だ。

ゴローの父さんは上がり框(がまち)をおりて下駄を引っ掛け、玄関を出た。おれたちは後を追う。ゴローの父さんは道路の中央に立ち、空を仰いでカッと目を見開いた。

そして、目を瞑る。見えない風を読んでいるようだった。

そして静かに目を開けた。

「もう雨は一時間か二時間で、止みよるやろう。風は、もうちいと吹きよろうが、北向きの風や。北へ向かうなら追い風や。行くなら早うに出た方がええにはええが、雨が、もうちいと収まるまで待って、それから行ってこい」

「はい!」おれとサトルは深々と頭を下げた。

「父ちゃん、ありがとう!」ゴローも頭を下げた。

「ただ、ひとつ、約束せい」

おれとサトルとゴローは緊張した。約束、とは、何だろうか。

「帰りは、電車で帰ってこい」

ゴローの父さんはそう言った。

「自転車は、どこでもええから預かってもろうて、帰りは必ず、電車で帰ってこい」

深海魚みたいなギョロ目でおれたちを睨みつける。

「自転車で防府までなら、半日もありゃあ、なんとか走りきれるやろう。けんど往復となったら、倍じゃ。えらいきつかろうもん。夏至過ぎたばっかりやけえ、日が長い、ちゅうても、夜八時過ぎたら、暗うなる。おそらく帰りきれんやろう。ええか。必ず帰りは電車で帰ってこい」

「はい！　帰りは必ず、電車で帰ります！」

サトルが大声で返事した。

三人は深くお辞儀をして、その足で、ツヨシの家へ向かった。

「おい、サトル。あんなこと、約束してええんか」

ゴローが心配そうな顔でサトルに訊く。

「おれら、柳井まで……」

「おう、柳井まで行く」

「それやったら、あんな嘘……」

「嘘やないっちゃ」サトルは涼しい顔で言った。

「柳井で一泊して、帰りは電車で帰る。そう決めたやろう？　ゴローの父ちゃんの言う通りちゃ。一泊する、とは、言うてないだけちゃ」

ツヨシは玄関先で待っていた。

「ツヨシ！　新聞の天気予報、見たか！」

「おう、見たちゃ！　見たちゃ」

「それで、ツヨシの、父ちゃんは？」

「奥で寝とるよ」

「寝とる？　起こさんか。今日行ってええか、の返事、もらわんと」

「行ってこいって。それだけ言うて、また布団に入ったわ」

「ほんとか？」

「ただし、無理すんなって。途中でいけんと思うたら、そこから電車に乗って帰ってこいって」

ゴローの父さんと同じ忠告だった。

「よっしゃあ！」

おれたちは拳を突き上げた。

「今、何時や？」

「朝、五時半」

「よし。たしかにまだちぃと雨が降っとるし、ゴローの父ちゃんの言いよること聞いて、待とう」

サトルが言った。

「それで朝、七時に、おれの店の前に集合して、出発せんね！　おれとペペは、さっきのゴローとツヨシの父ちゃんに言われた言葉を伝えて、許可をもらうこと。必ず帰りは、電車で帰る。それだけ伝えてな。ええな。ツヨシ、そしたら、またあとで」

それぞれの家に帰ろうとする三人を、ツヨシが呼び止めた。

「ちぃと待ってくれや。おまえらに、見せたいもんがあるっちゃ。こっち来てくれ」

ツヨシは父のトラックが置いてある脇の、トタン屋根のボロ小屋の戸を開けた。

そこにあったのは、車体の全部、隅から隅までがオレンジ色に塗られた、ツヨシの自転車だった。

「なんや！　これ！」

「昨日の夜な、明日、台風が逸れますようにって、願掛けながら、塗ったんちゃ。塗装屋でオレンジ色のペンキ、買うてな」

　ツヨシは笑った。

「おれがペンキ塗りよるとこ見て、父ちゃんは呆れとった。けどそれで、行かせる気になったみたいや」

　ツヨシの笑顔もオレンジ色に染まっている。おれにはそう見えた。

「ペンキも、ちょうど乾きよった」

　おれは一昨日の夜、塾で柿沼先生がホワイトボードに書いた言葉を思い出していた。

馬鹿が最強のカードを引く

　朝七時。サトルの店の前に、三台のスーパー自転車と一台のオレンジ色の自転車が集合した。ツヨシの自転車はまだペンキ臭かった。

「父ちゃんのオーケー出たぞ」サトルが言った。「うちも同じや」おれは答えた。

　台風が逸れたのと、帰りは必ず電車で帰る。その一言が、効いたみたいだ。

　防府のずっと先まで行って泊まることを親に伝えていないことに、おれの心はチクチク痛んだ。しかしおれたちにとって何よりも大事だったのは、「出発する」ということだった。

「ようし！　クライフ同盟、出発や！」

　四人が鳴らした自転車のベルが曇天を突き破る。

　ペダルを思い切り踏んだ。

見慣れた町の風景が動く。変則ギアのシフトレバーに手を掛ける。走り始めは軽めのギアポジションを取る。すぐにスピードに乗ってきた。ギアを重くする。グンとスピードが上がる。風が背中を押す。

時速は十五キロぐらいだろうか。

実のところ、まだ走り出したばかりだし、もう少し飛ばそうと思えば飛ばせた。しかし、百六十キロの長丁場だ。あまり飛ばしすぎると途中でバテる。変速ギアのないツヨシの自転車が遅れることも考えねばならない。

時速十五キロをキープすれば、途中二時間休憩を入れたとしても、柳井まで百六十キロなら、およそ十三時間。夜の八時には着く計算だ。四時間の余裕がある。馬鹿は馬鹿なりに計算したのだ。

「このペース、キープや。ツヨシ、遅れんなよ！」

「おう！」

おれたちは国道10号をひた走った。空はさらに明るさを増していた。雨はすでに止んでいるが、風は強い。銀杏(いちょう)の街路樹が揺れる。

右手にセメント工場と城址が見えてきた。お椀をひっくり返したような山のてっぺんに「草むらの学校」の木々が見える。

あっという間に我が町を出て、「北九州市」の道路標識が見えてくる。

二十分ほどで、県道25号線に入った。右手に田園風景が広がる。この県道25号線をひた走れば、関門海峡のある門司(もじ)に着く。今年二月に下関まで行った自転車旅で確認済みだ。二月には途中の山越えの手前でツヨシの自転車が大きく遅れた。それでも、下関までは二時間半でたどり着いた。あの山さえ越えて関門海峡に出れば、その後はずっと平坦な海沿いの道が続くはずだ。

「ツヨシ！　無理すんな。力、溜めとけ」

「おう！」

チラと振り返る。懸命にペダルを踏んでいるツヨシの顔が見えた。

腕時計を持っているのはゴローだけだった。

「ゴロー、いま、何時や？」

「八時！」

「おお、一時間走ったか！」

「快調！　快調！　ツヨシもついてきちょる！」

すでに自転車は「門司区」に入っていた。行く手に大きな山が見えてきた。標高は五百メートルはあるだろうか。その手前から、しばらくゆるい上り坂が続いている。この山の脇を貫くトンネルを三つ越えれば、門司の街だ。

ひとつめのトンネルに差し掛かる手前だった。「猿喰（さるはみ）」というおどろおどろしい道路標識のある四つ辻で、先頭を走っていたサトルの自転車が止まった。

「どうしたんや？　サトル」

「山を越えて行くよりも、海沿いを走った方がええんと違うか。ちょっと遠回りかもしれんけど、その方が道が平坦やし、早いような気がする」

「ツヨシ、地図！　地図！」

ツヨシがリュックの中から帝国書院の地図帳を取り出して開けた。

九州地方の北部が載ったページだ。おれたちは門司のあたりに目をこらす。

地図で見るとよくわかる。門司は周防灘に突き出た、半島の街だ。

その半島の先端に、関門海峡がある。

おれたちは今、半島の東側にいる。

関門海峡に出るためには、半島の中央に横たわる山を越え、西側の門司の市街地に出なければならない。

半島の中央は薄い黄色に塗られている。

「たしかにこの半島、真ん中が黄色いけど、周防灘の海沿いは緑や。平地ってことや」

「けど、道路は描いてないやないか」

「描いてのうても、道はあるやろ」

地図の縮尺は七十五万分の一で、道路地図として使うにはざっくりすぎた。学校で使う帝国書院の地図しか持ってこなかった迂闊さに、その時おれたちは初めて気づいた。

「もっと詳しい地図は載ってないんか」

ツヨシはページを繰った。

「あった！　北九州付近って書いてある！」

「おお！　さすがは北九州工業地帯！」

その地図は二十万分の一だった。

さっきの地図よりかなり詳しい。が、悲しいかな、関門海峡の西側、つまり、山を越えた半島の西側しか載っていなかった。おれたちの知りたい半島の東側がぷっつり切れていた。工業地帯としては戸畑や若松区のある西側の方がはるかに栄えていて、地図にとっても重要なのだろう。

果たして、海沿いに道はあるのか、ないのか。

「地元の人に訊いたらええっちゃ」

ツヨシが至極当然の意見を出した。まったくその通りだった。

目の前に喫茶店があった。「喫茶猿喰」という看板がかかっていた。茶色いエプロンをつけた店主らしき人が看板を出しているところだ。おどろおどろしい名前に一瞬ひるんだが、おれたちは駆け寄った。名前とは裏腹に、店主は猿というよりも犬のポチのような優しい顔をしていた。

「すみません！　この先の山越えのトンネル、通らんと、周防灘沿いにずっと行けば、関門海峡に出ますか？」

「ああ、出るんやないかな」

「喫茶猿喰」の店主はいともあっさり言った。

「けんど、だいぶ遠回りになるけんのお」

「関門海峡まで、何キロぐらいですか？」

「山越えたら、五キロぐらいやけんど、海沿い走りよったら、十キロ近うはあろうもん。それでもええ、言うんなら、この先のトンネル越えて、右に行きゃあ、港に出よるわ。そこから海に沿って行きゃあ、ええわ」

「道は、平坦ですか？」

「ああ。海沿いの道やけえな」

人生は岐路の連続だ。

五キロの峠越え。十キロの平坦な道。どっちを選ぶ？

「おれ、山越えでも、頑張るって」

ツヨシがうつむいていた顔を上げて言った。

サトルが答えた。

「十キロって、自転車で走ったら、四十分や。山を越えても途中で自転車引きずって歩くんなら、大して時間は変わらんはずや。体力も温存できる。海沿いを行こう」

おれとゴローが同意した。

ツヨシが嘆いた。

「ごめんなあ。気いつかわせて。おれの兄貴の、あの懸賞小説の発表がもっと早うにあったら、おれの自転車も」

「兄貴、入選する前提かい！」

みんなが笑った。

「言うな、言うな。海、見ながら、気楽に走ったらええっちゃ」

「おれも、海が見たいっちゃ」

サトルの言葉に将来船乗りになるというゴローが応えた。

サトルは最近テレビで覚えたのだろう、妙におどけた関西弁で気合いを入れた。

「さあ、行くでえ！」

「喫茶猿喰」の店主に教えてもらった通り、トンネルを越えた先を右に曲がると川沿いの道に出た。

ナツアカネが群舞している。セミの鳴き声も聞こえてきた。まっすぐ行くと、港に出た。船が何隻か泊まっているだけの小さな港だ。

港の前の道は、脇の小さな林の中に続いていた。林の中を五分ほど走ると、急に風景が開け、大きな海が眼前に広がった。

「おお！」

四人は思わず声をあげた。

「草むらの学校」から見えていた小野田の工場群が、いつも見ている時よりも海を挟んでずっと近くにある。宇部の橙と白の煙突も大きく見える。

「小野田、あんなすぐそこにあるやないか」

一時間と少し走っただけで、山口県がこんなに近くに見えたことにおれたちは昂った。

自転車を停めてその風景に見とれていると、

「おまえら、自転車で、どこまで行きよるんな」

向かいからやってきたオート三輪の窓からハチマキを巻いた男が顔を出して話しかけてきた。地元の漁師さんだろう。顔と腕はずいぶんと日に焼けている。

「ここから海沿いの道をまっすぐ行って、関門海峡まで行くんです」

「関門海峡？」

ハチマキの男が素っ頓狂な声を出した。

「やったら、引き返せ」

「なんで、ですか？　行けんのですか」

「ずっと途中までは行けるけんどよ。関門海峡のちょうど手前で、いま、コンテナターミナルの造成工事しとるけえ、通行止めじゃ」

「えっ？　通行止め？」

おれたちは海岸線を見渡した。道ははるか先まで続いているように見える。

「あの岬の、ずっと先よ。この辺はのどかなとこじゃったけどのお、だんだん変わりよるよ」

「その通行止めの手前ぐらいで、抜け道はないですか？」

サトルが訊いた。

「あるにはあるけえよ、結局、かなりな峠を越える山道やけえ、ここから引き返してそこの山、越える方が、はるかに楽で、早いわ。悪いことは言わんで、戻った方がええ」

「ありがとうございます」

気いつけて行けよ、とオート三輪の男は白い歯を見せて走り去った。

おれたちは来た道を引き返した。

危ないところだった。結局、往復で四キロほどをロスしたが、もしそのまま通行止めを知らずに関門海峡の手前まで行っていれば、引き返すにせよ、峠を越えるにせよ、もっと大幅に距離と時間と体力を失ったはずだった。

山越えの道は、二つの暗いトンネルが相変わらずおっかなかったが、二月に一度走っていることもあって、あの時よりも楽だった。心配なのはツヨシだったが、途中で若干は遅れはしたものの、一度も自転車から降りずに走り抜いた。

三つ目のトンネルを抜けると、眼下に門司の街が見えてくる。

長い坂を下りる。左に紫陽花（あじさい）の咲く単線の貨物線路、右に古い倉庫が連なる道をくねくねと走り、貨物線路を越えるとやがて大きな橋が姿を見せる。

去年出来たばかりの関門橋だ。門司の山と下関の山をつないでいる。関門海峡が目の前に見えてきた。

海の底を貫通している関門トンネルをくぐった先に、下関がある。

関門トンネルの人道の入り口は、海峡に面した和布刈（めかり）神社の鳥居の前にあった。

「ゴロー、何時や？」

「九時十分」

「おう、だいたい二時間やったら、二月に来た時とそう変わらんやないか。遠回りした割には、悪うはない」

「ツヨシ、よう頑張ったな」

サトルがツヨシの肩を叩く。

「おれな、毎朝、坂道、練習、したんや」

「おう、言うてたな。ほんとにやっちょったんか」

「城跡越えて、北九州市に入ったらすぐに、わりと長い坂、あるやろ。あそこまで行って、毎日な」

わずか六日ばかりの練習で、どれだけの効果があったかはわからない。しかしおれはツヨシの努力に心底敬服した。

四人は自転車を降り、エレベーターで関門トンネルの人道がある地下まで降りる。前に来た時にもそう感じたが、海の底に到着するまでが結構長い。扉が開くと、ちょっとした広いスペースがあり、その傍からまっすぐな道が目の前に延びている。幅は三メートルほどだろう。青い天井と、壁の下の部分も白から青へのグラデーションに塗られていて、海底にいる気分になる。と言うか、実際におれたちは海底にいるのだった。今、おれたちの頭の上に巨大なタンカーなんかが行き来しているのだと思うと不思議な気分になる。壁のところどころに手描き感満載の魚の絵が描かれているのはご愛嬌だ。床に大きく「下関」と矢印が書かれた右側を、一列になって歩く。

トンネルの中では自転車は押して歩かねばならない規則だが、十五分も歩けば下関側にたどり着く。ちょうど中ほどに、福岡県と山口県と書かれて、その間に線が引いてある。

海底の県境だ。

「さらば福岡！　おいでませ山口！」

ゴローがおどけて言った。

まっすぐなトンネルの突き当たりが見えてきた頃、最後尾のツヨシが遅れだした。

サトルが声をかける。

「おい、ツヨシ、何を遅れとるんや。ただ自転車押して、歩いとるだけやろう。あの山越えでも、遅れんかったのに」

「ええから、先に行ってくれ」

一足先に到着した三人が、ツヨシを待つ。

どうしたのだろうか。あの山越えで頑張りすぎた疲れか、足に痛みが出たのだろうか。不安になった。

一足先についで待っていると、遅れたツヨシがようやくやってきた。

ツヨシは、下関側のゴールラインを越える瞬間、トンネル中に響くほどのでかい声で叫んだ。

「到達！　１４１４！」

「なんや？　１４１４て？」

「ちょうど、歩数が、１４１４歩！」

「ツヨシ、そんなん数えて、それで遅れとったんか！」

ツヨシはゴールまでの歩数がちょうど１４１４歩になるように、ゆっくり調整して歩いていたのだ。

「クライフナンバー！」

「１４１４！」

おれたちも叫んだ。

ツヨシの１４１４歩目に、下関への出口があった。

四人と四台の自転車がエレベーターに乗って地上に上がる。

出口においてある箱に通行料二十円を入れる。

目の前は国道９号だ。

そのずっとずっとずっと先に、柳井の街が、ある。

国道９号は周防灘の海岸線に沿って延びていた。

走ってきたばかりの門司の街が海峡の向こうに見える。

路肩のほとんどない道で、海の反対側は崖が続く。海沿いの山の脇を切り開いて道を作ったのだろう。おれたちの脇を車がビュンビュンかすめて走る。大型トラックが派手にクラクションを鳴らして通り過ぎていく。風に煽られてふらついたりしては大変だ。海を眺めて走るなんて余裕もない。いつまでこんな危険な道路が続くんだろうとうんざりしてきた頃、ようやく左側に街が開けて路肩も広がった。

マリンセンターという看板が出ている建物の手前から国道9号は海沿いを離れ、気がつくと海が見えていた風景はいくつもの工場が立ち並ぶ殺風景なものになった。道は国鉄の山陽本線の線路を越えて街の中に入っていく。国道の道路標識は9号から2号に名前を変えていた。

ここは古い街道だったようで、道の両脇には手入れの行き届いた生垣のある民家や何十年もそこにあるような古い商店がところどころに残っている。江戸時代、いや、もっと昔から、人々はこの道を往来したに違いない。

ベトナムから長崎にやってきて、江戸まで運ばれたというゾウの話を聞いたことがある。あのゾウも、きっとこの道を通ったのだろう。

昔の人々は、何を目指して、この道を歩いていたのだろうか。

今、ここにあるものを、ないところに届けるために。

今、ここにないものを、あるところに求めるために。

おれたちの旅もまた、そんな旅だった。

「おーい！　ちょっと待っちくれ！」

小さな橋の前で、ゴローが叫んだ。

「おしっこ、おしっこ」

「おれもガマンしてたんや」

橋のたもとに自転車を止め、堤防で連れションした。

四つの放物線が斜面の夏草を濡らした。

トンボが目の前をかすめる。水面でぽちゃんと音を立てて魚が跳ねた。

「ええ川やなあ」

サトルがつぶやいた。

上流の山影から、川をまたぐようにして、大きな虹が出ていた。

放物線は五つになった。

台風の後には虹が見える。

どうやら台風は完全に過ぎ去ったようだ。

麦わら帽子をかぶって虫取り網を手に持った子供が通りかかった。

サトルが訊いた。

「ねえ。この川、なんていう川？」

「カンダガワ」

「えっ？」

よく見ると、橋の欄干には「神田川」と書かれている。

南こうせつとかぐや姫というグループが去年歌って大ヒットを飛ばしたフォークソングは、おれたちにとっては特別な愛唱歌だった。その「神田川」に、こんなところで出会うなんて。

ツヨシが子供に訊いた。

「この辺に、横丁の風呂屋、ある？」

「あるよ。お風呂屋さん」

子供が今おれたちが来た方向を指差した。

「そうか。そしたら、ぼくに、ええこと教えちゃろう」

ツヨシが子供の頭を撫ぜながら、言った。

「下駄箱の番号は、今日から、14番を使うこと」

「なんで？」

「きっとええこと、あろうもん」

おれたちは再びペダルを漕いだ。

「神田川」を口ずさみながら。

「若かった、あの頃、何も恐くなかった」

まだ十分に若いおれたちもまた、何も恐くなかった。

古い街道を一時間以上は走っただろうか。巨大な丸太を何十本と並べた材木屋をいくつか通り過ぎて、神田川よりもはるかに広い川に架かった橋を渡ると、街道は再び山陽本線を越える。海上自衛隊の航空基地に突き当たった。

広大な敷地が途切れると、信号の手前に道路標識があった。

「山陽町」と書かれている。

ついに下関を走破して山口県の二つ目の町に入ったのだ。

国道はいつの間にか190号の表示になっている。

さらに「宇部24キロ」とあった。

「おお！　宇部まで二十四キロ！」

いつも「草むらの学校」から見えていた、あの宇部につながっている、ということは、この190号をひたすらまっすぐ行けば、やがて防府、そして柳井に着くはずだ。

右手の風景は一面の田んぼに変わっていた。鏡のような水面が朝の光を反射してきらきらと輝いている。田んぼの向こうに、長い防波堤が見えた。

国道は再び海沿いに戻った。

大きな交差点があった。あの交差点を右に曲がれば、海に突き当たるはずだ。

自慢のフラッシャーウインカーを右に出した。

眼前に水平線と島影が飛び込んできた。

百メートルも行くとそこはもう防波堤で、小さな防潮水門の傍らに、人一人が入れるほどの隙間が開いていた。

水門の前で自転車を止め、防波堤の隙間に身体を入れた。

無数に置かれた消波ブロックを踏み越えて、波打ち際に出た。

息をのんだ。

百八十度に広がる海の、右手の方向に、小さく関門海峡と関門橋が見えたのだ。

そう。それは「はるか向こう」に見えた。

望遠鏡を逆さから見たときの風景みたいに、ずっと遠くに、小さく見えた。

「おれら、あんな遠いとこから、ここまで走ってきたんか」

関門橋に連なるように、門司の山々も見える。

海岸線に小さく白く見えるのは、門司の港町だろう。

そこには、朝、おれたちが迷いこんだあの港もあるはずだ。

「おれらの町はどこや」

ゴローがつぶやく。

じっと目を凝らし、門司の海岸線を南に辿る。

しかし海岸線は途中で門司の半島に隠れて切れていた。あの半島のずっと向こうに、おれたちの町があるはずだった。

「ここまで、何キロぐらい走ってきたんかな?」

ツヨシは帝国書院の地図を引っ張り出す。

「ううーん、だいたい、四十キロか、五十キロぐらいやないかなあ」

「大ざっぱやなあ」

「そげな言うても、この地図、下関の東は、小野田しか書いとらんちゃ。下関からは二十キロほど走ったことになるんやないかのう」

「ゴロー、今、何時?」

「十時半過ぎや」

「三時間半走ったんか。それで四、五十キロ。ちゅうことは、もう、四分の一は、来たことになるっちゃ。順調、順調」

「ちょろいちょろい」

「これやったら、やっぱり夜八時か九時ぐらいには、柳井に着きそうっちゃ」

「ツヨシ、足は大丈夫か」

「全然大丈夫」

「ケツは痛うないか」

「ケツはちょっと痛い」

ツヨシが笑ったので、みんな笑った。

「ようし、行くでえ！」

「ちょっと待ってくれ」

「どうしたんや、ゴロー。またションベンか」

「いや、ションベンさっきしたとこやないか。そうやない」

「そしたらなんや？」

「ここは、山陽町やろう？」

「そうや。さっき、山陽町に入ったばっかりや」

「もうちょっと行ったら小野田やな」

「そうや。それがどうしたっちゃ」

「おれらの町から、小野田の街が見えちょったよな」

小野田は、城址の頂上から眺めた周防灘の向こうの海岸線で、一番はっきりと見えていた。おれたちはうなずいた。

「そうや。小野田の工場群や」

「そうやろ。つまりな、小野田の海沿いの工場地帯まで行ったら、そこからおれらの町が見える、ちゅうことや」

おれはなんとなく、ゴローの言いたいことがわかった。

「みんな、見たないか？　おれらがいつも見てたあの小野田の工場の海から、おれらの町が、どんなふうに見えるんか」

頭の中に、「草むらの学校」でいつも眺めていた小野田の光景が蘇った。

それは、現実のようでいて、現実でないような、なんと言ったらいいのか、この世でないところから、この世を眺めているような、いや、この世から、この世でないところを眺めているような、そんな不思議な風景だった。

あの小野田の工場の海岸から、おれたちの町は、どう見えるのか。

それは、とてつもなく魅力的な問いだった。

「見たい！」おれは叫んだ。

「けど……」

サトルが、何か言いかけたが、結局口をつぐんだ。

「サトル、どげんしたんや？」

「いや、なんでもないっちゃ。行こう」

門司でのこともあり、国道を外れてやみくもに海岸線を走るのは危険だと考えて、まずは宇部まで続いているという国道１９０号をまっすぐ走って小野田の街中に出ることを目指した。大きな川を渡ると小野田市の標識が見え、三十分ほども走ると国鉄の小野田駅の前に出た。

駅前に停まっていたバスの運転手が、バスから降りてタバコをふかしていたので訊いてみた。

「すみません。ここから、小野田の工場の近くの海岸は、近いですか？」

「工場の海岸？　ああ、セメント町の、向こうなあ」

「セメント町？」

「ああ、セメント工場ばっかり集まっちょるけえ、あの辺は、セメント町ちゅうんよ。ちゃんとした町の名前じゃ」

「僕たちもセメントの町から来たんです」

「ほう。宇部か？」

「いや、北九州です」

「北九州から？　自転車でか」

「はい」

「なんしに？」

「小野田の海岸から、おれらの町を見たいんです」

バスの運転手は短くなったタバコを道に投げ、呆れたような顔で言った。

「長いこと、ここで運転手しよるけど、おまえらみたいなこと言うてこの街に来た人には、初めて会うたよ」

「それで、ここから海まで、どれぐらいですか？」

「八キロぐらいじゃのう」

八キロ。

「その海から、あの、防府とかまで海沿いに行けますか」

「いやあ、あの向こうの海岸線は全部工場やから、海沿いに道なんかないぞ。防府まで行くんじゃったら、いっぺん、そこの190号線まで戻らんと」

ということは、小野田の海に向かうとすれば、往復で十六キロ、時間にして一時間はロスになる。

それでも、まだ余裕がある。

ゴローはバスの運転手に訊いた。

「どうやって行ったら、海が見えますか」

「道は見やすいいね。ここをまっすぐ南へ行きゃあ、大きい橋があるけん、それを渡って、電車の線路沿いにずっと行きゃあ、セメント町いね。そこからまだまっすぐ行ってから、踏切を越えて『西ノ浜』の交差点を、右に行きゃあ、海辺に出る」

ずっとずっとまっすぐ行って、踏切を越えて、右。おれは頭に叩き込んだ。

「ありがとうございます！」

ペダルを漕ごうとしたおれたちを、バスの運転手が呼び止めた。

「おまえら、小野田から、次はどこへ行くんかね？　防府か？」

「えっと、もっとずっと、東です」

運転手は大仰に両眉を上げた。

「そねえな長距離の自転車旅じゃったら、燃料切らしちゃあいけんよ」

「燃料は自転車なんで要りません」

「その燃料じゃないいね。ちょっと待っちょけ」

そう言って、運転手は土産物屋に入り、すぐに手に何かの包みを持って戻ってきた。

「ほれ。ようけあるけえ、みんなで分けぇ。スタミナ切れてえろうなったら、口に入れぇ。そんな時は甘いもんが一番じゃ。腹持ちも、ええ」

「何ですか？　これ」

「せめんだる、じゃ」

「せめんだる？」

「小野田の名物の和菓子じゃ。まあ、もなかのようなもんじゃけぇ。セメント樽の形をしとるやろう。そんで、せめんだる、じゃ」

そんな和菓子があるなんて。小野田のセメントへの偏愛ぶりは筋ガネ入りだ。

「僕らの町の和菓子屋にも作るように言うときます」

運転手は顔をくしゃっとして笑った。

「そんなんはええけえ。気いつけて行っといで」

そう言い残して、運転手はバスに戻った。

おれたちは南を目指した。

バスの運転手が言った通り、大きな橋があった。

橋の上から目に飛び込んできた風景に、思わず声をあげた。

「うわあ、セメント工場っちゃ！」

おれたちの町にあるのとまったく同じセメント工場が、川の向こうに見えた。

赤茶けた太いパイプが生き物のように複雑に絡み合ったその姿に、まるで自分の町に帰って来たような懐かしさがこみ上げてきた。

おれは、ふっと麻生不二絵のことを思い出した。セメント工場の、あの夜のことを。

山陽本線に乗って東を目指した彼女も、電車でこの街を通過したはずだった。その車窓から、このセメント工場は見えただろうか。

もし見えたのなら、その時彼女は、何を思っただろうか。

橋を渡って南に進み、工場に近い道を走る。セメント工場の巨大な威容がより大きく視界に入る。

「セメント町踏切」と書かれた踏切を横目に進み、もう一つ先の踏切を渡る。

少し行くと、「西ノ浜」という交差点に出た。海は右側だ。

大きな工場がまた一つあって、敷地沿いに走ると、眼前にさっと海がひらけた。

「おお！　ここや！」

おれたちは自転車を停め、海に駆け寄った。

そこはまさに絶景だった。

周防灘が一望のもとに見えていた。

右手には関門海峡と関門橋が、さっきの海岸で見た時よりも、ずっと小さく見える。

明るさを取り戻した空を縫うようにして、九州のいくつもの山塊が稜線を縁取っていた。

関門海峡と関門橋のすぐ左にいくつかの低い山が連なり、さらに続く二つの高い山が、おれたちが朝、三つのトンネルを越えてきた半島の山だろう。その裾野が門司の東側の海岸の街だ。

山陽町に入ったばかりの海岸からは、そこまでしか見えなかった。

しかし、いま、海岸線と山稜は、入り組みながら、はるか先まで続いていた。

ずっと南に薄く見える山塊は、大分の山々に違いない。

おれたちは目を凝らす。

門司の半島の山々からやや離れた南に、門司の山々よりも高い頂が三つ、重なるように連なっていた。

「ツヨシ、地図、地図」

ツヨシは地図帳を取り出した。「九州北部」のページを開ける。

門司の半島の南に、三つの山の名前が記されていた。

ずっと奥に見えるのが、福智山（ふくちやま）、竜ヶ鼻（りゅうがはな）。その手前に記されているのが、貫山（ぬきさん）。

「貫山！　おれたちの町の山や！」

地図から顔を上げて周防灘の向こうを見る。

三つ重なって並ぶ山々の、一番手前。

南側がなだらかで、北側にクッと落ちる特徴のある山稜は、おれたちが見慣れたものだ。その山裾の海岸線に目を凝らした。

ほんのうっすらと、そこだけ白い海岸線が見える。

あの「白」は、山肌を削って見える石灰岩の白に違いない。セメント工場らしき建物もかすかに見える。その傍らにニキビのようにぷっくら膨れているのは、松山城址ではないか。

「おお、あそこが、おれたちの町っちゃ！」

ゴローが叫んだ。

いつもおれたちが「草むらの学校」から眺めていた街から、今、おれたちは自分の町を眺めているのだった。

「ちっぽけな、町やなあ」

ゴローが右の親指と人差し指で町を挟む仕草を見せ、ボソッとつぶやいた。

指で挟めばほんの二、三センチ程度の小さな世界の中の、さらに小さなサトルの店先で、「草むらの学校」で、おれたちは毎日、世界を「夢想」していたのだった。

「あんなとこから、ここまで、自転車で来たんか」

サトルがつぶやいた。四人は誰からともなくため息をついた。

おれたちが辿ってきた道。おれたちが、自分の足でペダルを漕いできた道。

誰がなんと言おうと、今それだけがこの世界の中の「たしかなこと」として、眼の前にあった。

その輪郭を抱き込むようにして、湖のように静かにきらめく海の波間に誇りたい気分だった。

「何キロぐらいやろう」

ツヨシが地図上の縮尺を指で測った。

「六十キロぐらいやないっちゃかな」

とすれば、柳井までは、あと百キロ。

自分たちの立つ海岸線から東を目でたどった。

海岸線は岬となって、その先は見えない。

柳井はあの岬の、はるかずっとずっと先のはずだった。

「草むらの学校」からいつも見ていた宇部のオレンジと白の縞模様の煙突が二本、すぐそこに見えていた。

「ゴロー、今、何時や」

「十一時半」

四時間半で、六十キロ。

小野田の海からおれたちの町を見るために遠回りした分、ペースが落ちている。

「ちょっと休憩しよう。四時間半、ずっと走りっぱなしや」

ここまで無我夢中で走ってきた。

しかし、あと百キロ残っている。

単純計算では、あと七時間。しかし、このペースが続くとは思えなかった。

決勝戦のキックオフは深夜零時だ。

あと半日ある。ここは先を急ぐより、十分に休憩した方が、いい。

何よりも、体がそれを欲していた。

「おい、腹、減らんか？」

ゴローが言った。

「朝、早かったけえな。ちょっと早めに昼飯にせんか」

朝はしっかり食べたはずなのに、四時間半、必死にペダルを漕いできて、消費したカロリーはかなり高いのだろう。

みんな腹がペコペコだった。

「せめんだる、食うか？」

ツヨシが言った。

「いや、それは非常食や。とっとこう」

海辺に一軒の食堂が見えた。

大黒食堂と看板が出ている。

「あそこに入ろう」

六つほどのテーブルとテレビが置いてある、なんの変哲もない食堂だった。

そこでカツ丼や親子丼を思い思いに注文した。

テレビではニュースをやっている。

この日は参議院選挙の投票日で、台風の影響で投票率が心配されたが、天気が持ち直したので投票所には朝から多くの有権者が足を運んだ、と伝えていた。

しかし台風は九州と中国地方では逸れたが、遠くの梅雨前線を刺激して東海地方に大雨をもたらしているようだ。その日、おれたちが自転車の旅に出られたのは、かなりの幸運だった。

「おれたちの町から防府までは、九十キロや、ってツヨシの父ちゃん、言うとったのう。ここまで六十キロ、いうことは、防府まで、あと三十キロぐらいか」

食べ終わった丼を片付けにきた食堂のおばちゃんに、おれは訊いた。

「防府までは、あと三十キロぐらいですか」

「いやあ、もうちいとあるじゃろう。『小郡（おごおり）』までが三十キロぐらいやけぇ。防府は、『小郡』の先じゃけえな。そっから、十五キロ以上はあるんじゃないかねえ」

「どうやって行ったらええですか」

「こっからじゃったら、すぐそこの小野田港の駅から小野田まで出て、そっから山陽本線に乗りゃあええよ」

「いえ、電車やないんです。僕ら、自転車で」

「自転車？」

おばちゃんが目を丸くした。ツヨシがさらに訊いた。

「自転車やったら、小野田の駅まで戻って、１９０号線ですか」

「小野田の駅まで戻らんでも、そこの前の道を宇部の方に行ったら１９０号線に出るいね」

「橙と白の煙突の見えとる方ですね」

「そうそう。そっから宇部の街なか、通って、あとは、『小郡』まで、１９０号線をまっすぐいね。１９０号線は、宇部線の線路のすぐ脇をずっと走っちょるから、迷うこたあ、ないいね。『小郡』からは、２号線を東にまっすぐじゃったかいな。『小郡』着いたら、また誰かに訊いちゃったらええ。あ、そこのヤカンに、麦茶入っちょるから、飲んでええよ」

そう言って食堂のおばちゃんは丼を下げて厨房に戻った。

そう、おれたちはのども渇いていた。コップで麦茶をバカみたいに飲んで、ヤカンはすぐに空になった。

「おばちゃん、おかわり！」

ゴローが空になったヤカンを振った。

「ええよ！　なんぼでも飲みぃ」

おばちゃんが笑いながら別のヤカンを持ってきてテーブルに置いていった。

おれたちはそれからツヨシの地図帳を覗き込んだ。

食堂のおばちゃんが言った通りだった。周防灘に面して、山口県の中でもひときわ大きな文字で「宇部」の文字があり、その東側に宇部線が途中まで海沿いに北に延び、「小郡」までつながっている。「小郡」は海から内陸に入り込んだ街だった。

おれたちは食堂のおばちゃんに麦茶の礼を言い、勘定を払って外に出た。

「ああ、何べん見ても、ええ景色やなあ。もうちぃとだけ眺めてから、行こう」

おれたちは海岸に腰を下ろした。

船がのどかに海を横切っていた。そのまま眠ってしまいそうなほどのどかだった。

「なあ、みんな」

サトルが口を開いた。どこか思いつめたような響きがあった。

「相談したいことがあるんや」

「なんや、サトル」

ゴローが寝そべりながら眠そうな声で答えた。

「防府に着いたらな、『中関』に寄りたいんや」

「『中関』？」

その言葉で、みんな身体を起こした。

「サトルの、母さんの、故郷か」

おれの言葉にサトルはうなずいた。

「母さんの故郷を、見たいんか」

サトルはうなずいた。そして一気に話した。

「この自転車旅が決まった時から、ずっと行きたいっち思うちょった。けんど、えらい遠回りになることはわかっとったけえ、よう言えんやった。夜、十二時からのオランダの決勝戦の中継に間に合わんやったらいけんからな。けんど、ここまでは、おれら、順調にきちょるやろう？　なら、と、思うて」

そしてポケットからコンパクトカメラを取り出した。

「これで、母ちゃんの故郷の景色を撮って、母ちゃんに見せたい」

それからサトルは言った。

「母ちゃん、今、入院しちょるやろ。それで、言葉が、出てこん。けんど、お医者さんが言いよった。脳に刺激を与えたら、脳の引き出しが開いて、言葉も出てきやすうなるって。脳に刺激を与えるっちゅうのは、昔の楽しかったことを話したり、な」

「それで、母さんの故郷の写真を見せて」

サトルはまたうなずいた。

「おれの父ちゃんは、なんで母親がこんな大変な時に行くんやって、この自転車旅には大反対しとったんやけんど、おれが、母ちゃんの故郷の中関に寄って、写真を撮って母ちゃんに見せる、言うたら、態度が変わったんや。それでこの旅を認めてくれた。そやから、父ちゃんのためにも」

「なんでもっと早うに言わんかったんや」

ゴローがサトルの言葉を遮る。

「『中関』は、海沿いの街やろ」

ゴローの言葉に、ツヨシが地図帳を開けた。

地図帳に「中関」の地名はなかったが、「向島」が載っていた。サトルの父さんが言っていたのを思い出した。向島は中関にある島だ。おれたちの町の城址からも、天気のいい日には見えていた。

ゴローが言った。

「中関は、防府の街からは、だいぶ離れとるちゃ。十キロはあるやろう」

地図で見ると、防府の市街地もまた小郡同様、内陸に入り込んでいた。

「そこから、また戻って、とかしちょったら、かなりの、遠回りになるちゃ。さっきも、遠回りしたとこやないか。それがわかっとったら」

サトルはうつむいた。

「おれは、見たい」

ツヨシが答えた。

「おれはここで、周防灘の向こうの、おれたちの町を見た時、ちかっぱ感動したっちゃ。ばり晴れた日には、おれたちの町から防府も見えちょった。あの防府から、おれたちの町がどう見えちょるのか、見たいっちゃ」

「今日、見えるかどうかは、わからんちゃ」

ゴローは視線を海に移した。

「今ここからは見えちょるけど、防府はずっと遠い。どうかわからん」

「それでも、行ってみたい」

「ツヨシ、おまえ、足とケツは大丈夫なんか？」

「心配ないっちゃ。頑張るっちゃ」

「ぺぺは、どげんや」

ゴローに睨まれて、おれは一瞬ひるんだ。

「おれは」

おれがその時頭に浮かべたのは、病院で寝ているサトルの母さんの顔だった。もう一度、周防灘の向こうに見えるおれたちの町に目を凝らした。あの海の向こうにある病院のベッドで、今も、サトルの母さんは寝ている。サトルの撮った故郷の写真で、サトルの母さんの言葉が、少しでも戻るのなら。

「行きたい」

サトルの母さんのため、と言うのは、気恥ずかしくて、黙っていた。

「おれも、その景色を見たいちゃ」

ゴローが大きなため息をひとつついて、立ち上がった。

「行こう」

＊

国道１９０号へはすぐに合流できた。

おれたちは「小郡」を目指して、ひたすら宇部線の線路沿いの道を北上することにした。

道自体はほぼなだらかで楽だったが、あまりにも延々とまっすぐ北に続いていた。先頭のサトルが自転車を止めた。

「もう一回、地図帳、見せてくれ」

宇部から小郡までの途中に「阿知須(あじす)」という地名が載っている。

「さっき、阿知須って道路標識あったな。ということは、小郡まで、やっと半分過ぎたぐらいか」

「小郡、遠いなあ」

「ちいと、これ見ちょくれ」

サトルが地図帳を指差した。

「阿知須の東に、『秋穂(あいお)』って地名があるやろ。その東が向島。中関や。この地図帳には道路は載っちょらんけんど、わざわざ小郡まで行かんでも、『秋穂』まで行く近道があるんやないか。『秋穂』まで行ったら、中関はそう遠ないいけえな」

「けど、この間、川が流れちょるようやで」

「川があっても、橋はあるやろ」

「よし、あの線路を東に越えて、橋を探そう」

国道から水田の広がる脇道に入ると、「深溝(ふかみぞ)」という鄙(ひな)びた無人の駅に出た。踏切を越えると曲がりくねった道の先に、鬱蒼とした緑の木々に覆われた小さな森があった。

セミの鳴き声が降るように聞こえる森には入り口があって、樹齢数百年はあるだろう楠の巨木の間から、木造りの古い建物が見えている。何百年も昔からそこにあったに違いないと思えるほど、古い建物だった。

傍に大人の背丈以上の大きな石の灯籠があり、その奥には鳥居が見える。あの建物はきっと神社の拝殿で、ここは神社の裏からの入り口のようだ。藪の中には女郎蜘蛛が群れをなして巣を張り巡らせている。そこにはこれまで走ってきた工場地帯や海辺の風景とは、まったく違う空気が漂っていた。突然、時代劇の風景の中に迷い込んだみたいだ。この森の中だけ、時の流れが止まっている。

「ごめん。ちょっと、ションベン」

「おいおい。ここ、神社やぞ。こんなとこでションベンしたらつまらんやろ」

「ここじゃせんちゃ。ちいと、脇で」

結局、四人で連れションした。小野田の食堂のヤカンの麦茶を飲み過ぎたようだ。

神社脇の藪の中でションベンを済ませて、おれたちは東へ急いだ。

一面、見渡す限りの水田だった。

そのずっと遠くに、堤が見えた。

「あの向こうに、川があるはずや。橋を探そう」

田んぼの農道を突っ切って、堤を駆け上がる。やはり川だった。

川幅はそれほど広くない。上流は二股に分かれていて、三角州には葦（あし）が茂っている。水鳥が泥の中の餌をついばんでいる。二股の上流にも、下流にも橋は架かっていなかった。下流は大きく右に湾曲していて、先までは見通せない。二股に分かれた上流も先が見えない。北へ向かえば遠回りだ。おれたちは橋を求めて、堤を南へ向かった。堤は途中で行き止まりになっていたので、堤を降りて田んぼ道を南へ目指した。

いや、南へと、目指したはずだった。このあたりの風景は見渡す限りの水田で、遠くに見える山々はどの方角を見ても似たような山影だった。そんな風景の中でしばらく道なりにペダルを漕いでいるうちに、見覚えのある風景に出くわした。

古木に覆われた小さな森だ。

おれたちが最初に迷い込んだ神社だった。いつの間にか戻っていたのだ。

「うわあ。どういうことや」

おれは背筋がゾッとした。堤を降りてから、けっこうな距離を南に向かって走ったはずだ。なのになんで、もといた場所に戻るんだ。

サトルが言った。

「田んぼ道に沿って来たのが間違いやった。戻って、さっきあった、民家の見えてた方の道に入ろう」

一キロほど戻り、二股に分かれた、民家の見えている方の道に入る。民家の間を縫った細い道を抜けると、また広々とした田園に突き当たった。

川がある東の方角は、左側と踏んで進む。やがてまた集落に迷い込み、細い道が延々と続く。それにしても、さっきから、誰も人が歩いていない。空き家が並んでいるというわけでなく、家は手入れされているし、生活の気配はある。なのに誰も歩いていない。

「さっきから、誰も見んのう」

「暑いから、昼寝でもしとるんやろう」

そう。この日は午後から日差しが出て、暑くなった。

意識した途端に、どっと汗が噴き出てきた。

「先を急ごう」

やがて道は、単車がやっと通れるぐらいの狭さになった。それでも民家は続いている。見通しはきかない。民家の屋根の向こうに、かなり古そうな、赤茶けたレンガ造りの煙突が見えた。道はうねうねと湾曲を繰り返す。

「うわあ、これ、絶対、行き止まりちゃ」

「もうここまで来たら、行けるとこまで、行ってみるっちゃ」

サトルは泣きそうな声で言った。

突然、目の前にコンクリートの壁が現れた。堤のようだ。

「おう、川や！」

壁は高くてよじ登れない。壁に沿ってしばらく走ると壁は途切れ、さっと視界が開けた。

おれたちは、息をのんだ。

そこは、川ではなく、海だったのだ。

手前は干潟だったが、そのずっと向こうの水平線にはいくつもの島影が浮かんでいる。

水平線を南とすると、東の五百メートルほど先には陸地が見え、家々の屋根も見える。

海の入江だった。入江から上流に大きな川が延びている。

しかし、橋はどこにも見えなかった。

海と、橋のない川のたもとで、おれたちは絶望的な気持ちを抱えて立ち尽くした。

小さな船が入江から川に入ってきた。船を操縦している老人はおれたちの目の前にある天然の船着場のようなところに船体を寄せた。おれたちは駆け寄った。

「すみません！」

「なんかね？」

老人は怪訝な顔をした。

「あそこに見えてる、向こう岸は、どこですか？」

老人が指差した。

「あっちは、防府よ。すぐそこに見えちょるのは、秋穂、いうとこじゃ」

防府。秋穂。

おれたちが目指している秋穂が、わずか五百メートルほど先にある。

「向こう岸に渡る橋は、ないんですか？」

「ないね」

「この先には？」

おれは川の上流を指差した。

「あるっちゃあ、あるけど、ずっと先に行かにゃあ、ないよ」

「ずっと先、って、どれぐらい先ですか？」

「そうじゃのう。こっからじゃったら、八キロぐらいかのう」

八キロ。

五百メートル先に見えている対岸に渡る橋まで、八キロ。そこから川沿いに戻ってくるのにまた八キロで、十六キロだ。腰が砕けそうになった。

近道しようと提案したサトルは、バツの悪そうな顔をしている。

老人が訊いた。

「おまえら、なんで自転車でこねえなとこ、走っちょるんか？」

「秋穂まで、行こうとしたんですが、道に迷って……」

「道に迷おたんか」

「はい。走ってるうちに、同じとこにまた戻ってしまって」

「そりゃあ、狐につままれたんじゃろう」

「狐？」

「人をだまくらかす狐がおるけえのう」

人をだまくらかす狐？　いったいいつの話だ。しかしこのあたりにはそんな狐がいてもおかしくない雰囲気があった。

「ほれ、すぐそこに、饅頭みたいな形の山があるじゃろう。あっこにも狐がうじゃうじゃおる。おまえら、どっかでなんか、悪さしたんじゃろうが」

悪さ？

「神社の脇の藪で立ちションしました」

心当たりがあるとすれば、あれだった。

「ああ、ありゃあ、住吉神社じゃ。おおかた、その藪の中に、狐が潜んじょったんじゃろう」

老人は愉快そうに笑った。

「昔は、この辺は、全部、海でなあ。あの、住吉神社のあたりもな。あの辺まで、でかい船が入り込んできちょった。中国からも、ようけ船が来よったらしいよ。室町時代ぐらいの話かのう」

室町時代？　歴史が不得意なおれたちも、それがどれぐらい昔かはなんとなくわかる。

「でかい船が入れるぐらい湾が深かったけえ、『深溝』ちゅう名前じゃ。あの神社のあるとこは、そのころは島でな。島に神社を作ったんよ。海の神様を祀っちょる」

それで今は小高い森になっていたのか。

今は人っこ一人歩いているのを見かけないこの集落も、大昔はおれたちが住んでいる町や、門司や下関みたいに栄えていた、と思うと、なんだか不思議な気持ちになった。

「この集落も、昔はみんな、漁師をするか、塩を作っちょった。じゃけど、塩を作る家ものうなって、漁師も、わしと、あと、数えるほどになってしもうたわ」

老人は寂しそうに笑った。さっき民家の向こうに見えていたレンガの煙突は、塩作りのための煙突だったのだろう。

この小さな集落も、どこかおれたちが生まれ育った町の歴史と似ていた。

「この辺に橋がないのも、昔はみんな船で移動しちょったからじゃ。けど、これからは、車の時代じゃけえ。そのうちにここにも、立派な橋ができるじゃろうのう」

その時に使われるセメントは、おれたちの町で作ったセメントかもしれない。

「それで、おまえらぁ、秋穂に行って、そっから自転車でどこまで行くつもりなんかぁ?」

「中関まで行きたいんです」

「中関?」

「はい。防府の、中関まで。こっちに来たら、中関の近くの秋穂まで行く近道があるんやないかっち思うて」

老人はまた入江の向こうを指差した。

「昔は、この岸壁から秋穂まで、渡しが出ちょったけどのう。目と鼻の先。五百メートルほどの距離じゃけえな。藤尾の渡し、ちゅうてな。おまえら、なんじゃったら、向こう岸まで、わしの船に乗って行くか？　向こう岸の秋穂たぁ言わず、中関の港まで、乗せてっちゃってもええぞ」

「中関は、近いんですか」

「ああ、船じゃったら、こっから、すぐじゃけえ、二、三十分もありゃあ、着くじゃろう」

「中関まで、二、三十分ですか！」

おれはざっと頭の中で計算した。小郡までは、あと十五キロ。そこから防府まで、十五キロ。そして防府から中関まで、十キロ。合計、四十キロ。順調に行って、あと二時間半ちょっと。それが、船だと二、三十分で着く。

「乗せてください！」

サトルが叫んだ。自分の判断ミスでこれまでロスした分を一気に取り戻せる。

「お願いします！」

ゴローも大声を出して頭を下げ、ツヨシの肩を叩いた。

「ツヨシ、よかったな！」

しかし、ツヨシは浮かない顔をしている。

「どげんしたんや？」

「船には、乗れん」

ボソリとつぶやいた。

「乗れん？　なんでや」

「願掛けが、効かんようになる」

「願掛け？　なんのことや？」

「忘れたんか。オランダの、自転車の願掛けや」

それでおれたちは、あっと思い出した。

「願いを叶えるために、目的地まで自転車に乗って行く」

そうだった。オランダにあるという願掛けに従って、おれたちは、わざわざ自転車で柳井を目指しているのだった。

「その時、自転車のタイヤを一度も地面から離さんで、ずっと大地につけて走ること。いっぺんでもタイヤを大地から離したら、願掛けは効かんのやって。船に乗ったら、タイヤが地面から離れるっちゃ。オランダ優勝の願掛けが、効かんようになるっちゃ」

ツヨシの言葉に、ゴローが応える。

「ツヨシ。自分の体力と、自転車のことも考えろ。ここで時間と体力使うてしまうと、肝心の、オランダの決勝戦観るのに、間に合わんようになるかもしれんぞ」

「観たいだけ、やったら、最初から、電車で行きよったらよかったんと違うんか。船に乗るんなら、電車で観に行きよるのと、同じじっちゃ」

ツヨシの言葉に、みんな、黙った。

人生は、岐路の選択の連続だ。

何がなんでも今夜の衛星中継をこの目で観るのか。

「願掛け」を貫き通すのか。

「橋を探そう」

おれは言った。

「まだ、間に合わんと決まったわけやなかろうもん。頑張って走って、中関まで行って、それから柳井を目指せばええだけの話や」

「みんな、すまん。おれが、中関行きたい、言うたばっかりに」

サトルがこうべを垂れた。

ゴローが唇を噛みながら、向こう岸を見つめていた。

海鳥の鳴く声が聞こえてきた。

ゴローは、老人に言った。

「八キロ先の、防府に渡る橋は、なんていう橋ですか？」

「ああ、百間橋（ひゃっけん）、ちゅうのがある」

「ひゃっけんばし、ですね」

「そうじゃ。昔からある橋じゃ。長さが百間あるけえ、百間橋じゃ」

「この道、戻ったらええですか」

「いや。深溝まで戻って、また狐につままれたら大ごとじゃ。そこの藤尾山の脇を西に抜けて、いったん１９０号線に出た方がええ。そっから『上嘉川（かみかがわ）』の駅まで走って、線路を越えて、ずうっと東じゃ。橋を渡って、川沿いにずうっと下ったら、秋穂の集落に着く」

「ありがとうございます」

「けど、船じゃったら、すぐ目の前じゃ。ええんか？　ほんまに乗らんで」

「それは、できないんです」

ゴローが言った。

「なんで？」

「おれたちの、ルールなんです」

老人は呆れた顔で言った。

「なんかようわからんけど、まあ、頑張っていきいや」

おれたちは老人に礼を言って、サドルにケツを乗せた。

「ツヨシ、遅れんなよ！」

ゴローがすぐ後ろを走るツヨシを振り返る。

「おう！」

おれも後ろを振り返った。

ツヨシの自転車のオレンジ色のフレームと銀色のホイールが、でこぼこの田んぼ道で揺れていた。

13　国道188号をひた走れ

上嘉川の駅もまた無人駅だった。けれど深溝と違って駅前には民家が密集し、人の姿もあった。もう迷いたくないおれたちは民家の庭先にいた主婦に声をかけた。

「すみません、百間橋はどっちですか」

「ああ、百間橋なら」

主婦はハタキで布団をパタパタと叩く手を止めて言った。

「そこの踏切渡って左に曲がって、ずっと道沿いに行っちゃったら、川に出るけえ。そこの、こまい橋渡ってから右にずっと行ったら、ある」

「どれぐらいの距離ですか」

「さあ、歩いても十五分もかからんけえ、二キロもないじゃろう」

踏切を渡ると曲がりくねった道端に「山陽街道一里塚」と書かれた石柱が立っていた。どうやら古い街道筋のようだが、あの主婦に聞いていなかったら不安になって引き返していたほどの細い道だ。

やがて主婦が言ったとおり小さな橋に出た。渡って小川沿いに走ると、大きな川が見えてきた。その先に、長い橋が見える。

「おお、百間橋や！」

長さ百八十メートル。関門海峡を越えた時よりも興奮しておれたちはペダルを漕いだ。

風が心地よかった。

橋を渡りきると見渡す限りの田園風景が広がっていた。さっき深溝で見たよりもはるかに広大な水田だ。一本道の右側は古い民家が軒を連ねている。民家の二階の物干し場に椅子を出して、少女が本を読んでいる。緑の絨毯を敷き詰めたような水田を横目に一本道を突き進んだ。また橋があり、突き当たりを右に折れた。川に沿ってひたすらまっすぐな道が続く。その先に秋穂の集落があるはずだ。

「秋穂」の道路標識が四つ辻にかかっていた。

それで安心して気が抜けたのか、ふと後ろを振り返るとツヨシが遅れている。

「そろそろ、休憩しようっちゃ。だいぶ走ってきたけぇ」

おれは遅れているツヨシを見てみんなに言った。実際、おれもかなり疲れていた。

「ゴロー、今、何時や？」

「ちょうど四時」

昼過ぎに小野田の海岸を出てから、三時間も走っている。

「うん。休憩しよう。腹も減った。せめんだる食べよう」

農協の建物の目の前に自動販売機が何台も置かれた商店があった。

「おっ！　チェリオ、あるっちゃ！」

チェリオ。それはおれたちがいつも部活帰りに飲んでいた魔法の飲料だ。

一番お気に入りのグレープ味で胃に流し込んだせめんだるは、甘くて最高に美味かった。

はああ、とため息をついて、おれたちは、店の前にへたり込んだ。そこへ店の人が顔を出して言った。

「あんたら、そねえなとこに座り込んだら、迷惑じゃろ。この裏にお寺の境内があるけえ、休むんじゃったらそこで休みぃね」

「ごめんなさい。その前に、便所貸してください」

「ああ、店の中の使いんさい」

「また狐、怒らせたらいけんけえね」

「はあ？」

「なんでもありません！」

裏の寺は阿弥陀寺といった。山門の看板に八十八ヶ所霊場が云々と書いてある。そういえば上嘉川の一里塚の道標にもそんなことが書いてあった。境内はやたらと広く、綺麗に手入れされた花がそこここに咲いている。ほとんど田んぼしかない辺鄙（へんぴ）な場所には不釣り合いなほど立派な寺だった。きっとこの辺りは、昔から多くの人が巡る場所なのだろう。

古風な寺とは不釣り合いな、小学生の背丈ほどもある洋風の派手な花が咲いていた。

カンナの花だ。

今回の旅の途中で、この花は何度も道端で見かけた。真夏に似合う熱帯系の花だ。

赤や黄色やピンクや白、そして時々、オレンジ色のカンナがあった。

おれたちはオレンジ色のカンナを道端で見かけるたびにエールを送った。

「オランダ優勝！　クライフ最高！」

逆にドイツのユニフォームの白のカンナを見つけるとブーイングを浴びせた。

「おい、おみくじあるぞ。運試しや。引いてみよう」

ゴローがおみくじ箱に十円を入れて、巻かれてある紙を取って開いた。

小吉、とあった。

おれたちにとって気になる項目がいくつもあった。

旅行　遠くは行かぬが利
方角　東を避ければ吉
争事　負けて利あり

「最悪なことばっかり書いてあるちゃ。遠くへ行くなとか、東を避けろとか。どこが小吉なんや。柳井へは行かん方がええってことか」

ゴローが口を尖らせる。

「気にすんな。気にすんな。おれらの神は、阿弥陀さんやないけえ」

ツヨシの言葉に納得したのか、ゴローはうなずきながらおみくじをたたんで、オレンジ色の花をつけるカンナの茎に結びつけた。

自転車を置いている商店に戻った時に、店の人に訊いた。

「防府へは、どうやって行ったらいいですか」

「どねえもこねえも、この道、道なりにずっと行きゃあ着くいね。道はこれしかないけん」

おれたちは再び自転車にまたがった。しばらく走るとまた大きな川が現れた。対岸に饅頭のような形の小高い山が見えた。自分たちがいた藤尾の渡しの辺りだ。直線にしてわずか五百メートルほどの距離を、一時間以上かけてやってきたのだ。すべてはオランダの優勝のためだ。そう思うとなんだか誇らしい気持ちになった。

古い家屋や商店が並ぶ集落をひたすら走ると潮の香りがした。小さな橋の手前に「防府市」の道路標識があった。

「おお！　防府に入った！」

小さな橋のたもとの川端に自転車を止めた。

小道には夏草が茂る。山から流れ込む川のせせらぎが心地いい。自転車の侵入に驚いたのか、キリギリスが跳ねた。のそのそと草むらに隠れたのはベンケイガニだ。川の上流を見上げる。山の緑が眩しい。振り返ると、海が見える。

「サトル、カメラ、カメラ。今まで写真撮るの忘れてた。記念写真撮ろうっちゃ」

「ちゃんと防府に行ってきた、って、親にも報告せんとな」

自転車を止めた小道の隣には酒屋があった。

日曜日のせいか店は閉まっていたが、近所の人だろう、リアカーを押す坊主頭の男の人が通りかかった。

「すみません。四人の写真、撮ってもらえませんか」

「ああ。ええよ。君らは、山頭火の故郷、訪ねてきたんか」

坊主頭の人のその言葉に、思わず顔を見合わせた。

山頭火の故郷を訪ねる、というのは、おれたちの旅の、親を納得させるための表向きの理由だ。その表向きの理由を、なぜこの、通りがかりの男の人は知ってるのだ。

「なんで、わかったんですか？」

「なんでって、この酒屋は、山頭火が住んじょった種田酒造があったとこじゃけえのう。今は、人手に渡って名前が変わっちょるけどな」

「えっ！　そうなんですか⁉」

防府に入って、まだ十メートルほどだ。おれたちはいきなり山頭火のゆかりの場所に出くわしたのだった。

「明治の終わり頃に、山頭火のお父さんが、ここにあった古い酒造所を買収して酒造業を始めたんじゃ。山頭火もここに住んじょって、商売に関わっちょった」

「山頭火がいくつぐらいのことですか」

「二十代ごろのことじゃと聞いちょるよ」

今、おれたちがいるこの風景の中に、若き山頭火がいた。それはとても納得のいくことだった。先ほどおれたちが出会ったキリギリスやベンケイガニと、山頭火もこの小道で出会い、遊んだに違いない。

「けど、山頭火の父親が酒造業に失敗してな。結局破産して、父親は行方不明になって、山頭火もここを離れざるを得んようになって。その後あ、あんたらもよう知っちょるじゃろう」

知ってる。山頭火は、その後、放浪の旅に出たのだ。

「山頭火は、ここを出て、どこに行ったんですか」

「最初に行ったのは、熊本、と聞いちゃるよ」

「熊本。九州ですね」

「そうよ」

「ぼくたちも、九州から来たんです」

「ほう、そうかい。ずいぶん遠くから来ちゃったねえ」

「ここから、海が見えますね」

「おう、その橋んとこ、入って行きゃあ、すぐ海じゃ」

「ここに自転車置いてていいですか」

「ああ、ええよ」

おれたちは自転車を置いたまま海まで歩いた。

小川は海に流れ込み、その先に浜辺が広がっていた。

台風が完全に過ぎ去って、海の向こうはおれたちが小野田で見た時よりもさらに晴れ渡っていた。防波堤が風景を半分遮っていたが、その向こうには大分の国東半島と姫島までがくっきりと見えた。

二十代の山頭火も、ここから海を眺めたはずだ。

おれたちがあの城址の「草むらの学校」で思いを馳せ、自転車でここまで来たように、山頭火を旅に駆り立てたのは、今、眼前に「見えている」あの海の向こうの風景だったに違いない。

そう気づいた時、おれは山頭火がなんだかとても親しい友達に思えてきた。

山頭火の故郷を見る、というのは、おれたちにとっては親を説得するために思いついた単なる方便だった。けれど、その方便には、おれたちが気づいていなかった、とても大事な旅の目的が潜んでいた。「地べた」にこだわって旅をする、半世紀以上も前に生きた「友」と出会う旅だ。そんな気がした。

ただ、おれたちには、もう一つ、この街に来る目的があった。

サトルの母さんの故郷、中関を訪ねることだった。

防府に入ってから中関までは、国道2号まで出てしまえばまったく迷うことはなかった。途中、いくつも「中関港」方面を示す道路標識が出ていたからだ。さすがは「上関」「下関」と並んで周防灘の三関と呼ばれる港だけのことはある、とおれは思った。これだけ道路標識が出ているのなら、もしかしたら「中関」は、今もかなり栄えている街なんじゃないか。

しかしその予想は、まったく当たっていなかった。

*

大きな山の麓に架かる橋の向こうに、小さな船溜まりが見えてきた。

それは「港」と呼ぶには、あまりにも寂しい風景だった。

小さな船が肩を寄せ合うようにして停泊する船溜まりは、もうじき山の端に隠れようとする西日の空を水面に映していた。

おれたちは「中関橋」と書かれた五メートルほどの橋を渡った。

伸び放題の夏草に覆われた空き家があって、その前を抜けると両側に古い民家が並んだ細い道が船溜まりに沿って延びている。中関の集落だ。

「ここや。ここが母ちゃんの故郷や」

サトルの声が興奮している。

集落に入ってすぐ、右手に神社の入り口があった。太い注連縄がかかった石造りの鳥居はかなり立派だ。境内の手前に小さな太鼓橋が架かっている。天を突くような巨大なイチョウの木が本堂を覆うようにそびえ立ち、その脇の石柱に「塩竈厳島神社」と刻まれていた。

やはりこの辺りも昔は塩田で栄えていたのだろう。

道を挟んで反対側の船溜まりの方を振り返ると、そこにも石の鳥居があった。鳥居の脇には立派な石灯籠がある。ここは船で神社にやってきた人々の参道になっているようだ。

その参道の隣が、だだっ広い空き地だった。

傍に駐在所がある。椅子に座る巡査の姿が見えたので、おれたちは神社の脇に自転車を置いて、駐在所に向かった。

引き戸を開ける。巡査が顔を上げる。

「あの……」

声をかけたのはサトルだ。

「はい。どうしましたか？」

「この辺りに、芝居小屋、なかったですか」

「ああ。あったよ」巡査のメガネが光った。

「ちょうどこの隣の、空き地のところよ」

「ここに？」

ここで、サトルの母さんが生まれたのだ。芝居小屋の娘として。

サトルの声が裏返る。

「ここに、あったんですか」

「ああ。十年くらい前には、もう空き地になっちょったけどね」

「あの、それで、その芝居小屋をやってた人たちは」

「さあ、詳しいことはわからんけど、三田尻(みたじり)の港の方に移ったんじゃないかなあ」

「三田尻？」

巡査はうなずいた。

「そう。こっから四キロほど向こうに行った、新しい港。もう実質、港の機能は向こうに移っちょるけえ、お客さん相手のお店やなんかも、全部、向こうに移っちょってね。ここに残っちょるのは、民家と、ちっちゃな造船所と、海苔(のり)の加工場くらいなもんかな。この駐在所も、今日はたまたま私がおったけど、普段は常駐しちょらんけえ」

そこで巡査は、ちょっと不審そうに四人を見た。

「君たちは？」

サトルがうつむいた。おれが代わりに答えた。

「山頭火の足跡を、訪ねてるんです」

「ああ、山頭火」

巡査は納得したようだった。

「けど、この辺に、ゆかりの場所はあったかいねえ。もちろん山頭火は、ここにはしょっちゅう来ちょったじゃろうけど」

「灯台は、ありますか？」

「灯台？　ああ、灯台、ちゅうほどの立派なもんじゃあないけど、この神社の前の道、ずっと海の方へ行った先に、防波堤があるいね。その防波堤の先じゃ」

ありがとうございます、とおれたちは巡査に礼をして駐在所を出た。

自転車に戻ろうとすると、サトルがこっちこっち、と手招きした。サトルは船溜まりの鳥居をくぐる。ついて行くとその向こうは階段になっていて、水辺まで降りることができた。

「母ちゃん、子供の頃、この船溜まりで泳いで遊んでたんや。プールみたいやったて言うてたらしい」

そうだった。おれたちもその話を病院でサトルの父さんから聞いたのだった。

サトルがカメラを取り出して、船溜まりに向けて何枚かシャッターを切った。

続けて海の方に向けてシャッターを切った時、サトルが言った。

「あのとんがり山、おれらが松山の城址からいつも見てた、あの山と違うか」

たしかにそうに違いなかった。その隣には、とんがり山と一緒に見えていた向島の山もある。

「先まで行こうっちゃ！」

神社の写真を何枚か撮った後、サトルは自転車にまたがった。

「サトル、芝居小屋のあったとこは、撮らんでええんか」

サトルは首を横に振った。

「ここは撮らん。この風景見たら、きっと、母ちゃん、寂しがるけえ」

車一台がやっと通れるほどの道を海に向かって自転車で進む。巡査が言った通り、古い民家と材木置き場、それから造り酒屋が一軒と船大工の作業場、海苔の加工場があるだけの道だった。人の姿は見えず、猫の姿ばかりが目につく。

一軒の民家の軒先で桃色の紙が風に揺れていた。笹の葉に吊るされた七夕の短冊だった。「百恵ちゃんみたいな歌手になれますように」。幼い子供の字で書かれていた。この娘は歌手になれるだろうか。今は病院で寝ているサトルの母が子供の頃、七夕の日に短冊に書いた願い事は何だったのだろうか。

やがて民家や建物は途絶え、右手には竹やシダの植物群に覆われた崖が迫った。急峻な頂を持つ緑の山はやはりおれたちがいつも「草むらの学校」から見ていた、あのとんがり山に違いなかった。遠くからはぼんやりした緑にしか見えていなかった山が、近くで見るとこんなにも陰影に満ちた緑に覆われていることに驚いた。崖に鮮やかな紫の花が咲いていた。ノアサガオだ。山の匂いが立ち上る。ヒョロロロローと鳥が啼く。

左手には大人の腰の高さほどの低い堤防が続いていた。崖と堤防に挟まれた細い道をしばらく行くと、船溜まりの入り口となる入江が見えてきた。入江は長い防波堤で外海と遮られている。その防波堤の先に、小さな灯台が見えた。

「おお！　灯台が見えるっちゃ！」

道の突き当たりにはヨットやモーターボートなどが陸揚げされていた。

コテージ風の建物には「防府マリーナ」と書かれている。

防波堤はその敷地の先にあるようだった。

自転車を止めて敷地の中に入る。

ボートの脇をすり抜けると、防波堤につながる階段があった。

階段を上がり切ると、眼前に外海がひらけた。

おれたちは思わず歓声をあげた。

パノラマのように広がる海。そして、その向こうに連なる山々の稜線。

ひときわくっきりと手前に迫って見えるあの山塊は、山頭火がいた酒屋の海からも見えた大分の国東半島だ。しかしここから見える風景の方が、はるかに雄大だった。

稜線は南へなだらかに延びて消えている。北側の稜線のその奥には周囲の山より頭ひとつかふたつ高くそびえる頂があった。あれは、大分の九重連山、そして、阿蘇の山々ではないか。防府から、九重連山や阿蘇が見えるなんて。おれたちは息をのんだ。

サトルは夢中で海に向かって写真を撮っている。サトルの母も幼い頃に見た風景に違いなかった。

消波ブロックを注意深く飛び越えた先に、防波堤があった。

防波堤に飛び降りる。影がさっと動く。フナムシだ。カニが悠然と横切って行く。

防波堤を先に進むにつれて、海の風景が北に広がっていく。山の端近くの岩に海鳥がとまっている。その岩のずっと向こうに、かすかに見えるあの陸影は、きっと、おれたちの町だ。

防波堤の先にたどり着いた。

そこに佇んでいたのは大人が背伸びして手を伸ばせば届くほどの高さの、灯台というよりは灯柱と呼んだ方がふさわしいような、ささやかなものだった。

「これか。サトルの母さんが言うとった、灯台は」

「まだちいちゃかったから、これでも高う見えたんやろうなあ」

サトルがその場にしゃがみ込む。波の音と鳥の鳴き声に混じって、カメラのシャッターを切る音が防波堤に響いた。とんがり山の緑を映して、海は緑に光っていた。

*

「おい、起きろ！」

サトルの声で目が覚めた。

いつの間にか、おれたちは防波堤で頭を並べて寝込んでいたのだ。

これまでの疲労がピークに達していたのだろう。

「ゴロー、今、何時？」

「六時半」

三十分近くも防波堤で寝込んでいた。

「急がんと！」

消波ブロックをよじ登って自転車を置いたところまで戻り、慌ててペダルを漕いだ。

船大工の作業場に、来た時にはいなかった老人がいた。

「すみません！　柳井まではどう行ったらいいですか」

「柳井？　柳井っちゃあ、おまえら、自転車で柳井まで行くんか？」

「はい。どの道を行ったら……」

「昔の山陽街道を、ずっと行きゃあええよ。そこの神社の先の、県道58号線じゃ」

「ありがとうございます！」

「じゃけど、おまえら……」

老人は不安げに言った。

「あの峠（タオ）は、そねえな自転車じゃあ、とうてえ越えられんぞ」


山の向こうに落ちた夕陽の残照が、県道58号線をオレンジ色に染めていた。

県道58号線をずっと行くと防府の駅前に出た。宇部の市内を走り抜けて以来、久々に見た大きな街だった。しかし宇部に比べ、この市街地にはどこか落ち着きがある。工業で栄えた宇部にはない、のどやかな空気があった。

まっすぐ行くと防府天満宮、という道路標識がある。県道58号線はそこから東に折れていた。道は平坦で走りやすかったが、進むにつれて徐々に勾配がついてきた。ツヨシがやはり遅れだす。

道が左に大きくカーブすると、今までにはなかった途轍もなく長い上り坂が目の前に現れた。

あの船大工の老人が言っていたタオとは、この峠のことに違いない。

坂は見上げるほどの高さの山裾で左に折れていて、その先は見通せなかった。いったいどこまでこの長い坂は続いているのか。

「どえらい峠や。朝通った、門司の峠とは、比べもんにならんっちゃ」

ツヨシは泣きそうな顔になって、自転車を降りた。

「これは自転車漕いでは無理っちゃ。押して、登る」

おれたちも自転車を降りた。一緒に歩くつもりだった。ここに来て、大変な時間のロスだが致し方ない。

その時、

「おい、坊主たち」

後ろから声が聞こえた。

休憩のためか路肩に駐車していたトラックの窓から男が顔を出していた。

「どっから来た？」

「福岡からです」

男はドアを開けて降りてきた。

長身で細面だが、肩幅が広くて体格はがっちりしている。いい男だった。

「おまえら、自転車で、この峠、越えるつもりか」

おれたちは黙ってうなずいた。

「押して、通るつもりです」

「そりゃあやめちょけ。途中で長いトンネルがある。歩道なんかないけえ、危険すぎる」

そして男は言った。

「ちょっと行ったら、海側に脇道がある。車もすれ違えんほどの細い道じゃけど、突っ切って行きゃあ、駅があって、峠の向こうに出る」

男は左手をまっすぐ伸ばしておれたちが行く方向を指差した。

高らかに指差す男のその姿が、おれにはフィールドで仲間に指示を出すクライフのように見えた。

「ありがとうございます！」

おれたちは右の脇道を選んだ。

道を下ると山陽本線の線路が見え、そのすぐ向こうに、海が見えた。海沿いに線路が走っている。道は左側の崖と、右側の海と線路に挟まれて延びている。やがて線路が自分たちの目の高さと同じになった。

道の両側に蛸壺を作っている窯元と民家が見えてきた。屋根の向こうに、自分たちがいる道よりはるかに高いところを自動車がビュンビュン走り、トンネルの入り口に吸い込まれていくのが見えた。脇道に入る前に見えていた峠道だ。

集落はすぐに途切れ、また崖と海に挟まれた道になった。

線路のすぐ向こうに周防灘の水平線が伸びている。いくつもの島影が見える。

「下関行き」と表示の出た黄色い電車が、目の前を通り過ぎた。下関。朝、通り過ぎた街だ。おれたちは電車に向かって手を振った。小さな女の子が車窓の向こうで手を振るのが一瞬見えた。

はるか先に岬が見える。岬の向こうに見えるのは、島だろうか。半島だろうか。

そのずっと先の海岸線に、柳井があるはずだった。

もうあたりはずいぶん暗くなっていて、島影も海岸線もおぼろげになっていた。聞こえてくるのは、崖の上を走る自動車の音と、虫の鳴き声と、波の音だけだった。

もう、防府は過ぎたのだろうか。それとも、まだ防府だろうか。

山頭火も、この道を辿ったことがあったかもしれない。もし辿ったことがあったとしたら、どんな句を詠んだのだろうか。

進むうちに狭い道が一層狭くなった。脇の下から冷たい汗が伝った。

あの男の人が言ったことは、果たして本当だろうか。

旅の序盤の門司で猿喰の喫茶店主が行き止まりの道を教えたことを思い出し、急に猜疑心がもたげてきた。おれたちの心細さはまるでその細い道と同じだった。

やがて民家の灯が見えてきて、道幅が戻った。

山陽本線の踏切を渡ってしばらく行くと、そこが駅だった。

「富海駅」とあった。とのみ、と読むらしい。

駅前に周辺の案内地図の看板があった。

「さっきの峠道、『橘峠』っていうらしいぞ」

「あの男の人に、脇道教えてもろうて、助かったなあ」

「あの人、かっこよかったな」

「うん、富海のヨハン・クライフや」

ゴローの言葉に大笑いした。

「この先は、どうなっちょる？」

案内地図の看板の富海駅から先を見た。

「駅前の、旧山陽道をずっと行って、踏切越えて、そこから国道2号線に合流して……。えっ！」

おれたちはその先の文字に目が張り付いたまま、動けなくなった。

「……椿峠へ……って、書いちょる」

「まだ、峠、あるんか」


椿峠は恐ろしく長い上り坂だった。自転車を漕いで登るのはとても無理だ。脇道はない。さっきの橘峠のようなトンネルもなかった。

四人ともが自転車を降りて、自転車を押して歩くことにした。距離にすれば峠のピークまでは二キロほどだろう。しかし普通に歩いても楽ではない勾配を、自転車を押して歩くのだ。当然だが、自転車は、押して歩くようには設計されていない。どうしても自転車がある身体の右側に重心が寄って、バランスが悪い。足ばかりでなく、腕も重くなる。これまで百キロ以上を共にしてきた「相棒」の存在を、この時ほど恨めしく思ったことはなかった。ずっと歩き続けることもできず、時折、足を止めて休む。その傍らを自動車がびゅんびゅん通り過ぎていく。

誰も一言も喋らず、ただ牛のようにゆっくりと、歩いて進むしかなかった。

峠を越えると、今度は逆にペダルをまったく漕がなくても走れる下り坂が延々と二キロ以上も続いた。あまりにスピードが出過ぎるので、時々軽くブレーキをかけなければ危険なほどだった。

戸田という集落を越えてもまだ下り坂は続き、ようやく道が平らになったのが、「夜市」という名の町の道路標識がある場所だった。町の名前の通り、わずかながら残っていた空の残照もすっかり消え、夜の帳(とばり)は完全におりていた。

先頭を走っていたサトルが自転車を止めた。

「ゴロー、いま、何時？」

「八時半」

富海駅で案内板を見た時の駅の時計はたしか七時半過ぎだった。椿峠を越えるのに一時間近くもの時間を使ってしまった。

「ツヨシ、柳井まで、あと何キロぐらいや？」

ツヨシは帝国書院の地図を取り出した。

「うーん、この辺の地名は載っとらんからようわからんけど、防府はもう越えとるし、だいたい、五十キロか、もうちょっとあるぐらいかな」

「けど、あんだけのきつい峠を越えたんや。ここから先は、もう、上り坂はないやろ。それぐらいやったら、三時間半で行ける」

試合は午前零時からだ。あと三時間半。しかしそれは逆に言うと、何かアクシデントがあればもう間に合わない、ということだった。

崖を切り開いた切り通しの道を抜けると、古い駅舎が見えた。「福川駅」と書いてある。

何代も続いていそうな古い旅館の前を、青い浴衣姿の少女がさっと横切った。白いふくらはぎが眩しかった。町の名と同じ、夜市か何かがあるのだろうか。

民家が続く古い街道筋の暗い道を心細い気持ちで走っていると、突如として道幅が広がって、夜にもかかわらず景色が一気に明るくなった。通りにはデパートや銀行の看板を掲げたビルがある。

おれたちは久々に大きな街を見た。

川があった。台風の影響で水量が増しているのか、轟々と響く川の音を聞きながら橋を渡ると、川下の方向に、見上げるほどの巨大な煙突が二本現れた。何かのコンビナートだ。煙突は自分の高さよりも何倍も高いところまで白い煙を夜空に吐き出している。煙は風に流されて、空を翔ける龍のように放物線を描いている。

きっとあのコンビナートでこの街は栄えているのだろう。

やがて目の前に、今度は夜空を横断する巨大なコンクリートの高架線が見えた。高架線の橋桁の間をくぐると、そこから道幅がさらにグッと広くなった。片側三車線の六車線。これまで走ってきた中で一番広い。

地名表示は「新宿通四丁目」と書かれていた。

「新宿って」

東京の新宿はテレビドラマの中だけでしか知らないけど、だだっ広いガソリンスタンドが並ぶ交差点や大きな銀行や有名なレコード会社の看板が出ている建物や住宅展示場なんかが並ぶその大通りを走っていると、おれはいつかテレビの日曜洋画劇場か何かで見た、アメリカのニューヨークの街並みを思い出した。

何もないところから作った、新しい街。きっとここもそうだ。

これまで走ってきた「深溝」の田園風景や「富海」の海の風景とはまったく違う空気が流れていた。クライフの祖国のオランダ人たちも、かつて何もない大湿原に国土を作ったという。そして海を越えてアメリカに渡ったオランダ人たちが作った街がニューヨークなのだ、と何かで読んだか聞いたかした覚えがある。この街を「新宿」と名付けたこの土地の人々に、おれはオランダ人と同じ気概を感じた。

ゴローが八代亜紀の歌をバカでかい声で歌った。

夜の新宿　裏通り　肩を寄せあう　通り雨

「おお！　それ、おれの父ちゃんの、一番の愛唱歌ちゃ」

ツヨシが嬉しそうな声で叫ぶ。

去年大ヒットした八代亜紀の出世曲「なみだ恋」だ。

ツヨシの父さんも、この歌を歌いながらこの道をトラックで駆け抜けただろうか。

おれたちも歌った。

四人が歌う八代亜紀の歌が「新宿」の六車線の道路に響いた。

新宿は四丁目から一丁目まで続き、その次に現れたのが「代々木通り」だった。

国道2号は左にくの字に折れ、その先は「代々木公園」だった。

どこかに銀座や有楽町もあるかもしれない。

市役所のある広い交差点の右側に大きな駅が見えた。

「徳山」と書いてある。

そのまままっすぐ2号を進むと、今度は道路が右と左にくの字に折れた大きな三叉路に出た。

そこに、大きな道路標識が出ていた。

柳井　39キロ

この道路標識を見た時の感激を想像できるだろうか。

おれたちはこの旅で初めて、柳井までの行き先を告げる道路標識を見たのだった。

四十キロでなく、三十九キロ、という細かな道路標識も、圧倒的なリアリティを持っておれたちに迫ってきた。三十九キロ先に、柳井がある。そこで、クライフが待っている。

「ゴロー、いま、何時？」

「九時半！」

ワールドカップの決勝戦のキックオフまでは、あと二時間半。

二時間半で、三十九キロ。

ここから時速十五キロを少し超える速さで走れば、なんとか間に合う。

「柳井」の文字の下に、右の方向を示す矢印が出ている。

「急ごう！　右、っちゃ！」

右は、海のある方角だ。

その方角に、さっき見たのとは別のコンビナートの光が暗闇の中に浮かび上がる。それはおれたちの町のものよりも、今日見てきた小野田や宇部のコンビナートよりも、はるかに巨大だった。

そこだけがまるで昼間のような明るさの中、煙突の先からチロチロと見える炎が蛇の舌のように艶（なま）めかしい。

コンビナートの手前には、さっきくぐった巨大な高架線がずっと延びている。

サトルが叫んだ。

「あの高架線は、来年博多まで開通する、山陽新幹線っちゃ！」

「おお！　いま、建設中か」

そうに違いなかった。あの高架線のずっと先は、東京につながっている。

麻生不二絵が行ってしまった浜松にも。

「柳井　右」の道路標識が見えてきた。建設工事中の新幹線の高架橋の間を再びくぐる。

車線は減少して、急な登り坂になる。道は山陽本線をまたいでいるのだ。

短い坂だが傾斜がきつい。自転車を降り、押して進む。

その坂の頂上に立った時、おれたちの足が止まった。

これまで建物の間や新幹線の高架線の間から垣間見えていた巨大コンビナートの全景が、何の障壁もなくパノラマのように眼前に広がったのだ。

美しい。

コンビナートの無数の光は、まるで地平線近くに浮かぶ星屑のようだった。

坂を下り切ると、片側一車線となった国道の標識はいつの間にか国道2号から国道１８８号に変わっていた。

「櫛ケ浜」という名前の駅前を通過する。

そこからはずっと山陽本線の線路沿いに走る。

「塩田橋」という名前の橋があった。なんということのない小さな橋だ。この辺もかつては塩田が広がっていたのだろう。コンビナートは背後に遠ざかり、目の前は真っ暗闇で、目を凝らしても何も見渡せない。

大きな橋の手前で「徳山市」は終わり、「下松市」という街に入った。

橋の上からは左手にこんもりとしたおれたちの町の松山城址ぐらいの山が見え、右手には白い煙突が一本だけてっぺんを光らせて闇に浮かんでいる。

ドラム缶が何百本も、笑うほど積まれている工場や倉庫なんかを横目で見ながら小さな橋を渡ると、ナイター設備やダッグアウトまであるかなり立派な野球グラウンドがあった。社会人の野球チームを擁する、どこかの工場の持ち物だろうか。この街も今は工場で潤っているようだ。その橋を渡ったところに道路標識があった。

柳井　33キロ

クライフまで、六キロ近づいた。

そこから一キロほど走ると、下松の駅前に出た。駅前の通りには雀荘やパチンコ屋や小さなスナックがひしめき合っている。おれたちの町とどこか同じにおいがした。流れ者たちがあのスナックのドアの向こうで、麻生不二絵の母親相手に飲んでいるような気がした。

「小便、小便」

駅の便所に駆け込む。

駅舎の柱時計は、午後十時を少し回っていた。

「さっき三十三キロの標識があったけえ、柳井までは、あと三十二キロぐらいやないかなあ」

あと二時間。三十二キロ。

この先、休みなく走ってギリギリ間に合う距離だ。

あと二時間、休みなく走ることができるだろうか。

足はもうパンパンに張っていた。足の芯に鉛の棒が入っている。まるで自分の足じゃないみたいだ。今までになかった感覚だった。

ふと、駅舎に掲げられていた国鉄の路線図を見た。

「下松」から五つ先に「柳井」の駅があった。

「あんたら、どこまで行くん？」

待合室で座っていた中年のおばさんが路線図を見上げていたおれたちに声をかけた。

「柳井までです」

「ああ、柳井なら、いま、電車、出たばっかりじゃ。けど、まだあるよ」

おばさんが電車の時刻表示を指差した。

「十時五十六分発が」

「何分に着きますか」

「柳井じゃったら、おおかた三十分ぐらいじゃろう」

ここから次に来る電車に乗れば、十一時半ごろに柳井までたどり着ける。そして確実に、おれたちは板坂さんの家でクライフの試合を観ることができる。

「どげんする？」

誰かが訊いて、誰かが答えた。

「どげんするって。決まっとろうもん」

四人は駅舎を出て、自転車にまたがった。

そこから先は国道188号沿いに大きな工場の塀が延々と続いた。日曜日のせいか、それとも夜はいつもそうなのか、工場ばかりが並ぶ夜の国道は真っ暗でまるでゴーストタウンだ。人っこ一人、歩いていない。

おれたちはこの長い塀が、永遠に続くんじゃないかという錯覚に陥った。昼間、深溝で同じところをぐるっと回ったように、今見えている工場を通り過ぎると、またさっき通り過ぎた工場の塀が現れるんじゃないか。それは狐に騙されるよりもはるかに恐ろしい妄想だった。

ようやく工場の塀が終わった。工場の塀の後に現れたのは再び広大な闇だった。遠くで、小さな明かりがポツポツと揺れている。船の明かりだ。いや、島の明かりだろうか。とにかくおれたちは海岸線に出たようだ。

「よっしゃ。あとはこの海岸線をひたすら走るだけちゃ」

「光市」という街に入ったと道路標識が告げていた。

虹ヶ浜という名前のドライブインがあった。「虹」に「光」にずいぶん明るい街だ。

しかし名前に反して山陽本線と海に挟まれた海岸通りはひたすら松林が広がる真っ暗闇だ。おれたちを追い越して走り去る車はもうほとんどなく、向こうからやってくる車も少ない。

寂しい林道を抜けると、突然街が現れた。

「光駅」の駅前だった。さすがに駅前は明るかったが、駅前を過ぎるとそれまで走っていた国道188号と並走していた山陽本線が見えなくなり、国道はまた暗さを増した。おそらく住民たちが生活する道路は国道より北の、駅の近くにあって、国道は生活の道路というより産業用の道路なのだろう。日曜の真夜中にそんな国道を走っている車はほとんどなかった。

「光」とは裏腹の暗い道を走っていると、突然暗闇の向こうにまばゆい明かりが見えた。ボウリング場や映画館のある繁華街が現れたのだ。映画館の名前は「銀映」で、看板はスケバンを演じる和田アキ子だった。その横に「東映まんがまつり」が「近日公開」とあった。砂漠の中のラスベガスって、もしかしたらこんな感じだろうか。

突如として現れた繁華街はあっという間に途切れ、右手に再び工場群が現れた。おれたちはうんざりした。あの繁華街はこの工場で働く人たちのためのものなのだろう。

工場を越えると、長い坂があった。傾斜はそれほどでもなく峠というほどでもないが、登りの距離が長い。あとは海沿い、というおれたちの考えは甘かったのだ。

ツヨシが自転車から降り、押して歩いた。やがてツヨシは立ち止まって、ついにへたり込んだ。

「ちょっと休もう」

正直休んでいる時間はなかったが、ツヨシの体力が、限界に来ているようだ。

いや、ツヨシだけでなく、おれたち全員が、疲労困憊だった。無言のまま、坂の途中の配水場の敷地で寝転んだ。

しばらく道路標識を見ていないので正確な距離はわからないが、柳井まで、まだ二十キロ余りは残っているはずだ。

二十キロ余り。その時のおれたちにすれば、途方もない距離に思えた。

「なあ、みんな。さっき、下松から柳井の電車の時間、見たっちゃろう」

ツヨシの弱々しげな声が聞こえた。

「十時五十六分」

ゴローが答える。

「今から引き返したら、間に合う」

ツヨシの言葉に、みんなが耳を疑った。

ゴローが時計を見た。

「十時半」

「電車なら、間に合う」

再びツヨシが言った。

短い沈黙のあと、サトルが答えた。

「けど、ツヨシ、電車に乗ってしもうたら、自転車の願掛けが切れるっちゃ」

「その願掛けは、おれだけ背負う」

弱々しかった声に力が入った。

「おれは遅れて、後から自転車で行く。試合の前半は無理でも、後半と優勝の瞬間は観られるやろう」

おれたちはツヨシの顔を見つめた。

「足手まといのおれのせいで、みんなここまで頑張って走ってきて、試合が観られんなんて、申し訳ないっちゃ。ただのおれのこだわりだけで、えらい迷惑かけてしもうた」

ツヨシは潤んだ眼をしばたたいた。

「やけえ、もう、おれは置いて、電車で行ってくれ」

「そんなカッコ悪いことできるか」

ゴローが口を尖らせた。

「あの、深溝の遠回りはなんやったんや。船に乗ったら三十分で行けるとこを、おれら、自転車で二時間もかけて走ったんや。オランダを、クライフを、勝たせるためやろう？　おまえ一人が願掛け背負ったって、叶うもんか。何のための『同盟』や」

ツヨシはうつむいたまま唇を噛んでいる。ツヨシの目から落ちたものが地面を濡らした。

それを見たとき、おれの心の中で、何かが弾けた。

気がつくと、おれはツヨシの肩に手を置いていた。

「ツヨシ、おまえが一番、クライフの試合を観んといけんのや。筑豊の中学との試合のこと、忘れたか」

おれは、筑豊の子に惚れたツヨシを応援する、と勇気を出して表明した、あの日のことを思い出していた。ツヨシに声をかけながら、おれは自分を励ましていたのだ。あの日も、そして、今も。

「リンダ・ブレア似の、あの可愛い娘の顔を、思い出せ。池崎さんや。一点取って、池崎さんをデートに誘え。そのために、ここまで来たっちゃろ」

うつむいていたツヨシの顔が、かすかに上がった。おれは言った。

「一緒に行こうっちゃ。自転車で」

ツヨシが、ゆっくりと立ち上がった。

悪魔に立ち向かうことを決意した神父のようだった。

上り坂を越えた時に、道路標識が出た。

柳井　23キロ

光市役所を越えると、恐ろしいほどひたすらまっすぐな道が延びていた。街灯がアスファルトを不気味に照らしていた。大きな煙突が見える。正門町という名前だった。工場の正門があるから正門町なのだろう。飛行機が滑走路にして降り立ちそうなまっすぐな道を、おれたちは必死でペダルを漕いだ。

また道路標識が現れた。

柳井　20キロ

足がだるい。ツヨシはやはり遅れ出す。おれたちはペースを緩める。どこからか聞こえてくるウシガエルの大合唱が耳を塞ぎたくなるほど喧しい。やがてまた街が現れた。「室積」というところで、道はそこで二股に分かれ、柳井は左と出ている。角に国鉄バスの駅があったが、誰もいない。

おれたちはひたすらペダルを漕いだ。

一キロほども行くと右手に大きな闇が広がった。波の音がすぐそばから聞こえる。

海だ。

下松のあたりからも海は遠くに見えていたが、これほど間近に海を見たのは防府の富海以来だ。

あの時はまだ八時前で海岸線や島影がうっすらと見えた。しかし今、目の前に広がるのは、漆黒の海だ。

おれたちは闇の海を右手に見ながら、崖沿いの国道を走った。

さらに何キロか走っただろうか。

ずっと遠くの方に、頼りなげに並んで浮かぶ灯りが見えてきた。あれは柳井の街の灯りだろうか。

「ツヨシ、地図、地図！」

わずかばかりの空き地に自転車を止めて、懐中電灯で帝国書院の地図を照らす。

「いや、柳井は広島の方向に面してる海沿いの街やけえ、あれは柳井と違う。柳井の手前の、半島の灯りや」

サトルが地図を指でなぞりながら、言った。

「上関って、書いてある」

上関。聞いたことがある。

そうだ。サトルの父さんが言っていた。

山口県には、昔大きく栄えた大きな港が、三つある。下関。中関。そして上関。

おれたちは出発から十五時間かけて、ようやく三つ目の関、上関の手前までたどり着いたのだった。あの上関の街の灯りが見える半島の向こうが、柳井だ。

遠くに見える半島の灯りを見ていると、妙に家が恋しくなって、おれは泣きそうになった。

その時だった。おれは突然、思い出した。

血の気が引いた。

「おい、みんな」

「どうした？　ぺぺ。青い顔して」

「えらいこと、忘れとった」

「何を？」

「家に、電話するの、忘れとるっちゃ！　今日は帰らんと、柳井に泊まるって」

「ああー！」

14　七月七日午後十一時五十九分

真っ暗な海と崖に挟まれた一本道の先に、ぽつんと一つだけ灯りが見えた。

深夜まで営業している長距離ドライバー用の食堂のようだった。

店の前の駐車場に車は一台も停まっていない。国道を走る車の姿をほとんど見かけないこんな日曜の深夜に営業していることが不思議だったが、孤独な長距離ドライバーたちにとってもきっとそうであるように、おれたちにはその店の灯りが闇に輝く救いの光に見えた。

看板には「家庭料理　二本松食堂」とあった。

入り口に自転車を止め、引き戸を開けて飛び込んだ。

「すみません！」

手ぬぐいを姉(あね)さんかぶりした、女優の菅井(すがい)きんさんみたいなおばさんが厨房から顔を出した。

「あら！　いらっしゃい」

入ってきた客が中学生だったからか、きんさんはちょっとびっくりしたような顔を見せた。

「公衆電話、ありませんか」

「公衆電話？　そねえなの、ないけど、電話したいんじゃったら、そこの黒電話、使うたらええよ」

「ありがとうございます！　ええっと、小銭が」

「お金なんか、ええよ」

まずはおれが自分の家に電話することになった。

暗くなる前に戻ると言った子供たちが深夜十一時近くになっても何の連絡もなしに帰ってこないのだ。今ごろは大騒動になっているに違いない。もしかしたら警察に連絡しているかもしれない。

まず最初に誰の家に電話すべきか。結局、一番あたりの柔らかそうな、おれの家に電話することになった。震える手で黒電話のダイヤルを回す。

呼び出し音が三回続いた後、ガチャッと電話を取る音がした。

「もしもし」

父の声だ。

「父ちゃん？　おれやけど」

「ああ、今、どこや」

受話器の向こうの父の声は拍子抜けするほど落ち着いている。

「山口の光市ってとこのな、海沿いの食堂や。それでな」

おれは一気にまくし立てた。

「今日な、帰れんことなった」

しばらく沈黙があった後、受話器から聞こえてきた父の言葉は、意外なものだった。

「知っとるよ」

「知っとる？」

おれの素っ頓狂な声に、サトルもツヨシもゴローも目が点になっていた。

「なんで、知っとるの？」

「夜の七時ごろに、ツヨシの父さんから電話があったけえ。あいつら、今日は帰ってこんつもりやって」

「ああ！」

「ツヨシの机に、手紙が置いてあったって。柳井の人からの」

「ツヨシの父さんから？」

板坂さんからの手紙のことだ。

「ああ。無事や」

「おまえら、無事でいてるんか」

「もっと早うに連絡してこんか。このバカチンが」

父はその時初めて怒りのこもった声を出した。

「他の家には連絡したんか」

「いや、これから」

「うちはもうええけえ、今から早う連絡せえ。ええな。それから、言うた約束だけは、絶対守れ」

「ごめん」

「なんで謝るんや？」

「そうかって、約束を」

「やけえ、約束は守れって言うとるんや。自転車はそのまま置いて、帰りは電車で帰ってこい。おまえら、そう約束したやろ。ええな。なんかあったらまた連絡してこい」

　そう言って父親は電話を切った。

　おれはツヨシに言った。

「ツヨシ、板坂さんからの手紙、机の上に置いてきたんか」

「いや、持ってきたはずやけど」

　頭を掻きながら言った。

「もうええ。おまえが手紙置いてきたせいで、おれらの計画、全部、親にバレとるわ」

「怒ってなかったか？」

「もっと早うに連絡してこいって。あと、約束は守れってて」

「約束？」

　おれは父の言葉を伝えた。

　おれの次にツヨシが受話器をあげてダイヤルを回した。

　三回、四回、五回、六回、七回。呼び出し音が何度も鳴った。

「寝とるんかな」

　息子が遅くまで連絡せずに帰ってこないのに、寝てる、なんてことがあるだろうか。

　しかしツヨシの父親ならありえるような気もした。

　十五回ほど鳴った後、電話口の向こうから受話器を取る音が聞こえた。

「あっ、父ちゃんか。おれや」

「おお、ツヨシか。いま、銭湯から帰ってきたとこや」

ツヨシの父親のデカい声は受話器を耳に当てていないおれたちにも筒抜けだった。

「連絡、遅なったけど……」

「おお、柳井に着いたか。間に合うたのう」

「いや、まだや」

「どこにおるんや？」

「光市ってとこの、海沿いの食堂や」

「おお。二本松食堂か」

「えっ、知っとるんか？」

「光の、海沿いの食堂、いうたら、二本松食堂や。わしもお世話になっとるわ。そこの貝汁と親子丼は美味いけえ、食うて行け」

「いや、父ちゃん。手紙読んだんなら、知っちょる思うけど、あと一時間ほどでワールドカップの決勝戦が始まるんちゃ。貝汁と親子丼食うとる時間、ないんちゃ」

「晩飯、まだ食うてないんか？」

それで思い出した。おれたちは夕方に秋穂でせめんだるを食ったあと、何にも食べていなかった。

途端に、腹の虫がぐうと鳴った。

「貝汁と親子丼が、どうしたん？」

食堂のきんさんが口を挟んだ。

「いや、うちの父ちゃん、ここの食堂、知っとるらしくて」

「そうなんじゃあ？　なんちゅいう人？」

「小山銀次。セメント工場のトラックの運転手」

「ああ、銀ちゃん！」

「知っとるの？」

「知っちょるよお！　八代亜紀が大好きな銀ちゃんじゃろう。電話替わって」

ツヨシはきんさんに受話器を渡した。

「もしもし。銀ちゃん？　あんたの息子さん、いう子が、今、うちに来ちょるんよ……うん、うん……、ほう、そうなん……。わかった。そんじゃあ、また、近いうちにね」

受話器がツヨシに戻ってきた。

「父ちゃん、詳しいことは、また帰って話すけえ」

「おう。そっから柳井までの国道は真っ暗やけえ、気いつけて走れよ。ライトは絶対につけて行け」

わかった、と言ってツヨシは受話器を置いた。

サトルが家に電話した。

もっと早うに連絡してこんか、と、やはりサトルの父もカンカンに怒っているのが受話器を持たないおれたちにも聞こえてきた。サトルは防府で母親の故郷である中関を訪ねた時の様子を父親に説明しているようだった。

「写真、いっぱい、撮ったけえ。帰ったら、母ちゃんと父ちゃんに見せるけえ」

最後にゴローが父親に電話した。会話は実にあっさりしたもののようだった。

「やっぱり、言うた約束だけは、絶対守れって」

とにかく町ではおれたちが帰ってこないことで騒動にはなってないようで、胸をなでおろした。

「おばさん、ありがとうございました！　みんな、家に連絡できました」

きんさんが言った。

「銀ちゃんが言うちょったけど、あんたら、柳井まで行くん？」

「はい」おれは答えた。

「はあ。こんな夜中にねえ」きんさんがため息交じりに言った。

「けど、それほど騒ぎになってないようで、よかったです」

「何言うちょるん！」

さっきまで優しい顔をしていたきんさんが大声を出して怒った。

「騒ぎになっちょらんわけ、ないじゃろう」

なんできんさんがそこまで怒るのか、その時のおれたちにはわからなかった。

「とにかくまあ、あとの道中、気いつけて行きんさい」

「柳井まで、あと何キロぐらいですか？」

「柳井なら、十三キロぐらいじゃね」

「今、何時ですか？」

「十一時十分じゃ」

五十分で、十三キロ。

「この先の道は、平坦ですか」

「海沿いじゃけえ、平たい道いね。まあ、柳井の街に入る手前で、タブロギ峠っちゅう、ちょっとした峠があるぐらいいね」

タブロギ。どこかで聞いたことのある響きだと思った。

そうだ。板坂さんからもらった地図に、その名前があった。

板坂さんの家に行くには、タブロギ橋という橋の手前を右に曲がるのだった。

「おばさん、ありがとう！　また、夏休みに必ず来ます！」

「ああ、ぜひおいでませ。そりゃあええけど、あんたら、さっきから聞いちょったら、晩御飯、食べちょらんのじゃろう？」

おれたちはうなずいた。

「今日はかやくご飯のおにぎりが、ようけ余っちょるけえ、待って行きんさい。それから、貝汁も。溢(こぼ)れんように、タッパーに入れちゃげるけえ。代金はええよ。銀ちゃんにつけとくから」

「ありがとうございます！」


おれたちはきんさんに何度も礼を言って店を出た。

前を歩くツヨシをサトルが呼び止めた。

「ツヨシ、おにぎりと貝汁、おれによこせ。おれが持ってってちゃる」

ツヨシが持っていたビニール袋を、サトルが手に取った。

「それから、ツヨシ、おまえの自転車、おれに乗せてくれんか」

「え？」

ツヨシがきょとんとした顔をした。

「おれ、おまえの自転車にいっぺん、乗ってみたかったんちゃ。そのオレンジ色の自転車、ばり、かっこええやないか。ツヨシはおれの自転車に乗ってくれ」

「そんなことしたら」

「タイヤは、ちゃんと地面から離れとらんやろう。クライフ同盟のメンバーが、自転車で目的地を目指す。なんもおかしいことは、ないっちゃ」

サトルがツヨシの自転車にまたがった。

ツヨシはサトルの自転車にまたがった。

ゴローがベルを鳴らした。

おれたちは暗闇に向かってペダルを漕いだ。

貝汁のタッパーがカタカタと音を鳴らして揺れていた。

二本松食堂を後にしてから、もう民家は一軒も見えない。崖と海の間を、おれたちはひた走った。

おれは大声で歌った。

「イフユーミースザトレイン、アイモン」

音楽の授業で習った、「500マイル」だ。

あの歌の主人公は汽車で街を離れたが、おれたちは今、汽車に乗らずに、海沿いの国道188号を自転車で走っている。

みんながおれに続いた。

「ユールノウ、ザットアイムゴーン」

「ロード、アイムワン、ロード、アイムトゥー、ロード、アイムスリー」

「ロード、アイムフォー、ロード、アイムファイブハンドレッドマイルズ」


おれたちの歌声が、誰もいない海と崖に響いた。

柳井は、もう、すぐ。

あと、８マイル。

＊

タブロギ峠は思った以上に勾配のある長い坂だった。

しかしおれたちは一度も自転車を降りなかった。

四人の先頭を走っていたのはツヨシだった。

峠を越すと、小さな橋が見えてきた。タブロギ橋だ。

橋の欄干を見て、タブロギは「田布路木」と書くのだと初めて知った。

おれたちは板坂さんから送ってもらった地図を開いた。

定規を使って線が引かれた丁寧な手描きの地図は、その日の旅の中でおれたちが目にした、最も詳細な地図だった。

橋の手前を川沿いに海のある方に進むと、やがてタブロギ橋よりずっと長い橋の下に出る。その橋の下をくぐってから橋の上に上がると大きな道に出て、そこから小学校と散髪屋の前を通りすぎると、海が見える道と合流する。板坂さんの描いた地図は正確で迷いようがなかった。

まっすぐ進むと、こんもりとした林が闇の中に浮かぶ。「厳島神社」だ。通り過ぎると、そこが「神出」という集落だった。

田んぼが続く道沿いに、二階建ての小さなアパートがある。地図に示された名前と同じだ。おれたちは入り口横にある自転車置き場に、その日一度も地面から車輪を離さなかった四台の自転車をとめる。「板坂」と書かれた郵便受けがある。郵便受けを開けると裏側に鍵が貼ってある。階段を駆け上がり、鍵穴に鍵を入れる。ドアが開く。

部屋の明かりはついていた。小さな靴脱ぎ場のすぐ脇が板間の台所で、六畳ほどの畳の部屋にちゃぶ台がひとつ。その上には、インスタントコーヒーの瓶と、パタパタ時計が置いてある。

PM　11：59

パタパタと、板がめくれる音がして、数字が替わった。

AM　00：00

何かを大声で叫んだのはツヨシだ。

ツヨシは慌てて靴を脱ぎ、ちゃぶ台の縁で脛(すね)を打って転んだ。部屋の隅に置いてあるテレビに四つん這いで駆け寄って、スイッチを入れた。

大歓声が、六畳一間のアパートに響いた。

エピローグ　WHEN I'M SIXTY-FOUR

あれから五十年が経った。

あの一九七四年七月七日の顚末をここで記しておかねばならない。

ツヨシがテレビをつけた瞬間、クライフがセンターサークルの真ん中に立っていた。

キックオフのホイッスル。クライフの右足が軽くボールにタッチする。大歓声。

新聞や雑誌の記事でもなく、写真でもなく、クライフが目の前で「動いている」ということにおれたちは心の底から感動した。

その直後、クライフは画面から姿を消す。どこにいるのだ。おれたちはキャプテンマークをつけている14番を探した。

数十秒ののち、なんと14番は自陣の最後方にいた。そこからボールを持つと、ハーフラインを越え、圧倒的なスピードに乗ったドリブルで西ドイツ選手を何人も振り払い、あっという間にペナルティエリアまで切り込んだ。たまらずに西ドイツのサイドバックがクライフに足をかけて倒した。オランダにペナルティ・キックが与えられる。試合開始から、まだ一分ほどしか経っていない。

この間、西ドイツの選手は、まだ誰も一度もボールに触れていない。

十七時間をかけて、ようやくこの目で見ることのできた、クライフのたった一分間のプレイ。これまでの一秒一秒は、すべてこの瞬間のためにあった。その日に流した汗と足の痛さとケツの痛さのすべてが報われた。そう思えた。

そして、おれたちの予想は、当たっていた。クライフは、官能的だったのだ。

オランダの背番号13、ニースケンスがゴール中央に豪快に蹴り込んで決める。

1－0。

おれたちはその後も背番号14の動きだけを追っていた。しかしその後のクライフの動きは、あまり良くないように見えた。少なくとも、おれたちがこれまで「サッカーマガジン」で読んで得たイメージとは違っていた。クライフのスピードとテクニックを開始一分で目の当たりにした西ドイツは、その後4番のフォクツが執拗に彼をマークした。クライフはフォクツを嫌っている。オランダはなかなかスペースが作れない。

前半二十五分。今度は西ドイツにペナルティ・キックが与えられる。1－1。

ここからクライフの動きに再びギアが入ったように見えた。

前半三十六分にオランダにビッグ・チャンスが訪れた。クライフがフォクツをかわして西ドイツゴールに突き進む。その前にいる西ドイツ選手はゴールキーパーをのぞけば、ベッケンバウアーただ一人。クライフは並走していた味方のレップにパスを出す。しかしレップのシュートはゴールキーパーに阻まれる。

前半四十三分。西ドイツの右サイドからのセンタリングを、エースのミュラーがトラップミスし、ボールを後ろにこぼしてから振り向きざまに打ったシュートがオランダのゴールラインを割る。1－2。美しいというよりは、泥臭いゴールだった。

十五分間のハーフタイムでおれたちはようやく腹が減っていることを思い出し、かやくご飯のおにぎりと貝汁を腹に掻き込んだ。

後半、オランダは圧倒的に攻める。しかし、この大会で初めて相手にリードを許したオランダからは、流れるような「美しさ」は消えていた。西ドイツの泥臭いサッカーに、オランダは合わせてしまっているように見えた。クライフの天才的なひらめきと動きが西ドイツのゴールを脅かすシーンが何度かあったが、それはどれも一瞬だった。ベッケンバウアーとフォクツの堅い守りを、最後まで突き破ることができなかった。

1－2。

試合終了のホイッスルが鳴った時、おれたちの「七月七日」が終わった。

「願掛け」は、叶わなかったのだ。

テレビカメラがドイツ国旗をはためかせて歓喜する西ドイツの大観衆を映した。その瞬間、おれの頭によぎったのは、ミュンヘンのオリンピック・スタジアムまで八百キロの道のりを自転車を漕いでやってきた、オランダ人たちのことだった。

いつから眠っていたのだろうか。高いびきをかきながら、ツヨシは畳の上に寝転んでいた。

ヨハン・クライフはその後も代表やクラブチームで活躍を続け、スーパースターの座を保ったが、四年後のワールドカップ・アルゼンチン大会のオランダ代表に彼の姿はなかった。代表を辞退したのだ。予選はクライフなしでは突破は難しかったほどの活躍を見せたのに、なぜ本大会を辞退したのか、理由はいろいろと取りざたされたが、とにかく彼はゆっくり休みたかったのだろう。

彼は神ではなく、人間だったのだ。

その後、かつて所属していたスペインのＦＣバルセロナの監督としてチームの黄金時代を築いた後、二〇一六年にクライフは六十八年の生涯を閉じた。肺がんだった。

クライフと彼が率いたオランダが七四年ワールドカップで見せた「トータル・フットボール」がその後に与えた影響は絶大で、現代のサッカーはもはやそれなしでは成り立たないほどだ。

オランダはその後も世界のサッカー強豪国のひとつであり続けたが、ワールドカップや欧州選手権ではいずれも上位に残るものの、一度も優勝を果たしていない。

日本サッカーの「その後」についても書いておかねばなるまい。

クライフが出場した一九七四年のワールドカップは、第十回大会だった。日本が初めてワールドカップに出場したのは、一九九八年の第十六回大会。岡野がジョホールバルでワールドカップ出場を決める決勝弾を放った時、かつての十四歳の少年は三十八歳になっていた。二十四年。ちょうど一世代がめぐったのだ。それから日本はワールドカップ出場の常連国となり、二年前に行われたカタール大会ではドイツやスペインを破るほどの活躍を見せた。おれは六十三歳になっていた。

あの日の翌日の顚末についても書いておきたい。

ちゃぶ台の上に板坂さんへのお礼の書き置きを残し、「約束」通りに自転車を板坂さんのアパートに置いて、おれたちは山陽本線で町まで帰った。

そして夏休みに入ってすぐ、今度は山陽本線で柳井まで行った。途中で小野田で下車して、板坂さんへのお礼に、せめんだるを大量に買って行った。板坂さんは想像通りの優しい人で、笑った時の渥美清（あつみきよし）のように目を細くしてせめんだるを美味しそうに食べた。板坂さんに何度も何度も礼を言って、置いていた自転車でおれたちの町まで帰った。あの七月七日からまだ二週間余りしか経っていないのに、帰りに見た瀬戸内の風景は、ひどく懐かしいものに見えた。

二年後、板坂さんからおれたち四人に絵葉書が届いた。新婚旅行先からの結婚の報告だった。相手はあの夜に板坂さんがおれたちのために一晩を一緒に過ごした工場の同僚の女性だという。

あの夜、二人はめでたく結ばれたのだろうか。それは書いていなかったが、とにかくおれたちに報告が来たということは、二人の結婚に「クライフ同盟」はひと役買ったのだろう。

板坂さんのアパートから自転車で九州に帰る途中、二本松食堂に寄った。

その時、二本松食堂の「きんさん」がおれたちに教えてくれたことがあった。

親たちがおれたちの旅のことを全部知っていたのだ、ということはあの日の夜の電話でわかったが、実はきんさんも、おれたちが訪ねてくる前に、おれたちの旅のことを知っていた、というのだ。

「黙っちょいてくれぇて、ツヨシくんのお父さんの銀ちゃんには言われたんじゃけどのお」

そう前置きしてから、きんさんは教えてくれた。

「あの夜、いや、夕方ごろかのう。突然、銀ちゃんから、家の方に電話がかかってきてのう。うちの息子と友人たちが、柳井に向かって自転車旅行しちょるって。そんで、ちょうど夜遅うに、国道１８８号線を通るはずじゃけえ、申し訳ないけど、今日の夜、店を開けちょってくれんかって。うちはね、本当は日曜は定休日なんよ。時間も深夜営業の店じゃのうて、夜の八時まで。じゃけど、あの海沿いの国道１８８号線にゃあ夜中に開いちょる店が一軒もないし、民家もないじゃろう？

じゃけえ、なんか困ったことがあった時に、店が開いちょったら、息子たちが頼って、食堂に入ってくるかもしれんけえって」

そういうことだったのか。

「うちね、銀ちゃんに、警察に連絡したらって、言うたんよ。自転車で走りよる途中で子供らになんかあったら、大ごとじゃろ。そしたらね、そりゃあ親たちも考えたって。じゃけどねえ、途中で警察に保護されたら、あんたらが柳井でワールドカップの試合が観られんようになるかもしれんけえ、そりゃあ、やめちょこうって、なったんよ」

それでわかった。あの日、おれたちの旅が親たちの間でそれほど騒動になっていないとおれが言った時、きんさんがえらく怒った理由が。

そう。きんさんがあの時言ったように、騒動になっていないわけがなかったのだ。

警察沙汰になっていてもおかしくなかった。それを止めたのは、「おれたちの旅」を成就させてやりたい、という親たちの気持ちだった。

「あの日、知らんふりするの、大変じゃったよ」

きんさんはそう言って笑った。

おれはそこで思った。

この旅で、おれたちを助けてくれた人はたくさんいた。もしかして彼らはみんな、おれたちを助けるためにあらかじめ親たちがすべて仕込んでいた人たちだったのではないか。

まさか。さすがにそんなことはないだろう。確かめようもない。

ただ、これだけは確実に言える。

おれたちが何かを為そうとした時、たとえそれがうまくいったとしても、決してそれは自分たちの力だけで成したのではなく、見えないところで誰かの「力」が働いている。誰かがそれをカバーしている。オランダの美しい「トータル・フットボール」で、選手たちが誰でも空いたスペースに飛び込む自由が与えられているのは、彼らが元いたポジションをカバーする選手が必ずいることで成立しているのと同じように。

おれたち四人のその後についても語っておかねばならないだろう。


あの夏の八月の初めに行われた筑豊の中学との親善試合は、意外な展開となった。

前半のキックオフ早々に、センターフォワードのサトルがいったん最後方まで下がり、そこから一気にドリブルで敵陣のペナルティエリアまで切り込み、相手のファールを誘って、ペナルティ・キックを得たのだ。

キッカーはツヨシだった。

背番号14を背負ったツヨシはゴールの正面に思い切り蹴り込んだが、相手ゴールキーパーがヤマを張って右に跳んだため、ボールはネットを揺らした。ワールドカップ決勝でオランダのニースケンスが蹴ったコースと同じだった。1－0。

その後は前半に相手に三点入れられ、後半にも二点入れられて、1－5で敗戦した。この試合がおれたちの引退試合になった。

しかし、ツヨシは一点を取ったのだ。

試合後に相手マネージャーの池崎さんにデートを申し込み、二人は上映中の「エクソシスト」を小倉まで観に行った。まだ夏休み中で立ち観だったという。きゃあとツヨシに抱きつくことはなかったが、彼女にとってこの映画はずいぶん面白かったらしい。観終わったあと、喫茶店でクリームソーダを飲みながら、彼女はツヨシに映画の中でよくわからなかったシーンについていろいろと質問を浴びせたそうだ。事前に「キネマ旬報」なんかで予習していた甲斐あって、どんな質問にも完璧に答えるツヨシを彼女は尊敬の眼差しで見つめたという。

それで二人が付き合うことになった、となれば面白いのだが、十四歳の恋がそれほどうまく運ぶわけもない。二人はそれっきりとなった。

今、ツヨシは福岡の黒崎という街の駅前の雑居ビルで、バーのマスターをしている。

「クロスロード」という名前のバーだ。

ツヨシの父さんはその後、おれたちの町でタクシー運転手に転職して七十五歳まで働いた。八代亜紀を生涯愛した父さんは、彼女が逝ったのと同じ年の年末に九十歳の大往生で亡くなった。ツヨシのバーはブルースバーだが、父親の月命日にだけ八代亜紀のレコードが流れる。

バーの棚には、ヨハン・クライフの写真と共に、兄貴が懸賞小説に応募して入賞した「リオ・グランデのシューズ」という本が飾られている。

サトルはあの七月七日の旅の後、すぐに母さんが入院する病院に行って「中関」の写真を見せた。母さんは写真一枚一枚を食い入るように見つめ、懐かしそうな笑顔を見せたという。そこから母さんの脳挫傷による言語障害は劇的に回復し、一年間のリハビリを経て、日常生活を取り戻した。

サトルはあの頃「草むらの学校」で語っていた通り、地元の教育大学の体育学科を卒業して夜間の高校の体育教師となった。クライフがFCバルセロナ時代にとっていた戦術を愛していた。サトルの息子も小さい頃からサッカーを始めて、高校時代はゴールキーパーとして県代表で国体に出た。息子は警察官になったが、彼が就職した翌年に、サトルは脳腫瘍で亡くなった。四十二歳。日本が初めてワールドカップで決勝トーナメントに進出を果たしたのは、サトルが亡くなった翌年だった。

ゴローは夢を実現した。船乗りになったのだ。

しかしゴローのもう一つの夢、死ぬまでにイニシャルAからZまでの女全員とセックスすることは、残念ながら夢のまま終わる公算が大だ。

ちなみにゴローの妻はアフリカの北西部に浮かぶ火山群島のカーボ・ヴェルデという国で知り合ったXAVIERA（ザビエラ）という名の女性で、ゴローは彼女と二十四歳の若さで結婚した。それからは妻にぞっこんなのか、妻の尻に敷かれているのか、そこはよくわからないのだが、とても他の女性と関係する気にはならなかったらしい。五年前に定年を迎えて陸に上がり、今や横浜で五人の子供と七人の孫の良きパパだ。

「逃亡者」に憧れていたおれは、結局生まれた町を出ることはなく、実家の寿司屋を継いだ。妻はいるが、子供はいない。四人の中で、おれだけがこの町に残った。

おれのその後の人生は、四人の中では一番平凡だ。

しかし、おれは時々、考える。「平凡」とはなんだろう。

そんな時、ヨハン・クライフが残した、ある言葉を思い出す。

「サッカーは、きわめてシンプルだ。しかし、シンプルにプレイすることが、一番難しい」

人生もまた、同じではないか。


時々、ひとりで町を散歩する。

町はあの頃から寂れているわけでもなく、栄えているわけでもない。

それがおれには心地よかった。

やはり流れ者はこの町にやってきて、また去っていく。

「草むらの学校」があった松山城址は、六年前の台風による土砂崩れのため今は入山規制があって頂上までは登れない。周防灘の景色が見たくなったとき、おれは十八年前に開港した北九州空港の展望デッキまで行く。そこから松山城址の頂上から見たのと同じ景色が見える。

ある日、ひとりで展望デッキから周防灘を眺めていた時、中学生ぐらいの男の子たち四人が話しかけてきた。

「あの、海の向こうに見える工場は、どこですか？」

おれは答えた。

「西側に見えるのは、小野田。それから手前は、宇部。そのずっと東側に見える、ちょっととんがった山が見えるとこは、防府やね」

中学生たちはびっくりしていた。

「へえ。こうしてみたら、山口って、近いんやな」

「ああ。見えてるから、近く感じるんやね。でも実際は、そんな近くない」

中学生の一人が言った。

「向こうから、こっちは、どう見えてるのかなあ」

おれは答えた。

「いっぺん、見に行ったら、ええよ」

中学生たちは、ありがとう、と言って去っていった。

おれはその時、思ったのだ。

あの「旅」のことを、書き残しておこう、と。


今日は、七月七日だ。

テレビの衛星チャンネルでは、ドイツで行われているサッカーの欧州選手権の準々決勝、オランダ対トルコが行われている。2－1でオランダが逆転勝利を収めた。

会場はベルリン。あの時は、ミュンヘン。

時刻は午前六時。おれは部屋から窓の外を見る。

セメント工場から昇る朝日が町を照らしていた。

あの日の朝も、おれはこの窓から外を眺めていた。

ちょうど五十年が経ったのだ。


おれとツヨシとサトルとゴローで、ひとつ約束していることがある。

もしワールドカップの決勝で日本とオランダが対戦することがあったら、たとえそれがどこであろうと、必ずみんなで観に行こう。もちろん、自転車に乗って。

「クライフ同盟」は、今も生きている。

主な参考文献

「サッカーマガジン」　一九七四年一月号〜七月号　ベースボール・マガジン社
「西日本新聞」　一九七四年六月十四日付〜七月七日付　西日本新聞社
「キネマ旬報」　一九七四年　新年特別号・五月下旬号　キネマ旬報社
「ＧＯＲＯ」　一九七四年　六月十三日号　小学館
「復刻版地図帳　中学校社会科地図帳」　昭和四十八年版　帝国書院

また、執筆にあたり、多くの方々からご協力を得ました。

特に下畑博史氏、齋藤まゆみ氏、中村澄代氏、苅田町の皆さんには多大なるご協力をいただきました。心より感謝いたします。

この作品は書き下ろしです。

〈著者紹介〉
増山実(ますやま・みのる)　1958年大阪府生まれ。同志社大学法学部卒業。2012年に「いつの日か来た道」で第19回松本清張賞最終候補となり、それを改題した『勇者たちへの伝言』で2013年にデビュー。同作は2016年に第4回大阪ほんま本大賞を受賞した。他の著書に『空の走者たち』『風よ 僕らに海の歌を』『波の上のキネマ』『甘夏とオリオン』、『ジュリーの世界』(第10回京都本大賞受賞作)、『百年の藍』『今夜、喫茶マチカネで』がある。

あの夏のクライフ同盟
2024年12月20日　第1刷発行

著　者　増山 実
発行人　見城 徹
編集人　石原正康
編集者　武田勇美

発行所　株式会社 幻冬舎
〒151-0051 東京都渋谷区千駄ヶ谷4-9-7
電話:03(5411)6211(編集)
03(5411)6222(営業)
公式HP:https://www.gentosha.co.jp/

印刷・製本所　中央精版印刷株式会社

検印廃止

ISBN978-4-344-04388-6 C0093

この本に関するご意見・ご感想は、
下記アンケートフォームからお寄せください。
https://www.gentosha.co.jp/e/